Férocement

Für dich töte ich.

Ani Briska

EROTIKTHRILLER

Für Mama. :-*

Impressum

Franziska Göbke

Postfach 101332

38843 Wernigerode

FranziskaGoebke-Autorin.de

9

Warnung

Dieser Roman basiert auf Fiktion. Fiktive Charaktere dürfen Dinge machen, die man im realen Leben besser nicht tun sollte!

Auch wenn das liebe Örtchen Börnecke wirklich existiert, so dient es nur der Namensgebung. Weder optisch noch menschlich spiegelt mein Roman die Wahrheit wider!

Ich bitte Euch ebenso darum, eventuelle Spoiler bei der Rezension zu lassen oder sie zu kennzeichnen, denn auch andere möchten einen vollen Lesegenuss und es ist nicht toll, wenn man anhand der Rezension das Ende schon kennt. ;-)

Ich wünsche Euch vergnügliche Lesestunden im Harz. Genießt die Mischung aus Erotik, Thrill, Liebe und Drama.

Eure Ani Briska

Prolog

Drei Monate vorher

Wütend warf ich meine Post zur Seite. Ich war auf alles vorbereitet, nur nicht darauf, dass dieser Tag noch beschissener werden konnte. Genervt streifte ich meine Schuhe ab und schleuderte sie mit Schwung in die Ecke, wo sie polternd zum Liegen kamen. Dann entledigte ich mich meiner schwarzen Fleecejacke und blieb am großen Spiegel in meinem kleinen Flur stehen. Der stressige Tag war mir ins Gesicht geschrieben. Meine Augen wirkten klein, und dunkle Augenringe überschatteten meinen blassen Teint. Einzelne Haarsträhnen hatten sich aus meinem Zopf gelöst und hingen lieblos auf meinen Schultern. Mein Job schien sich immer mehr auf meine Stimmung und auch auf mein allgemeines Wohlbefinden auszuwirken. Dabei sollte ich froh sein, dass ich in der Nähe dieses kleinen Kaffs überhaupt einen Job gefunden hatte. Seit ich vor einem Jahr hierher nach Börnecke zurückgezogen war, um meine kranke Mutter zu pflegen, gab es kaum noch etwas, das mir Freude bereitete. Was zum einen daran lag, dass ich auch nicht erfreut darüber war, alles zurückzulassen, was ich mir in Hannover aufgebaut hatte. Aber es ging hierbei nicht um mich, sondern um meine krebskranke Mutter. Ich wusste nicht, wie viel Zeit mir noch mit ihr blieb und so biss ich in den sauren Apfel, welcher sich »Leben« schimpfte.

Angespannt fuhren meine Finger über mein Gesicht, in der Hoffnung, vielleicht etwas Stress damit wegzuwischen. Doch ich wusste bereits, dass ich es nicht konnte. Niemand von uns konnte das. Ich griff erneut nach meiner Post. Die Briefe waren völlig durchnässt und klebten förmlich aneinander. Vorsichtig zog ich daran, bis drei Einzelne vor mir lagen. Zum Glück war es nur Werbung. Alles andere hätte meinen ohnehin schon rasenden Puls nur noch mehr in die Höhe getrieben. Seit einiger Zeit waren meine Nachbarn dabei, mir das Leben schwerzumachen. Geräuschvoll atmete ich aus. Diese Menschen kannten mich seit meiner Geburt, ich war hier aufgewachsen und doch kam ich mir inzwischen wie eine Fremde vor. Denn genauso behandelten sie mich. Die ruinierte Post war nur eines von unzähligen Dingen. Am Anfang hatte ich mich noch tierisch darüber aufgeregt, aber schnell mitbekommen, dass es ihnen noch mehr Spaß machte, mich zu »ärgern«. Ich ließ die Briefe im Flur liegen und ging ins Wohnzimmer. Das einzige Ziel, das heute noch auf meiner Liste stand, war das Sofa. Ich berührte den Lichtschalter und wartete darauf, dass etwas passierte, doch es tat sich nichts. Wieder betätigte ich den Schalter. Nichts. *Das darf doch nicht wahr sein.* Schnell schlüpfte ich in meine Slipper und öffnete die Haustür. Direkt im Hausflur befand sich eine kleine Nische, welche nur mit Holz verkleidet war. Dahinter lag der Sicherungskasten. Ich war mir sicher, dass wieder einmal einer meiner Nachbarn, natürlich aus Versehen, meine Kippschalter betätigt hatte. Mühselig öffnete ich die alte Holztür und spähte hinein. *Tatsächlich.* Sämtliche Schalter waren nach unten gekippt. Sogar der für meinen Kühlschrank. Eilig behob ich diesen Zustand und rannte förmlich in meine Wohnung. Durch den Flur und direkt in die Küche. Vor meinem Kühlschrank blieb ich stehen. Eine kleine Pfütze hatte sich bereits gebildet. Angespannt öffnete ich die Türen und wagte einen Blick hinein. *Na ganz toll.* Mein Gefrierfach war bereits angetaut. Wütend griff ich nach dem Mülleimer neben mir und fing an, sämtliche Lebensmittel hineinzuwerfen. Das hatte mir gerade noch gefehlt. Jetzt war es bei Weitem kein kleiner Streich mehr. Doch mir blieben, auch in dieser Situation, die Hände gebunden. In einem Haus mit acht Mietparteien konnte ich ja schlecht jeden dafür verantwortlich machen. *Du könntest bei der Polizei anrufen und sagen, dass jemand deine Lebensmittel auf dem Gewissen hat!* Laut schnaufte ich und stemmte mich gegen die Gedanken in meinem Kopf. Nachdem alle Lebensmittel in den Mülleimer geflogen waren, griff ich nach dem Lappen auf der Spüle und fing an, die Pfütze aufzuwischen. Ein Blick auf die Uhr verriet mir, dass es zu spät war, um noch einkaufen zu gehen. Und irgendwie hatte ich auch keine Lust dazu. Ich schluckte meine Wut herunter und beendete meine Arbeit. Wenigstens hatte ich noch ein paar Fertigsuppen, die ich nur mit heißem Wasser auf- brühen musste. Immerhin etwas zu essen, auch wenn es kein Festmahl war. Danach würde ich mich endlich auf mein Sofa zurückziehen. Morgen stand wieder ein anstrengender Tag vor mir. Morgens kümmerte ich mich intensiv um meine Mutter, bis der Pflegedienst kam. Danach ging es zur Arbeit und von dort aus wieder zu meiner Mutter. Ich nahm den Becher vom Regal und schaltete den Wasserkocher ein. Nachdem ich mir meine Fertigsuppe aufgebrüht hatte, ging ich zurück ins Wohnzimmer. Mein Blick fiel auf das Bett- zeug, welches dort lag. Seit meinem Einzug hatte ich es nicht ein einziges Mal geschafft, in meinem Schlaf- zimmer zu schlafen. Meist schlief ich vor Erschöpfung im Wohnzimmer ein. Mein Magen knurrte laut und erinnerte mich daran, dass ich dringend etwas essen musste. Auch wenn ich mit meiner Kleidergröße 42 sicher genug zum Abnehmen hatte. Ich schüttelte miss- billigend den Kopf. Es gab einfach keinen Grund, die

Wut an mir auszulassen. Nur schien es im Moment einfacher als den Frust gänzlich herunterzuschlucken. Abwesend schaltete ich irgendein Programm ein. Worum es ging, bekam ich nicht mit. Ebenso wenig, dass es bereits spät geworden war, und ich den Becher mit der inzwischen eiskalten Suppe nach wie vor in der Hand hielt. Mühsam stellte ich ihn an den Rand des Sofas und kuschelte mich in kompletter Montur in mein Kissen.

Ein lautes Geräusch ließ mich hochschrecken. Übermüdet und halb versunken versuchte ich, den Lärm zu lokalisieren. Mehrmals blinzelte ich in die Dunkelheit und stand auf. Im Flur warf ich einen Blick auf mein Handy. Es war gerade einmal vier Uhr morgens! Genervt ließ ich meinen Kopf in den Nacken fallen und lauschte. Im Moment war kein Geräusch zu vernehmen. Angespannte Stille. Doch auch nach einer Weile war es nicht mehr zu hören. Ich atmete aus. Da ich bereits in einer Stunde hätte aufstehen müssen, beschloss ich, mir eine heiße Dusche zu gönnen. Als ich an das Frühstück dachte, fielen mir augenblicklich die Ereignisse vom Vorabend ein und meine Wut kam schlagartig zurück. Der Tag war gerade einmal ein paar Stunden alt und meine Laune war schon mehr als im

Keller. Im Schlafzimmer nahm ich mir neue Klamotten aus dem Schrank und ging in das angrenzende Badezimmer. Der Blick in den Spiegel zeigte mir, dass ich noch schrecklicher aussah als am Vorabend. Wenn ich jetzt jemanden fragen würde, wie alt ich wäre, dann würde er ohne Umschweife antworten: 40! Dabei war ich gerade mal 26. Traurig über meine Gedanken entkleidete ich mich und stieg unter die Dusche. Zur Abwechslung hatten meine Nachbarn Gnade und ich konnte tatsächlich heiß duschen. Das Wasser lief im Rinnsal über meinen kräftigen Körper. Ich war zwar nicht dick, allerdings hatte ich, laut meiner Mutter, die Kurven am richtigen Fleck. *Pah.* Genau aus diesem Grund interessierte sich auch nie ein männliches Wesen für mich. Seit vier Jahren hatte ich inzwischen keinen festen Partner mehr. Von Sex mal abgesehen. *Absolut frustrierend.* Und wenn sich jemand doch für meinen wohlgeformten Körper interessieren sollte, dann würden ihn meine Augenringe endgültig davon abhalten. Trauriger als zuvor stieg ich aus der Dusche. Negative Gedanken waren normalerweise nicht meine Art. Seit einem Jahr gehörten sie allerdings zu meinem Leben. Nachdem ich meine Unterwäsche angezogen hatte, stieg ich in die schwarze Stoffhose. Anschließend folgte eine weiße Bluse. Erst dann warf ich einen erneuten Blick auf mein Spiegelbild. Der Rest der

Schminke von gestern war verlaufen und ich sah aus wie ein Pandabär. Mit einem Reinigungstuch bewaffnet, entfernte ich die letzten Reste und legte ein neues auf.

Kaum eine Viertelstunde später hatte ich mein Makeup aufgefrischt und meine langen blonden Haare zu einem Zopf gebunden. Die Uhr im Schlafzimmer zeigte 5.00 Uhr. Also hatte ich immer noch genug Zeit, aber auch einen leeren Kühlschrank. Ich konnte mir noch eine Suppe machen, schüttelte aber entschieden den Kopf. Die Suppe von gestern hatte ich auch nicht angerührt, denn sie stand nach wie vor am Sofa. Aber ich konnte auch ein paar Kilometer bis zur nächsten Stadt fahren und bei McDonalds etwas essen. Immerhin würde ich dort um diese Zeit etwas bekommen. Ich überlegte nicht lange und packte meine Sachen zusammen. Keine zehn Minuten später war ich fertig und stieg in meine Schuhe. Auch diese lagen noch immer dort, wo ich sie gestern hingeworfen hatte. Ich zog meine Jacke über, nahm die Tasche und das Handy, und verließ leise meine Wohnung. Ich achtete besonders darauf, mit meinen Absätzen keine Geräusche zu machen. Gar nicht so einfach, wenn man vom dritten Stock nach unten musste. Aber es half nichts. Ohne Licht und auf Zehenspitzen schaffte ich es nach unten. Mein Auto stand keine zwei Meter von mir entfernt.

Schnell stieg ich ein und verriegelte die Türen. *Man weiß ja nie.* Nervös startete ich den Motor. Natürlich war es Unsinn von mir, zu glauben, dass mich keiner bemerken würde. Denn spätestens jetzt, wo mein kleiner 3er-Golf aufheulte, wusste es jeder. Im Auspuff klaffte ein großes Loch und das Geräusch war eher mit dem eines Sportauspuffs zu vergleichen. Sorgsam manövrierte ich das Auto aus der viel zu kleinen Parklücke und fuhr davon. Börnecke war nicht sonderlich groß und hatte bis auf einen Bäcker, einen Tante-Emma-Laden und einer improvisierten Postfiliale nichts zu bieten. Welch Glück, dass ein paar Kilometer entfernt bereits Blankenburg lag. Gut also, wenn man ein Auto hatte. Ruhig fuhr ich die Landstraße entlang. Um diese Zeit war bereits reger Verkehr, da die B6n keine drei Kilometer vom Dorf entfernt ihren Anschluss hatte. Viele Pendler trafen sich hier, um gemeinsam nach Niedersachsen zu fahren. Früher hatte es meine Mutter ähnlich gehandhabt. Denn im Westen, wie sie immer sagte, gab es die besseren Jobs. Ich verwarf den Gedanken an meine Mutter und schlängelte mich das kurze Stück durch die Innenstadt. Um diese Zeit war dort nicht viel los und so beschloss ich, mich ausnahmsweise einmal reinzusetzen. Normalerweise tat ich das nie. Meine knappe Zeit reichte meistens nur für den Drive. Ich parkte das Auto, nahm meine Tasche und ging hinein. Leider gab es hier kein McCafé und so musste ich mich wohl oder übel mit dem zufriedengeben, was ich bekommen würde. Oh man, wie gerne hätte ich jetzt in einen schönen Bagel gebissen. Mein Magen knurrte unheilvoll bei diesem Gedanken. Eine ältere und recht stämmige Frau stand am Tresen. Ihr Blick sagte mir, dass ihr Start in den Tag wohl kaum besser gewesen sein konnte als meiner. »Guten Morgen«, sagte sie teilnahmslos. Ich atmete tief ein.

»Einen großen Kaffee und drei McToast zum hier essen, bitte.« Sie drückte auf ihrem kleinen Bildschirm herum und sah mich wieder an.

»Mit Schinken oder Bacon?« Von den Dingern gab es mehrere? Schnell entschied ich mich für Schinken und reichte ihr einen Zehneuroschein. Mühsam stellte sie ein Tablett auf den Tresen. Direkt neben meinem Kaffee eine Nummer.

»Dauert einen Moment. Sie können sich schon setzen.« Ich griff danach und wählte einen Platz in der hintersten Ecke. Die Türen am Eingang öffneten sich und ein paar Bauarbeiter betraten das Gebäude. Mit derselben Lustlosigkeit bediente sie die drei Männer. Ich schüttelte den Kopf. Da hat man schon keine Zeit zum Frühstücken oder, wie in meinem Fall, verdorbenes Essen und bekommt auch noch eine unfreundliche Schlaftablette als Bedienung. Kopfschmerzen kündigten sich an und ich rieb mir die Stirn. Vielleicht sollte ich ein paar Tage wegfahren, damit ich wieder Kräfte sammeln konnte. Ich verwarf diesen Gedanken allerdings, als ich an meine Mutter dachte. Die Bedienung kam mit einem Tablett in meine Richtung.

»Bitte«, sagte sie knapp, stellte alles auf den Tisch und nahm die Nummer mit sich. Einer der Bauarbeiter beobachtete sie dabei und blieb mit seinem Blick an mir hängen. Doch ich ignorierte es. Erst, als er seinem Nebenmann etwas zuflüsterte, sah ich auf. Normalerweise interessierte es mich nicht, was andere über mich dachten. Sein Kollege wirkte allerdings interessant. Er hatte die Hände in der Jeans vergraben, welche locker auf seiner schmalen Hüfte saß. Er war größer als seine beiden anderen Kollegen, ungefähr 1,90 m, würde ich schätzen. Sein Oberkörper schien von der harten Arbeit gut durchtrainiert. Die Haare fielen natürlich und umrahmten sein Gesicht. Der schwarze Touch gefiel mir. Er schien bemerkt zu haben, dass ich ihn »begutachtete« und drehte sich wieder zu den anderen beiden. Doch ich konnte meine Augen nicht lösen und sah ihn erneut an.

Irgendetwas an diesem Mann passte nicht zu meinem »Bauarbeiter-Bild«. Aber was wusste ich schon. Das alles waren Dinge, von denen ich keine Ahnung hatte. Ich musste dringend etwas essen. Noch länger konnte ich meinen Magen nicht warten lassen, denn er knurrte wieder laut. Aber das Gespräch der Männer erregte aufs Neue meine Aufmerksamkeit. Alle drei hatten inzwischen einen Beutel in der Hand und waren im Begriff, den Laden zu verlassen. An der Tür blieb der Mann, den ich eben beobachtet hatte, noch einmal stehen, und sah mich an. Ein Blick in seine eisig blauen Augen ließ mich jedoch innehalten. Es hatte den Anschein, als wolle er seinem Blick eine Warnung mitschicken. Abrupt sah ich weg und schluckte schwer. Dann war er auch schon verschwunden. Irritiert schaute ich aus dem Fenster und sah ihnen nach. Unter anderen Umständen hätte ich ihn womöglich interessant gefunden. Er hatte etwas an sich, was einen förmlich dazu einlud, sämtliche Warnungen zu ignorieren und das Geheimnis hinter diesen blauen Augen zu lüften. Schnell schüttelte ich meine Gedanken ab und begann zu essen. Es war sinnlos, mir Fantasien dazu auszumalen, immerhin würde ich ihn sowieso nicht wiedersehen.

Pünktlich 6.30 Uhr parkte ich beim Haus meiner Mutter ein. Hektisch kramte ich den Hoftürschlüssel aus meiner Tasche und ging hinein. Noch brannten keine Lichter und eine kleine Sorge erfasste mich. Immerhin war sie um diese Zeit meist schon auf den Beinen. Getrieben von meiner Sorge, ob ihr etwas zugestoßen sei, überquerte ich den Hof und öffnete die Eingangstür. In der Stille war nur das Rauschen in meinen Ohren zu vernehmen. Angst breitete sich in mir aus. Meine Hände zitterten. Seit Tagen hatte sie sich schon nicht wohlgefühlt. »Mama«, rief ich von unten hinauf, erhielt jedoch keine Antwort. Mit schnellen Schritten lief ich die alte Holztreppe nach oben. Vor dem Schlafzimmer meiner Mutter kam ich zum Stehen. Tausend Gedanken fuhren durch meinen Kopf. Meine Finger waren fast taub, als sie sich um den Türgriff legten. Mein Bauch zog sich schmerzhaft zusammen. Minuten verstrichen und ich stand wie festgewachsen auf dem alten Holzboden. Ich wusste, dass meine Mutter nur noch wenig Zeit in diesem Leben hatte. Dennoch war ich nicht bereit, diesen Zeitpunkt zu akzeptieren. *Öffne endlich die Tür und male dir nicht ständig schauderhafte Bilder aus!*, schrie mein Unterbewusstsein. Nervös drückte ich die Klinke nach unten und die Tür gab ein knarrendes Geräusch von sich. Zwar war es dank der Straßenlaterne, die direkt vor dem Grundstück stand, gut beleuchtet, aber die Dunkelheit im Schlafzimmer war kaum auszuhalten. »Mama«, rief ich hinein und lauschte auf eine Antwort. *Nichts.* Kein Laut war zu hören. Erneut griff die Panik nach mir. Mit den Fingerspitzen betätigte ich den Schalter und das Zimmer erhellte sich. Dann sah ich auf das Bett. Entsetzt schrie ich auf und rannte zu meiner Mutter. Sie war blass und ihre Lippen waren kreidebleich. Eilig fischte ich das Handy aus meiner Tasche und wählte den Notruf. Dann sank ich über ihr zusammen. Tränen kullerten über meine Wangen. »Mama, ich war doch noch gar nicht bereit, dich gehenzulassen.« Schützend, als würde ich ihren Anblick nicht länger ertragen, schlug ich die Hände vor das Gesicht. Wäre ich doch nur eher hier gewesen oder hätte sie gestern nicht alleine gelassen. Das war ganz alleine meine Schuld. Der letzte Mensch auf dieser Welt, dem ich noch wichtig war, war nun nicht mehr da.

Die Zeit verstrich, doch ich konnte mich nicht bewegen. Erst, als ich aus der Ferne die Sirenen des Rettungs-wagens hörte, raffte ich mich hoch. Mit wackeligen Beinen steuerte ich auf die Treppe zu. Übelkeit erfasste mich. Vorsichtig, und mit beiden Händen am Geländer, ging ich hinunter, um den Rettungskräften die Tür zu öffnen. Alles, einfach alles, war zu viel. Ich wusste über-haupt nicht, wie ich mit dieser Situation nun umgehen sollte. Mit letzter Kraft öffnete ich auch die letzte Tür und ließ mich gegen die Wand sinken. Der letzte Mittel-punkt in meinem Leben war gegangen und ließ absolute Leere zurück. Müde, erschöpft und ausgelaugt gönnte ich mir einen Moment der Ruhe. Egal was auch kam, für mich musste das Leben weitergehen. Auch wenn es in diesem Moment danach aussah, als würde das niemals geschehen.

– 1 –

Drei Monate später

Der Schmerz war nach wie vor da. Ich konnte ihn spüren. Tief in mir. Es war, als würde man in einem Glashaus sitzen und jede Bewegung konnte es zum Einsturz bringen. Inzwischen war ich nur noch eine leere Hülle. Ohne Leben, ohne Energie. Meinen Job hatte ich aufgrund der Belastungen gekündigt. Der frühe Tod meiner Mutter und die immer schlimmer werdenden Ereignisse hier im Dorf hatten mir meine letzten Kraftreserven geraubt. Die Tage bestanden nur noch aus Schlafen, Vor-mich-hin-Gammeln und hin und wieder eine Kleinigkeit essen. Selbst den Kontakt zu meinen alten Freunden hatte ich fast komplett eingestellt. Außer zu meiner besten Freundin Sabrina. Sie war auch die Einzige, die ich während meiner Trauerbewältigung an meiner Seite wissen wollte. Ich streckte meine schmerzenden Glieder und raffte mich vom Sofa auf. Draußen schien die Sonne und die ersten Frühlingsvorboten kündigten sich an. In der Küche nahm ich mir eine Tasse aus dem Schrank und schaltete den Wasserkocher ein. Mein Magen krampfte sich schmerzhaft zusammen. Seit Tagen eine Nebenwirkung meiner

Radikaldiät. Doch auch wenn ich mir eine Kleinigkeit zubereitete, blieb sie fast unberührt stehen. Ich fühlte mich schlapp und unendlich leblos. Mit zitternden Fingern nahm ich den Wasserkocher und goss das heiße Wasser in die Tasse. Mit dem Becher in der Hand ging ich zurück ins Wohnzimmer und zappte ziellos durch das TV-Programm. Die Zeit verstrich und der Tag verging, ohne dass ich etwas davon mitbekam. Erst das Klingeln an meiner Tür ließ mich hochschrecken. Panisch sah ich auf die Uhr. Es war bereits nach 20.00 Uhr abends. Wer konnte zu dieser Zeit noch etwas von mir wollen? Ich dachte an meine Nachbarn und ein ungutes Gefühl machte sich in mir breit. Wieder ertönte das Geräusch der Klingel. Mühsam rappelte ich mich auf und stellte den Becher auf den Glastisch vor mir. Ein kurzer Blick an mir herab sagte mir zwar, dass ich furchtbar aussah, allerdings war es mir auch egal. Sollten doch ruhig alle sehen, wie mies es mir in Wirklichkeit ging. Langsam und desinteressiert hob ich den Hörer ab.

»Ja«, lautete meine knappe Antwort.

»Ich bin es, Sabrina. Hast du schon vergessen, dass ich heute kommen wollte?« Fassungslos blickte ich auf den Kalender im Flur. Seit einer Weile hatte ich ihn nicht mehr weitergestellt. Allerdings prangte um ein Datum ein großer roter Kreis. *Verdammt.*

»Darf ich nun rein oder nicht?«, riss mich ihre Stimme aus meinen Gedanken.

»Ja, klar«, antwortete ich knapp und betätigte den Summer für die Eingangstür. Ruhelos öffnete ich die Tür und wartete auf meine beste Freundin. Normalerweise wäre ich aus dem Häuschen vor Freude, weil sie mich besuchen kam, doch im Moment wollte ich nur für mich alleine sein. Meine Gesellschaft war sozusagen nicht sehr empfehlenswert. Und für meine Stimmung hatte Sabrina nicht viel übrig.

»Habe ich es doch geahnt«, waren ihre ersten Worte, als sie mich erblickte. Missbilligend schüttelte sie den Kopf.

»Du siehst fürchterlich aus, Süße. Da bin ich wohl gerade noch rechtzeitig gekommen.« Ich quittierte ihre Aussage mit einem leichten Schulterzucken und ließ sie hinein. Im Gegensatz zu mir hatte es Sabrina recht leicht. Sie war groß, schlank und hatte meist die besten Modetrends in die Tat umgesetzt. Auch jetzt sah sie atemberaubend aus. Und irgendwie schämte ich mich für meinen grauen Jogginganzug. Sie stellte ihre Koffer beiseite und zog den roten Mantel aus. Erst dann sah sie mich an.

»Julie. Was soll das? Sieh dich an. Du bist kreidebleich, nicht ordentlich angezogen und, puh, wann warst du das letzte Mal duschen? Das Ganze hat ab heute ein

Ende.« Um ihren Worten auch die richtige Strenge zu geben, griff sie nach meiner Hand und zog mich quer durch die Wohnung. Erst im Badezimmer blieb sie stehen. Stirnrunzelnd sah ich sie an. Natürlich war mir klar, was ich hier sollte. Mein Laune-Barometer wehrte sich allerdings kräftig dagegen.

»Muss das denn sein?« Ihr heftiges Kopfnicken beantwortete mir diese Frage deutlich.

»Du bist kein Mensch mehr. Also ab unter die Dusche. Ich koche.« Ohne dass ich etwas erwidern konnte, verließ Sabrina das Bad und notgedrungen fügte ich mich ihren Anweisungen. Sabrina konnte ziemlich energisch sein. Also entledigte ich mich meiner Sachen und sprang unter die Dusche.

Als ich aus der Dusche kam, duftete es köstlich. Damit Sabrina nicht wieder einen Grund zum Meckern fand, hatte ich sogar auf meinen Jogginganzug verzichtet und eine schlichte Jeans und ein Top angezogen. Sie stand, über den Herd gebeugt, in der Küche.

»Ach, da bist du ja. Das sieht doch schon viel besser aus. Ich konnte mir ja bereits denken, dass du nichts zu essen da hast, daher habe ich gleich etwas mitgebracht«, verkündete sie fröhlich. Sabrina kannte mich gut und ihre kleine Aktion bewies es mir erneut.

»Danke«, bemerkte ich knapp. Die Dusche hatte mich zwar ein wenig erfrischt, die Sorgen konnte sie mir allerdings nicht nehmen.

»Julie, du musst endlich wieder auf die Beine kommen. Das mit deiner Mutter ist schon drei Monate her. Es erwartet ja niemand, dass du aufhörst zu trauern. Aber dein Leben muss langsam weitergehen«, sagte sie und sah mich mitfühlend an. Genau da lag das Problem. Meine Mutter fehlte mir, ja, aber es war nicht der Grund, warum es mir so schlecht ging. Bis jetzt hatte ich darüber jedoch noch nie ein Wort verloren. Nicht ein einziges. Der Gedanke, einfach wieder zurückzuziehen, keimte zwischenzeitlich sogar auf. Allerdings hatte ich auch noch das Haus meiner Mutter, das ich verkaufen musste. In dieser *Einöde* war das gar nicht so einfach. Zwar hatten sich schon einige das Haus angesehen, doch zum Verkauf war es bisher nicht gekommen.

»Huhu, bist du noch anwesend?« Ich sah sie an.

»Tut mir leid. Ich war in meinen Gedanken versunken. Was hast du gesagt?« Ihre braunen Augen fixierten mich eindringlich.

»Nur, dass du endlich anfangen sollst, es zu verarbeiten«, erwiderte sie.

»Bine, es geht nicht nur um meine Mutter«, platzte es aus mir heraus. Über meine Worte hatte ich in diesem

Moment nicht nachgedacht, ich wollte mich lediglich in Schutz nehmen.

»Wieso? Gibt es noch etwas, das ich wissen sollte?« Sabrina lehnte sich an die Arbeitsplatte. Tief atmete ich durch.

»Kurz und knapp? Seitdem ich hier eingezogen bin, werde ich von meinen Nachbarn drangsaliert. In der Zwischenzeit ist es so schlimm geworden, dass mein Auto seit ein paar Tagen nur noch auf der blanken Felge steht. Mein Strom wird regelmäßig abgeschaltet oder der Warmwasserregler wird im Keller abgestellt. Keine Ahnung, warum man die damals so offensichtlich für jeden im Keller positioniert hat. Die Post habe ich seit Wochen nicht einmal mehr öffnen können. Der Hauskauf wird dauernd gestört und es werden irgend-welche Gerüchte verbreitet.« Ich hatte mich in Rage geredet und alles platzte förmlich aus mir heraus, so, als hätte ich schon Ewigkeiten darauf gewartet. Sabrina verzog keine Miene, betrachtete mich aber genau.

»Warum erzählst du mir nichts davon? Seit Monaten wirst du gemobbt und ich weiß kein Stück.« Anstatt Erleichterung verspürte ich Frust. Glaubte sie mir etwa nicht?

»Was hätte ich denn sagen sollen? Am Anfang habe ich es ignoriert. Irgendwann ging das aber nicht mehr.« Sie schüttelte missbilligend den Kopf.

»Dieser Umzug hierher hat dich völlig verändert. Früher hättest du mit mir geredet. Seitdem du hier wohnst, frisst du alles in dich rein. Und was passiert? Genau! Jetzt haben wir den Salat.« Wütend ging sie in meiner Küche auf und ab. Die Erleichterung über meine Beichte wich immer mehr, zurück blieb nur ein bitterer Beigeschmack.

»Tut mir leid«, flüsterte ich leise und die Resignation war deutlich hörbar. In ihren Augen konnte man erkennen, dass sie mit sich rang. Wollte sie mich weiter tadeln oder gab sie der mitfühlenden Ader nach? Sabrina schnaufte und kam auf mich zu. »Warum packen wir nicht einfach deine Sachen und verschwinden? Du kannst das Haus deiner Mutter auch so verkaufen. Dafür musst du nicht extra hierbleiben.« Wahre Worte, dennoch hatte ich das Gefühl, einfach noch nicht so weit zu sein. Vielleicht brauchte ich die gewohnte Umgebung. Den Trost. Und zu allem Überfluss musste das gesamte Haus ja auch noch ausgeräumt werden. Dafür hatte ich bis jetzt nichts getan. Wieder ein Punkt, der mich mehr frustrierte als ich zugeben wollte.

»Julie?« Ich sollte mir das echt abgewöhnen. »Entschuldige, mir geht einfach einiges durch den Kopf. Das Haus muss noch ausgeräumt werden.« Sabrina schaute mich an.

»OK. Wenn du das sagst. Dann würde ich sagen, wir

beide essen jetzt eine Kleinigkeit und dann reden wir weiter.« Sie holte zwei Teller aus dem Schrank, und begann sie zu füllen. Mein Magen krampfte sich zusammen. Nach den Tagen, an denen ich kaum etwas gegessen hatte, würde er sicher rebellieren. Aber ich wollte Sabrina nicht vor den Kopf stoßen. Immerhin hatte sie sich viel Mühe gegeben. Sie reichte mir einen vollen Teller Nudeln und schob mich sanft ins Wohnzimmer.

»Setz dich. Ich komme auch gleich.« Ihre energische Art ließ mich nicht widersprechen und ich nahm auf dem Sofa Platz, den Teller auf meinem Schoß. Kurz danach kam auch Sabrina hinzu und tat es mir gleich.

»Lass es dir schmecken«, sagte sie betont. Niedergeschlagen begann ich, mit meinem Besteck im Essen zu stochern. Der erste Bissen kostete mich einiges an Überwindung, aber der Hunger ließ mich den Teller in Rekordzeit verdrücken.

»Na bitte. Das war doch gar nicht mal so schwer.« Sie grinste und aß weiter.

»Wie geht es Tim?«, fragte ich, als mir die Stille unheimlich wurde. Tim war ihre Jugendliebe und die beiden waren nun annähernd zehn Jahre zusammen. Heutzutage war das eine Glanzleistung.

»Sehr gut. Er ist richtig glücklich in der neuen Firma«, antwortete sie mit halbvollem Mund.

»Das ist schön«, entgegnete ich knapp. Irgendwie war es komisch, nach so langer Zeit der Einsamkeit wieder mit jemandem zu reden. Als hätte ich es vollkommen verlernt.

»Gib mir deinen Teller.« Ich reichte ihn ihr und sah zu, wie sie das Zimmer verließ, um gleich darauf wieder fröhlich zurückzukommen.

»So, nun mal raus mit der Sprache. Seit wann geht das hier mit deinen Nachbarn schon?« Wenn ich auf eines nie hoffen konnte, dann war es, dass sie etwas vergaß oder mich mit ein paar knappen Antworten davonkommen ließ. Meine Hände griffen nervös in-einander und ich massierte die kalten Fingerspitzen. »Praktisch seitdem ich eingezogen bin. Ich kann dir auch nicht sagen, warum.« Ich zuckte mit den Schultern.

»Was?! So lange schon? Und bitte lass dir nicht alles aus der Nase ziehen.« Ihr Blick duldete wie immer keinen Widerspruch.

»Na ja, erst fing es an, dass meine Post ständig feucht war. Meine Schuhe wurden versteckt. Der Teppich vor der Tür lag im Müll. Dann haben sie während des Hausputzes den Dreck auf meine Fußmatte gekippt, den Strom abgedreht und die Warmwasserversorgung abgestellt. Ein paar Mal habe ich schon was gesagt, allerdings hatte ich das Gefühl, dass es dann noch schlimmer wurde. Vor ein paar Tagen haben sie mir dann die Reifen am Golf zerstochen. Von den Kratz-spuren mal ganz abgesehen. Und über die »Gerüchte« weiß ich auch relativ wenig, aber ich bemerke die Blicke.« Nervös beendete ich meine Ausführungen und wartete auf ihre Reaktion.

»Puh. Das ist heftig. Obwohl ich sagen muss, dass, nicht auf so einen Mist zu reagieren schon gut war. In der Regel merken die Leute ja schnell, dass sie damit keinen Erfolg haben. Echt seltsam, dass es nicht so ist.« Sie kratzte sich am Kopf.

»Und es ist auch nichts weiter vorgefallen? Also, dass du jemanden vielleicht doch unbemerkt verärgert hast?« Ich zog einen Schmollmund.

»Nein, ich habe nichts gemacht. Jedenfalls nicht, dass ich es wüsste.« Sie nickte.

»Eventuell haben sie einfach Spaß daran. Alte Men-schen haben offensichtlich nichts Besseres zu tun.« So hatte ich es noch gar nicht gesehen. Und vielleicht hatte sie damit auch recht. Es lag vermutlich nicht an meiner Person, sondern an chronischer Langeweile. Erleichtert atmete ich aus. Der Gedanke alleine reichte, um meine Laune ein wenig nach oben zu schieben. »So, und nun lassen wir das Thema erst mal. Geh ins Bett und wir werden morgen als Erstes den Golf wieder flott machen. Dann fangen wir an, die Wohnung deiner Ma leerzuräumen.« Häuptling Sabrina hatte gesprochen.

Und wie so oft heute fügte ich mich meinem Schicksal.

»Danke«, wisperte ich und umarmte meine beste Freundin.

»Nicht dafür«, sachte schob sie mich in Richtung Schlafzimmer.

»Schlaf gut.« Müde war ich nicht wirklich, da ich den halben Tag geschlafen hatte, aber für Sabrina wollte ich es probieren. Schnell schälte ich mich aus meinen Klamotten und schlüpfte in ein bequemes Shirt. Dann krabbelte ich unter die Decke und schloss die Augen. *1 ... 2 ... 3 ... 4 ...* kleine Schäfchen, dann umfing mich der Schlaf.

Leise schob ich mich Stück für Stück durch die Büsche. Sämtliche Lichter waren gelöscht und Stille regierte die Umgebung. Lediglich Hundegebell aus der Ferne war zu vernehmen. Vorsichtig hockte ich mich hin und ließ meinen Blick schweifen. In der obersten Etage des Wohnblockes brannte kein Licht mehr. Von meinem Versteck aus hatte ich vorhin beobachten können, wie jemand, den ich bis jetzt noch nicht kannte, das Haus in der Mitte betrat. Offensichtlich hatte meine Zielperson Besuch empfangen. Etwas, dass ich zu den unvorhergesehenen Ereignissen hinzufügen musste. Aber es war gut zu wissen, dass dieser jemand nicht alleine war. Seit

Wochen kam ich bereits jede Nacht hierher und gab meinen inneren Drängen nach. Obwohl mir nicht wohl bei der Sache war. Vielleicht hatte ich auch gehofft, dass sich meine Vermutungen nicht bestätigen würden. Doch schon in der ersten Nacht wurde ich eines Besseren belehrt. Nur schwer konnte ich meine aufkeimende Wut besänftigen. Schaffte es jedoch, mich nicht von meinem Platz in den Büschen zu entfernen. Nicht mehr lange und alles würde sich wie ein gewaltiger Feuerball entladen. Dessen war ich mir vollkommen sicher.

»Aufstehen, Schlafmütze.« Augenblicklich schreckte ich aus dem Schlaf hoch. Blinzelnd kämpfte ich gegen die hellen Strahlen der Sonne, welche direkt ins Schlafzimmer schienen. Als ich es einigermaßen geschafft hatte, stand Sabrina direkt vor meinem Bett. »Wie spät ist es eigentlich?«, fragte ich verschlafen. »Um acht. Also nun, hoch mit dir. Ich hole Brötchen, und wenn ich wiederkomme, erwarte ich dich frisch geduscht am Tisch.« Damit verließ sie mein Zimmer. So viel Energie wollte ich mal haben. Mühsam rappelte ich mich auf. Sabrina war ein Teufel in der Gestalt meiner besten Freundin. Da konnte ich die erste Nacht seit Langem einmal richtig schlafen und sie weckte mich viel zu früh. Ich öffnete den großen Kleiderschrank und nahm ein paar frische Sachen heraus. Eilig ging ich ins Bad und tat brav das, was man mir aufgetragen hatte.

Zwanzig Minuten später saß ich frisch geduscht und ordentlich gekleidet am Tisch. Sabrina hatte bereits den Tisch gedeckt und selbst der Kaffee stand schon bereit. Ein wenig nagte das schlechte Gewissen an mir. Sabrina hatte selbst Lebensmittel mitgebracht, als sie gestern kam. Normalerweise war das meine Aufgabe und nicht die meines Gastes. Nervös blickte ich auf die Uhr. Vielleicht hatte sie den Bäcker nicht gefunden. Zugegeben, es war schon ein Stück bis in den nächsten Ort. Und dazu gab es keine Wegweiser: *Hier entlang, nur hier gibt es frische Brötchen.* Ich unterdrückte ein Schmunzeln. Endlich kam Sabrina zur Tür hinein.

»Oh man, das ist ja echt eine Achterbahn da draußen«, keuchte sie. Als Antwort legte ich ein freches Grinsen auf.

»Lach mich ruhig aus.« Sie legte die Brötchen auf den Tisch und zog ihre Sachen aus.

»Du siehst besser aus«, bemerkte sie, als sie sich direkt gegenüber von mir auf den Stuhl setzte. »Danke, ich fühle mich auch ein wenig besser.« Ein herzliches Lächeln breitete sich auf ihrem Gesicht aus. »Das ist super. Vielleicht hätte ich dich einfach nicht so lange alleine lassen sollen.« Sie traf doch gar keine Schuld. Immerhin hatte ich mich selbst für das »Exil« entschieden. Vielleicht brauchte ich das einfach. Manchmal sah man die Welt danach klarer. Auf jeden Fall tat es gut, dass sie nun hier war. Das Leben kroch wieder zurück in meine müden Glieder und die Sonnenstrahlen breiteten sich wellenförmig in meinem Körper aus. Und alleine dafür war ich ihr sehr dankbar.

»Alles in Ordnung. Ich habe das vielleicht gebraucht. Auch wenn ich mich nicht so extrem hätte gehen lassen dürfen. Dich trifft keine Schuld und ich bin froh, dass du jetzt da bist.« Wieder lächelte Sabrina und biss in ihr Brötchen.

»Im Übrigen habe ich mir den Golf angesehen. Ich weiß zwar nicht, was du da genau gesehen hast, aber die Reifen sind völlig in Ordnung.« Geschockt ließ ich das Messer fallen.

»Bitte was?«, fragte ich viel zu hoch.

»Das kann nicht sein. Als ich vor ein paar Tagen losfahren wollte, waren die beiden vorderen Reifen zerstochen.« Sabrina sah mich ungläubig an.

»Hm. Komisch. Jedenfalls waren sie es eben nicht mehr.« Sie zuckte die Schultern. Bei mir allerdings blieben die Ungläubigkeit und die Frage, ob ich schon so bescheuert war. Ich wusste, was ich gesehen hatte. Da war ich mir absolut sicher.

»Ich verstehe das zwar nicht, aber mir fällt im Moment auch keine Erklärung dafür ein.« Ich ließ mir meine Verunsicherung nicht anmerken und widmete mich meinem Brötchen. Reifen auswechseln konnte schließlich jeder. Doch wer würde sie erst zerstechen und dann wechseln? Die Vorstellung, dass jemand eventuell an meinem Auto herumgebastelt haben könnte, machte mir Angst. Wer wusste, was sie noch alles gemacht hatten? Die Bremsschläuche fielen mir ein und ich hatte schwer mit diesem Gedanken zu kämpfen.

»Vielleicht sollte ich das Auto vorsichtshalber in eine Werkstatt bringen?«, warf ich ein. Sabrina sah mich ungläubig an.

»Wieso?« Ich hielt ihrem Blick stand.

»Ich bin mir sicher, dass die Reifen zerstochen waren. Was ist, wenn jemand heimlich an meinem Auto war und vielleicht noch mehr gemacht hat?« Die Richtung, in die meine Gedanken gingen, wurde immer unheimlicher und realisierte sich in meiner Angst. »Das glaubst du doch jetzt nicht wirklich?! Aber wenn es dich beruhigt, dann bringen wir ihn in eine Werkstatt.« Ich nickte. Sicher war sicher. Ich wusste nicht, warum, aber ich hatte absolut kein gutes Gefühl bei der Sache.

»Dann lass uns zu Ende frühstücken und danach ist dein Auto dran.« Still und ohne ein weiteres Wort beendeten wir das Frühstück. Im Kopf legte ich eine Liste an, wer dafür infrage kommen könnte. Doch wie auch schon vor ein paar Tagen fiel mir einfach niemand ein. Wollten meine Nachbarn mich jetzt schon psychisch fertigmachen? War das eventuell der Plan? Wenn ja, warum? Ich wurde einfach nicht schlauer. Egal, wie oft ich mir das alles durch den Kopf gehen ließ, nichts ergab einen Sinn.

»Ich räume ab. Bleib du ruhig sitzen. Du siehst immer noch so aus, als hättest du einen Geist gesehen«, sagte Sabrina und verließ voll beladen das Zimmer. Angespannt stand ich auf und sammelte meine Sachen zusammen. Erst nach und nach fiel mir auf, wie dreckig und unordentlich es hier eigentlich war. Und diese Situation war mir mehr als unangenehm. Was musste meine beste Freundin nur von mir denken? Um die Unordnung würde ich mich später kümmern müssen. Schnell gesellte ich mich zu ihr in die Küche.

»Ich muss mir nur noch eine Jacke überziehen und wir können los.« Sie nickte zustimmend und nippte ein letztes Mal an ihrer Tasse Kaffee.

Seit Stunden saß ich im Auto und wartete. Bis jetzt jedoch kam der ersehnte Anruf nicht. Was hatte ich auch erwartet? Dass all die Dinge so laufen würden, wie ich es wollte? Bei Weitem nicht! Und unter normalen Umständen wusste ich das auch. Nervös rieb ich mir die schmerzende Hand und sah an mir herab. Dunkelheit war nicht der beste Begleiter. Aus den Augenwinkeln nahm ich eine Bewegung wahr und konzentrierte mich auf diesen Punkt. Meine Geduld hatte sich gelohnt. Das Ziel meiner Bemühungen lag direkt vor mir.

»Ja, Mädchen, die Schluppen wurden neu aufgezogen. Da, die Noppen daran sind noch vorhanden. Ansonsten ist alles in bester Ordnung mit der Mühle.« Der alte Werkstattmeister ließ den Blick auf mich gerichtet und wartete auf eine Reaktion meinerseits. »Vielen Dank. Was bin ich Ihnen für Ihre Mühen schuldig?« Er schüttelte den Kopf.

»Hab ja nichts gemacht, außer nachgesehen. Geht schon in Ordnung.« Er betätigte die Hebebühne und ließ meinen Wagen herunter. Also hatte ich recht damit gehabt. Nur, wer würde erst die Reifen zerstechen und mir völlig neue draufziehen? Noch dazu, dass meine alten Felgen wieder verwendet wurden. Das ergab einfach alles keinen Sinn.

»Danke«, sagte ich und nahm die Autoschlüssel entgegen. Sabrina stand die ganze Zeit etwas abseits von uns und gesellte sich erst jetzt wieder dazu.

»Das ist ja gruselig«, bestätigte sie meine unausgesprochenen Gedanken.

»Irgendwie schon«, antwortete ich knapp und stieg ein.

»Aber mir fällt auch niemand ein, der so etwas tun würde. Oder meinst du, der Reifenzerstecher hatte ein schlechtes Gewissen?« Sie griff nach dem Gurt und schnallte sich an.

»Keine Ahnung, aber solange wir das nicht wissen, müssen wir es glauben. Es bringt sowieso nichts, sich darüber den Kopf zu zerbrechen. Also, lass uns zum Haus deiner Mutter fahren.« Ich nickte und startete den Motor. Doch trotz der Warnung meiner Freundin zerbrach ich mir den Kopf. Mir war diese ganze Sache absolut unheimlich. Weniger wegen dem Wagen, sondern eher, weil ich keine Ahnung hatte, wer sich diesen »Spaß« mit mir erlaubte. Was würde als Nächstes passieren? Konnte ich mich ruhigen Gewissens in mein Auto setzen? Oder musste ich ab jetzt immer die Werkstatt meines Vertrauens aufsuchen? Andererseits konnte es auch sein, dass derjenige wirklich ein schlechtes Gewissen hatte. Egal, um wie viele Kurven ich mich drehte, ich kam immer auf dasselbe Ergebnis. Ohne Namen würde es eine Ungleichung bleiben. Ich bog auf den Schotterweg, der zum Haus meiner Mutter führte. Meine Grübeleien musste ich bis auf Weiteres einstellen. Sicher gab es Möglichkeiten, herauszufinden, um wen es sich handelte, aber das Geld dafür hatte ich nicht. Also blieb mir nichts übrig, als vorsichtig zu sein und vorerst nicht vom Schlimmsten auszugehen. Gemeinsam stiegen wir aus. Vor uns lag ein Haufen Arbeit. Und nach wie vor hatte ich keine Ahnung wohin mit all den Sachen. Mein Kopf schmerzte, am liebsten hätte ich kehrt gemacht und mich auf das Sofa gekuschelt. Aber es half nichts. Je eher ich hiermit fertig war, desto eher konnte ich darüber nachdenken, vielleicht doch wegzuziehen.

– 2 –

»Puh, ich bin so was von kaputt«, rief Sabrina aus dem Wohnzimmer. Ich stand gerade über die Spüle gebeugt und erledigte den Abwasch vom Abendessen. Nachdem wir knapp sechs Stunden lang blaue Säcke und Kisten gepackt hatten, konnte ich sie verstehen. Bei mir wollte sich dennoch keine Ruhe einstellen. Die Arbeit hatte mich zwar abgelenkt, dennoch dachte ich immer noch an mein Auto. Kurz kam die Überlegung auf, mir eine Garage zu mieten, aber ich verwarf sie wieder. Die Extrakosten konnte ich im Moment einfach nicht aufbringen.

»Soll ich dir helfen?«, ertönte es erneut aus dem Wohnzimmer.

»Nein, ich bin gleich so weit und komme dann rüber«, antwortete ich ihr und stellte den letzten Teller ab. Aus den Augenwinkeln nahm ich eine Bewegung wahr. Da ich in einem kleineren Wohnblock wohnte, der aus vier separaten Teilen bestand, war das mit der Aussicht so eine Sache. Im letzten Block hatte man allerdings freie Sicht auf den alten Bahnhof, einen kleinen Garten und ein riesiges Feld. Hier am Ende des Dorfes, unweit vom Ortsausgangsschild, kam nur noch eine unendliche Weite und bei gutem Wetter konnte man fast bis zum nächsten Dorf blicken. Auf der kleinen Schotterstraße vorm Bahnhof hatte soeben ein Auto gehalten. Das Licht wurde gelöscht, doch niemand stieg aus. Ein Kennzeichen konnte ich aufgrund der Entfernung nicht erkennen. Aber was ging es mich auch an. Langsam kam ich mir selbst wie meine Nachbarn vor: Stets und ständig hinter den Fenstern hocken und die Leute beobachten. Schnell wendete ich meinen Blick ab und ging zu Sabrina. Meine beste Freundin hatte es sich auf dem Sofa bequem gemacht. Im Fernseher lief irgendeine Soap, der sie kaum Beachtung schenkte.

»Abwasch erledigt?«, fragte sie mich und setzte ein kleines Lächeln auf. Nickend ging ich die letzten Schritte bis zur Couch und ließ mich darauf sinken. »Du solltest die ganzen Sachen deiner Mum verschenken. Es gibt einige Einrichtungen, die solche Dinge für kleines Geld an Familien verkaufen, die nicht so viel haben«, durchbrach Sabrina die Ruhe. Abwesend nickte ich. Das schien mir auch eine gute Variante. So würde ich zumindest zwei Fliegen mit einer Klappe schlagen.

»Du hast recht. Ich kann mich morgen darüber informieren.« Gemeinsam mit meiner besten Freundin ließ ich den Abend vor dem Fernseher ausklingen. Über die heutigen Ereignisse sprach jedoch niemand ein Wort. Vielleicht war das auch besser so, denn sonst würde ich die Nacht wahrscheinlich mit Grübeln und nicht mit

Schlafen verbringen.

Die Nacht war kalt und kleine Regentropfen fielen zu Boden. Wie auch die Tage davor nahm ich meine Position inmitten der Büsche ein. Der Boden war schlammig und rutschig. Gewiss nicht die optimalen Voraussetzungen, um im Dunkeln zu lauern. Doch es gab keine andere Option, um schnell an viele und gute Informationen zu gelangen. Dass hier etwas nicht stimmte, sagte mir nicht nur mein Bauchgefühl. Und auch wenn es mich nichts anging, so wollte mein Gefühl dennoch etwas anderes als mein Kopf. Ich rief mich zur Aufmerksamkeit und konzentrierte mich auf mein Ziel. Es war zum Greifen nah, eine Armlänge, und dennoch zu weit entfernt.

Der Rest der Woche verlief ohne neue Vorkommnisse oder Probleme. Ich hatte Sabrina zum Bahnhof gefahren und befand mich nun auf dem Rückweg. Dass sie ging, stimmte mich nachdenklich. Die Zeit mit ihr tat mir gut, auch wenn ich Sabrina am Anfang vom Gegenteil überzeugen wollte. Ihre klare und undurchdringbare Art hatte mich wieder auf meinen Kurs gebracht. Ich sah besser aus und fühlte mich auch so. Das Haus war geräumt, jetzt musste sich nur noch ein Käufer finden. Aber an erster Stelle stand vorerst, einen neuen Job zu finden. Meine gesamten Ersparnisse waren aufgebraucht und zum Arbeitsamt wollte ich keineswegs. Mein Auto begann zu rütteln und zu stocken, bis es gänzlich liegen blieb. Ich versuchte, den Motor erneut zu starten, aber nichts passierte. Das war ja wieder typisch. Mein kleiner Golf stand mitten auf der Landstraße und gab keinen Ton mehr von sich. Panisch überlegte ich, was ich jetzt machen könnte. Wie bestellt und nicht abgeholt stand ich vor meinem Auto und hatte keine Ahnung, an welcher Kinderkrankheit es jetzt wieder litt. Keiner der Vorbeifahrenden hielt an, im Gegenteil, einige hatten es eilig, wegzukommen. Warum auch nicht? Jemandem zu helfen, war ja in der heutigen Zeit Luxus und keine nette Geste mehr. Wütend auf mein Auto trat ich gegen die Stoßstange und fluchte derbe vor mich hin. Es nervte mich, als Frau so hilflos zu sein. Natürlich hätte ich den Abschleppdienst kommen lassen können, aber auch hierfür fehlte mir das nötige Kleingeld.

»Dadurch springt er auch nicht wieder an«, riss mich eine männliche Stimme aus meiner Wutorgie. Erschrocken flog mein Blick in die Richtung, aus der die Stimme gekommen war. Kurz stockte mir der Atem. Der Mann, der vor mir stand, kam mir seltsam bekannt vor. Kurz überlegte ich, doch dann fiel es mir wieder ein. Natürlich, das war der Kerl, den ich bei McDonalds gesehen hatte. Diese eisblauen Augen und die Warnung darin würde ich nie vergessen können. Um ihn nicht weiter anzustarren, sammelte ich mich kurz, ehe ich ihm antwortete.

»Das stimmt leider, aber ich bin so wütend darüber, hilflos zu sein«, erwiderte ich ehrlich. Er winkte mit der Hand ab und kam ein Stück näher.

»Was dagegen, wenn ich mir das einmal ansehe?« Schnell schüttelte ich den Kopf. Immerhin war ich dankbar, dass überhaupt jemand angehalten und mir seine Hilfe angeboten hatte. Auch wenn ich mir wahrscheinlich lieber jemanden gewünscht hätte, der mich nicht so eingehend musterte. Mir fielen derzeit genug Gründe ein, einem Fremden nicht zu vertrauen. Und schon gar nicht, wenn es sich um mein Auto handelte. Er öffnete die Motorhaube und warf einen Blick hinein. Dabei sprach er kein Wort, sondern berührte nur hier und da einige Teile. Er wackelte und rüttelte an ihnen. Dann ging er zurück und setzte sich auf den Fahrersitz. Der gequälte Laut eines vergeblichen Startversuchs drang an mein Ohr. Ein paar Mal probierte er es und kam dann wieder zu mir.

»Was Schlimmes ist es jedenfalls nicht. Ich denke, die Batterie ist tot. Das passiert schon mal.« Wieder nickte ich nur.

»Eine Batterie habe ich leider nicht in meinem Kofferraum versteckt. Wir können dein Auto in die Parkbucht
schieben, keine hundert Meter von hier, und dann
fahre ich dich nach Blankenburg. Dort kannst du dir
eine neue Batterie holen und ich setze dich wieder hier
ab.« Meine Alarmglocken schrillten auf. Nie und
nimmer würde ich mich zu einem Fremden ins Auto
setzen. Auch nicht, wenn er mir geholfen hatte.

»Ohne das böse zu meinen, aber ich setze mich für
gewöhnlich nicht zu Fremden ins Auto. Auch dann
nicht, wenn sie mir geholfen haben.« Er sah mich an,
und eine kleine Falte zwischen seinen Augenbrauen
bildete sich.

»Okay, das kann ich verstehen. Aber wenn du magst,
schieben wir das Auto erst mal von der Straße und ich
hole dir eine Batterie, während du hier wartest.«
Meine Augen weiteten sich, war das ein netter Versuch
mich umzustimmen oder sein Ernst? Irgendwie bereute
ich meine Worte, aber meine Vorsicht gebot mir, meine
Entscheidung nicht zu ändern.

»Das wäre sehr nett«, antwortete ich. Ohne den Blick
von mir zu nehmen, schloss er die Motorhaube wieder.

»In Ordnung. Setz dich in den Wagen, ich schiebe.« Ich
tat genau das, was er von mir verlangte, und nahm auf
dem Fahrersitz Platz.

»Los geht es«, rief mir der Unbekannte zu. Eine Spur von einem schlechten Gewissen keimte in mir auf. Er half mir und dennoch hatte ich ihm gegenüber meine Bedenken, welche er auch offen zu spüren bekam. Kurz und schmerzlos schoben wir mein kleines Auto in die Parkbucht. Eilig stieg ich aus und ging zu dem Fremden. »Danke schön. Alleine hätte ich weiterhin dumm aus der Wäsche geschaut.« Er lächelte freundlich und strich sich ein paar Haare aus der Stirn.

»Keine Ursache. Das war das Mindeste. Ich fahre schnell zurück nach Blankenburg und organisiere dir eine neue Batterie.« Er drehte sich um und ging mit schnellen Schritten zu seinem Wagen. Wieder fiel mir auf, dass ich sein Auto schon einmal gesehen hatte. Aber wahrscheinlich gab es in dieser Richtung Hunderte Autos, die ebenfalls im Umkreis herumfuhren. Angespannt lehnte ich mich an meinen Golf und sah den Vorbeifahrenden nach. Dennoch sagte mir mein Gefühl, dass ich bei diesem Mann vorsichtig sein sollte. Schade, dass er diesen Zwiespalt in mir weckte. Wie auch schon bei unserem ersten kurzen Zusammentreffen waren es seine Augen, die mich auf der einen Seite lockten, alle Geheimnisse zu entdecken, und auf der anderen Seite davon abhielten, hinter die Fassade zu schauen.

Ein kleiner Fehler. Nur ein einziger, noch so klein, noch so unbedeutend, könnte mich um mein Ziel bringen. Es war direkt vor meiner Nase. Ich brauchte nur noch meine Hände ausstrecken. Der Drang war übermächtig und verwischte meine klaren Gedanken. Bis zum jetzigen Zeitpunkt war mir das kein einziges Mal passiert. Ich atmete die klare Luft ein und fixierte mich auf den Wagen vor mir.

3 ... 2 ... 1 ... Mein Plan ging auf. Wie erwartet kam der Wagen von der Fahrbahn ab. Durch die Geschwindigkeit und die recht nasse Fahrbahn geriet er ins Schleudern, überschlug sich und landete im Feld, direkt vor meinem kleinen Versteck. Schnell sah ich mich in alle Richtungen um, vergewisserte mich, dass mir niemand zusah. Erst dann ging ich darauf zu. Beide Insassen, ein Mann und eine Frau, röchelten, waren allerdings noch am Leben. »Welch Jammer«, sagte ich laut. Ich zog mir die Handschuhe über und öffnete erst dann die Beifahrertür. Die Frau wisperte etwas Unverständliches. »Unter anderen Umständen hätte ich geholfen«, flüsterte ich leise. »Nun erleichtere ich euch nur noch das Sterben.« Ich griff an ihren Kopf und riss ihn schwungvoll zur Seite. Das Knacken ihres Genicks war durch die Stille zu vernehmen. »Eins.« Ich schloss die Tür und begab mich auf die andere Seite. Auch dort öffnete ich die Tür und überprüfte die Vitalzeichen des Fahrers. Sie waren kaum mehr zu spüren. Sein Sitz war verschoben und sein Unterkörper war eingeklemmt. Sicher würde er binnen weniger Minuten seinen schweren inneren Verletzungen erliegen. Zufrieden schloss ich auch diese Tür. Genugtuung erfasste mich. Eilig und ohne einen Blick zurück verließ ich den Ort des Geschehens. Mein Werk war an dieser Stelle getan.

Eine halbe Stunde später kam mein Helfer in der Not mit einer neuen Batterie zurück. Innerhalb weniger Minuten hatte er sie eingebaut und mein Auto sprang wieder tadellos an.

»Danke schön«, sagte ich leise und sah ihn an. »Immer wieder gern. Jungfrauen in Not sind mein Spezialgebiet«, scherzte er und lehnte sich gegen den Golf. Unsicher strich ich mir eine Haarsträhne aus dem Gesicht. Dieser Mann brachte mich durcheinander. Trotz seiner Warnung verspürte ich den Drang, sein Geheimnis herauszufinden und ihn kennenzulernen. Erschrocken über meine Gedanken sah ich zur Seite.

»Ich werde dann mal nach Hause fahren. Das mit dem Wagen war nicht eingeplant«, bemerkte ich.

»Schade, dass du schon etwas vorzuhaben scheinst. Ich hätte dich gern noch auf einen Kaffee eingeladen.« Seine Augen verunsicherten mich erneut. Genau wie damals. Wieder ließ ich mein Bauchgefühl entscheiden. »Ich hätte dein Angebot gern angenommen. Gern ein anderes Mal«, sagte ich ehrlich.

»Vielleicht trifft man sich bald mal wieder durch Zufall«, fügte ich schnell hinzu, als er nicht antwortete.

»Bestimmt. Ich bin übrigens Liam.« Er hielt mir seine Hand entgegen. Als höflicher Mensch nahm ich sie entgegen.

»Ich bin Julie.« Die Berührung hallte in meinem gesamten Körper nach und brachte mich ins Wanken.

»Ich wünsche dir noch einen schönen Tag, Julie. Hoffentlich sehen wir uns wirklich bald mal wieder.« Ohne ein weiteres Wort ließ er mich stehen und ging zu seinem Wagen. Erleichtert, dass er mir offensichtlich nicht böse war, atmete ich aus. Dann stieg ich ebenfalls in meinen Wagen und fuhr das kleine Stück bis nach Hause.

Vor meinem Haus war ein hektisches Durcheinander. Alle Nachbarn schienen versammelt zu sein und gestikulierten heftig. Ich kannte sie alle, jedoch hatte niemand je ein Wort mit mir gewechselt, seitdem ich hergezogen war. Entschieden, die Gruppe zu ignorieren, parkte ich den Wagen ab. Frau Paters kam hektisch auf mich zu. Früher hatte die resolute 90-jährige

Frau mit meiner Oma in einer Kantine gearbeitet.

»Mädchen, Mädchen.« Ich blieb stehen und wartete, bis sie mich erreicht hatte.

»Was gibt es denn?«, fragte ich angespannt. Mich interessierte es kein Stück, was in diesem Wohnblock vor sich ging. Meine eigene bittere Erfahrung war ausreichend.

»Familie Staphen hatte einen tödlichen Verkehrsunfall«, wisperte sie fassungslos. Auf meiner Stirn bildeten sich kleine Falten. Sicher war das ein geschmackloser Witz.

»Frau Paters, darüber macht man keine Scherze. Vor nicht einmal zwei Stunden sind sie mir doch entgegengekommen.« Sie griff nach meinem Oberarm und zog mich zu sich runter.

»Das ist alles so merkwürdig. Die Kinder. Oh Gott, die armen Kinder.« Vorsichtig tätschelte ich ihren Arm. Mitleid konnte ich nicht wirklich empfinden. Seit Monaten hatte ich die Vermutung, dass sie hinter all diesen Gemeinheiten steckten. Doch beweisen konnte ich es nie. Hier im Block und auch im Dorf schien ihre Stimme sehr viel Gewicht zu haben, und egal wer es auch war, niemand wollte sich dagegen auflehnen.

»Ich wünsche den Kindern sehr viel Kraft. Leider habe ich noch genug mit dem Hausverkauf zu tun. Entschuldigen Sie mich daher bitte.« Langsam schob ich ihren

Arm weg und ging zum Hauseingang. Ein seltsames Gefühl hatte mich trotz allem gepackt. Eilig rannte ich die Treppen nach oben. Meine Sachen warf ich in eine Ecke und öffnete hektisch das Fenster. Eigentlich zählte ich weniger zu den neugierigen Menschen, aber dennoch wollte ich wissen, was da unten so alles besprochen wurde. Doch leider waren es nur Wortfetzen. ... *Auto war erst beim TÜV ... Er ist immer so gerast ... Die Straßen sind gefährlich hier oben ...* Daran konnte man nur wieder erkennen, wie sinnlos dieses Getratsche war. Ich schloss das Fenster wieder und nahm meinen Laptop vom Tisch. Die kaputte Batterie kam mir wieder in den Sinn und meine Gedanken begannen erneut, sich im Kreis zu drehen. Vor Kurzem waren meine Reifen noch zerstochen und von einem Tag auf den anderen plötzlich nicht mehr. Vielleicht galt dieses Theater überhaupt nicht mir, und als dieser jemand den Fehler bemerkte, hatte er ihn schnell begradigt. Ich schlug die Hände vor den Mund. Was, wenn es hier jemanden gab, der zu so etwas fähig wäre? Schnell schüttelte ich meinen Kopf. Nein, sicher war das Ganze ein Missverständnis und alles nur Gespinste aus meinem Kopf. Meine Reifen hatten sicherlich nichts damit zu tun. Mein Handy vibrierte und ich verwarf mein kleines Chaos.

»Ja.«

»Hallo. Herr Richter hier von der Sparkasse. Ich wollte Ihnen nur kurz Bescheid geben, dass sich morgen ein neuer Interessent das Haus anschauen möchte. Hätten Sie denn überhaupt Zeit so gegen 16.00 Uhr?« »Ja, ich habe morgen Zeit. Dann treffen wir uns wie immer kurz vorher«, antwortete ich.

»In Ordnung. Bis morgen.«

»Ja, bis morgen.« Dann beendete ich das Gespräch. Vielleicht klappte es ja dieses Mal. Das Haus war annähernd Hundert Jahre alt und in den letzten Jahren wurde kaum noch etwas daran gemacht. Aber das Geld daraus konnte ich gut für einen Neustart gebrauchen. Die letzten Termine hatten mir allerdings auch gezeigt, dass nicht jeder viel Zeit und Mühe in die Instandsetzung eines so alten Hauses investieren wollte. Selbst bei einem schmalen Kurs von 30.000 Euro. Abwarten und Tee trinken war wieder einmal angesagt. Ich öffnete den Laptop und konzentrierte mich auf mein heutiges Tagesziel: Einen neuen Job finden.

Vor meinem Termin mit dem Makler der Sparkasse wollte ich noch schnell meine Bewerbungen, die ich gestern Abend noch fertig gemacht hatte, verschicken. In der Postfiliale im Ort hatte ich seit den Vorkommnissen keine Briefe mehr abgegeben. Also musste ich die paar Kilometer bis nach Blankenburg fahren. Wenn es nicht allzu voll war, dann würde die Zeit vielleicht auch noch für einen kleinen Snack reichen. Ich parkte mein Auto auf dem riesigen Parkplatz des Einkaufszentrums, nahm meine Briefe und ging hinein. Zu allem Überfluss schienen einige den gleichen Gedanken zu haben. Wie ich diese Menschenansammlungen hasste. Eilig bemühte ich mich, mich durch die Massen zu schlängeln. Dabei übersah ich jemanden, der mit seinem Kaffeebecher auf mich zukam. Der heiße Kaffee traf auf ein weißes Hemd.

»Mist«, fluchte ich laut.

»Das tut mir so leid.« Ich sah von dem Kaffeefleck auf und blickte in eisblaue Augen.

»Liam?«, fragte ich sichtlich irritiert. Er lächelte mich an. Jetzt war ich noch verwirrter als zuvor. Ich hatte irgendwie erwartet, dass er aufgrund des heißen Kaffees eine Reaktion zeigte. Aber nichts geschah.

»Hallo, Julie. Schön, dich wiederzusehen.« Hektisch rangierte ich mit meinen Briefen.

»Das tut mir so verdammt leid«, wiederholte ich noch einmal.

»Ist doch nichts passiert. Ein kleiner Fleck, den die Waschmaschine schon wieder rausbekommt.« Meine Briefe drohten mir aus den Händen zu rutschen. In der einen Hand den Kaffee, umfasste er mit der anderen meine Briefe.

»Vielleicht sollte ich dir helfen«, sagte er und nahm sie mir aus der Hand.

»Der perfekte Gentleman in jeder Situation«, scherzte ich.

»Vielleicht. Aber wenigstens scheine ich bei dir immer in der Nähe zu sein, wenn du mich brauchst.« Ich schluckte. Sein kleiner Flirtversuch zeigte eine deutliche Wirkung.

»Das kann man so und so sehen. Möchtest du meine Post weiterhin tragen oder gibst du sie mir wieder? Eigentlich hatte ich nämlich vor, sie abzugeben.« Liam lachte kurz auf und reichte sie mir.

»Aber nicht, dass du mir damit umfällst«, spottete er.

»Keine Sorge. Mit ein paar Briefchen komme ich schon klar«, entgegnete ich.

»Bis dann, Liam.« Ich schob mich an ihm vorbei und ging schnurstracks zur Filiale am Ende der großen Halle. Könnte er nicht einfach dick und hässlich sein? Und vielleicht nicht so verdammt charmant!

Die Schlange war zum Glück recht kurz und so konnte ich das Geschäft schnell wieder verlassen. Ein Blick auf die Uhr sagte mir, dass ich immer noch genug Zeit hatte, um eine Kleinigkeit zu essen.

»Das ging aber schnell«, rief mir jemand hinterher, als ich gerade hinaus ins Freie trat. Erschrocken drehte ich mich um. Liam stand an die Wand gelehnt. Seine Jacke war geschlossen. Vermutlich, damit niemand den Kaffeefleck sah, den ich ihm vor wenigen Minuten verpasst hatte.

»Du entwickelst dich zum Stalker«, sagte ich ein wenig spitz, meinte es aber keineswegs so.

»Ich bin viel mehr als das«, flüsterte er so leise, dass ich es gerade so verstand.

»Wie bitte?«, hakte ich nach.

»Nichts. Ich habe nur laut gedacht. Wie sieht es heute aus?« Ich betrachtete sein ebenmäßiges Gesicht. Nach außen hin wirkte er wie der perfekte Gentle-man. Nur erinnerte ich mich immer wieder an das erste Zusammentreffen und die Warnung.

»Ich wollte mir eigentlich nur etwas zu essen besorgen und dann zu meinem nächsten Termin«, erwiderte ich ihm. Er schien enttäuscht über meine Antwort zu sein, denn er spielte an seinem Kaffeebecher und schnippte ein paar Mal gegen den Plastikdeckel.

»Schade. Allerdings hatte ich damit auch schon gerechnet.« Er verringerte den Abstand zwischen uns und sah mich direkt an. Mein Herz holperte vor sich hin. So, wie mein Auto auf der alten Pflasterstraße. *Hallo? Ein ultraheißer Typ sagt dir gerade, dass es schade ist, dass du keine Zeit hast. Und was machst du? Vergleichst die Anziehung zu ihm mit einem Auto auf der Straße?*

»Falls du dennoch mal Zeit und auch Lust hast auf einen Kaffee oder Ähnliches, dann ruf mich an.« Aus seiner Jackentasche holte er eine Visitenkarte und reichte sie mir.

»Bis dann, Julie.« Meinen Namen betonte er dabei besonders. Ohne eine Antwort abzuwarten, ging er davon und ließ mich, wie auch beim letzten Mal, einfach stehen. Schnell warf ich einen Blick auf die Karte. Lediglich sein Name und eine Handynummer waren darauf vermerkt. Stirnrunzelnd schob ich sie in meine Hosentasche und ging zu dem kleinen Stand am Gehwegrand. Was hatte dieser Mann an sich, dass ich dermaßen zwiegespalten war? Wenigstens hatte ich jetzt seine Nummer. Sicher gab es eine Möglichkeit, ihm auf den Zahn zu fühlen.

Der erste Unfall war geglückt. Beim zweiten würde schon mehr Kunst erforderlich sein. Doch, um auch hier einen ausgereiften Plan zu entwickeln, musste ich meine Zielperson ein wenig besser kennenlernen. Leider kam mir dabei immer etwas anderes in den Sinn. »Verdammt«, fluchte ich leise. Für diese Art von Ablenkung hatte ich keine Zeit. Ich zwängte mich tiefer in die Büsche und achtete auf das Paar, das soeben aus dem kleinen grünen Renault ausstieg. Für die beiden würde ich mir etwas Besonderes einfallen lassen. Das schwor ich mir felsenfest.

Erschöpft ließ ich mich auf mein Sofa sinken. Der Termin war nicht gut gelaufen, jedenfalls hatte ich das Gefühl. Aber was erwarteten die Leute? Das Haus war einfach zu alt, natürlich musste man etwas Zeit und Geld investieren. Ich streifte meine Schuhe ab und legte die Beine hoch. Mir kam der Gedanke, ob es nicht besser wäre, jemand anderes mit dem Verkauf zu beauftragen oder das Haus vielleicht selbst auf einer geeigneten Plattform anzubieten. Die Zusammenarbeit mit der Sparkasse war absolut unbefriedigend. Mein Handy vibrierte in der Hosentasche und ich zog es hervor. Auf dem Display war Sabrinas Name zu sehen. Schnell nahm ich das Gespräch entgegen.

»Hallo, Süße. Schön, dass du anrufst.«

»Huhu, Maus. Ich wollte nur schnell hören, wie es dir geht. Wie lief der Termin vorhin?« Hörbar atmete ich aus.

»Der Termin war, wie auch der letzte, völlig umsonst. Entweder liegt es am Haus oder an dem Typen.« Ihr kleines Schmunzeln war zu vernehmen.

»Oder beides«, sie lachte nun.

»Vielleicht sollte ich mich ab sofort selbst darum kümmern. Ich meine, so schwer kann es doch gar nicht sein, ein paar Fotos und eine Beschreibung auf eine Immobilienseite zu stellen«, antwortete ich ihr. Ihr kleines Schnaufen ließ mich jedoch aufhören. »Probier' es aus. Schaden kann es nicht. Aber so leicht, wie du es dir vorstellst, wird es sicherlich nicht. Falls du Hilfe benötigst, kannst du dich gern melden.« Jetzt war ich dabei zu lachen. Sabrina konnte einiges, aber wenn es um Laptops und Internet ging, war sie vollkommen überfordert.

»Ich werde daran denken, wenn es so weit ist, Maus. Sei mir nicht böse, aber ich bin völlig kaputt. Lass uns bitte morgen telefonieren.«

»Dann ruh' dich aus. Ich melde mich morgen noch einmal. Tschau, tschau.«

»Bis morgen, Maus.« Ich beendete das Gespräch und legte das Handy auf den Tisch vor mir. Mein Blick fiel auf eine Karte, die direkt neben mir lag. Beim Herausholen des Handys musste sie herausgefallen sein. Meine Finger strichen über die strengen Buchstaben. Seit dem Treffen vorhin hatte ich nicht mehr an Liam gedacht. Er war schon recht ansehnlich und schlich sich auch hin und wieder in meine Gedanken, allerdings konnte ich die Warnung seiner Augen einfach nicht vergessen. Dieser Ausdruck machte mir heute noch Angst, doch er fesselte mich gleichermaßen. Gerne hätte ich gewusst, was er mir damit sagen wollte. Ohne weiter über das Pro und Kontra nachzudenken, nahm ich mein Telefon vom Tisch und schrieb ihm eine SMS:

Hallo Stalker,
es tut mir leid, wenn ich Dir heute deine »Kaffee-pause« versaut habe. Ich wünsche Dir einen schönen Abend.
Julie

Nachdem ich die SMS abgeschickt hatte, legte ich das Handy zurück auf den Tisch. Doch es dauerte nicht lange und eine SMS wurde auf dem Display angezeigt:

Hallo kleiner Attentäter,
mach Dir keine Sorgen. Meinem Hemd geht es gut. Was den Kaffee betrifft, das ließe sich ja nachholen. Was machst Du heute Abend?
Liam

Ich starrte auf die Nachricht vor mir. Mit einer Antwort hatte ich zum einen nicht so schnell gerechnet. Zum anderen wusste ich im Moment aber auch nicht so rich-tig, was ich überhaupt erwartet hatte. Kurz war ich davor, ihm eine Nachricht zu schreiben, dass ich viel zu müde war, um mich mit ihm zu treffen, ließ es aber bleiben.

Hallo,
ich sitze auf meinem Sofa und mache gerade nichts. Aber sicher fragst Du nicht ohne einen Hintergedanken. Du kannst es einfach sagen, wenn Du Dich mit mir treffen möchtest.
LG
Julie

Ehe ich es mir anders überlegen konnte, drückte ich auf *Senden* und wartete ab. Meine kleinen Zweifel schob ich beiseite. Vielleicht lag es an meinen vielen Grübeleien und nicht an Liam selbst. Das konnte ich allerdings nur herausfinden, wenn ich mich mit ihm traf. Lange musste ich auch nicht auf seine Nachricht warten:

Möchtest Du Dich mit mir treffen? Ich hätte sehr großes Interesse, Dich kennenzulernen.

Ich las die SMS zweimal. Erst dann atmete ich wieder. Liam hatte wirklich Interesse daran, mich kennenzulernen. Schnell tippte ich ihm eine Antwort:

Geht doch. Wenn Du eine Flasche Rotwein mitbringst,

dann kannst Du gerne vorbeikommen. Eigentlich lade ich keine Fremden zu mir nach Hause ein, aber ich denke, bei Dir kann ich eine Ausnahme machen.

Meine Adresse: Bahnhofstraße 30 in Börnecke, 3. OG.

Bis gleich.

Wie ein kleiner Wirbelwind sprang ich vom Sofa auf und kontrollierte jeden Raum in meiner kleinen Wohnung. Alles war ordentlich und sauber. Erst dann widmete ich mich meiner Person. Da es ein ungezwungenes Treffen war, beschloss ich, in Jeans und Shirt zu bleiben. Meine Haare waren ordentlich und mein Make-up befand ich ebenfalls für ausreichend. Ich ging zurück ins Wohnzimmer und holte zwei Gläser aus der Vitrine. Jetzt konnte ich mir wirklich einen Stempel aufdrücken: Absolut schizophren. Trotz meiner schrillenden Alarmglocken warf ich meine Bedenken einfach über Bord.

Das Klingeln an der Tür ließ mich kurz aufschrecken. Etwas nervös betätigte ich den Türsummer. Das Geräusch war bis oben zu hören und es war das einzige, was ich neben meinem laut klopfenden Herzen noch wahrnahm. Immer mehr bereute ich meine Entscheidung. Ich hatte meine zwei wichtigsten Regeln mal eben für unbedeutend erklärt. Mit schnellen Schritten kam Liam die Treppe hinauf. In seiner Hand hielt er tatsächlich eine Flasche Rotwein.

»Oh, gut, dass du daran gedacht hast, ansonsten hätte ich dich nämlich nicht hineingelassen«, scherzte ich. Das Lächeln, das er mir jetzt schenkte, war atemberaubend und hinterließ ein kleines Prickeln auf meiner Haut.

»So gemein wärst du gewesen?« Mein Blick hing an ihm fest. Er sah in Jeans umwerfend aus. Das Hemd hatte er gegen ein weißes T-Shirt getauscht.

»Komm doch rein«, sagte ich schnell, als ich bemerkte, dass ich ihn angestarrt hatte und wir uns mitten im Flur befanden.

»Ich dachte schon, wir müssen den Wein hier draußen trinken.« Er huschte an mir vorbei, dabei fing ich den Duft seines Parfums auf. Eine süßlich-herbe Note. Wow! Er sah nicht nur sexy aus, nein, er hatte auch Geschmack.

»Geradeaus weiter. Setz dich ruhig schon, ich öffne nur eben die Flasche.« Er nickte kurz und ging ins Wohnzimmer. Natürlich hätte ich die Weinflasche auch dort öffnen können, aber ich brauchte noch einen kurzen Moment für mich. Die letzten Tage hatte ich kaum auf ihn geachtet oder es perfekt verdrängt. Er war höllisch sexy und gerade im Moment brachte es mich ein wenig aus der Fassung.

Himmel! Jetzt reiß dich mal zusammen!

Liam hatte die Jacke ausgezogen und über einen Stuhl am Esstisch gelegt. Das weiße Shirt spannte um seinen Oberkörper. Bilder tauchten vor mir auf, wie ich langsam sein Shirt nach oben schob und Millimeter für Millimeter seiner Haut preisgab. Wie meine Finger über den gut gebauten Oberkörper fuhren. Ein leichtes Kribbeln war an meinen Fingerspitzen zu spüren und ich schluckte meine erotischen Gedanken schnell hinunter. »Schön hast du es hier«, sagte er in die Stille und erinnerte mich daran, dass ich mitten im Wohnzimmer stand und ihn anstarrte.

»Danke«, antwortete ich, gesellte mich schnell zu ihm und stellte die Weinflasche auf den Glastisch. Allerdings achtete ich darauf, einen kleinen Abstand zu ihm zu wahren.

»Schön, dass du es dir anders überlegt hast«, sagte Liam und sah mich dabei von der Seite an. »Eigentlich«, begann ich, »hatte ich schon meine Zweifel, ob es eine gute Idee sein würde. Damals, als wir uns das erste Mal zufällig trafen, hatte ich das Gefühl, dass du an einem Kennenlernen nicht interessiert bist.« Jetzt war es raus. Er fuhr sich mit den Fingern durch die Haare. Ich konnte nicht anders und folgte seiner Bewegung.

»Das tut mir leid, wenn ich diesen Eindruck vermittelt habe«, antwortete er ehrlich. Um mich abzulenken und Liam nicht weiter anzustarren, griff ich nach der Weinflasche. Trotz des Zitterns in meinen Händen gelang es mir, nichts von dem Wein zu verschütten. »Du wirkst nervös«, bemerkte er und meine Wangen brannten sofort wie Feuer. Ich sah ihn an. »Normalerweise treffe ich mich auch nicht mit jemandem, schon gar nicht in meiner Wohnung«, erwiderte ich.

»Entschuldige. Damals dachte ich einfach, es wäre besser, dir eine Warnung zu geben. Dein Blick suchte nach *mehr,* und das bin ich, ehrlich gesagt, nicht bereit zu geben.« In meinem Kopf fing es an zu arbeiten. *Mehr? Nicht bereit zu geben?*

»Ich bin ein Mensch klarer Worte«, warf ich ein wenig genervt ein, weil mich seine Worte irritierten.

»Das sollte heißen, dass ich mir normalerweise nichts aus Beziehungen, Sex oder Frauen mache. Ich bin gerne allein und liebe mein Leben so, wie es ist.« Das verwirrte mich noch mehr. Vor nicht einmal einer halben Stunde schrieb er mir etwas ganz anderes und nun sagte er mir das.

»Du bist dir aber sicher, dass du nicht schizophren bist?« Sein herzhaftes Lachen erfüllte den Raum. »Nein, ich bin nicht schizophren, Julie. Du bist ein nettes Mädchen, das auf Autos einschlägt und Kaffee über andere Menschen gießt. Ich bin ein Mann, der bei dir definitiv keine guten Absichten hegt.« Nachdem er diesen Satz beendet hatte, sprang ich auf. Mein Puls raste und ich hatte das Gefühl, die Gefahr direkt eingeladen zu haben, oder hatte ich mich einfach nur verhört?

»Was soll mir das jetzt sagen?«, begann ich vorsichtig, denn ich war mir absolut nicht sicher, ob ich die Antwort hören wollte. Er stand ebenfalls auf. Das Atmen fiel mir schwer. »Ich möchte ehrlich zu dir sein, ehe es in einer großen Enttäuschung für dich endet. Dass ich dich gerne kennenlernen möchte, war nicht gelogen. Aber in erster Linie will ich mit dir schlafen.« Falls mir bis dahin nicht sämtliche Farbe schon aus dem Gesicht gewichen war, dann würde sie es jetzt. Er wollte mit mir schlafen. Zum einen legte sich meine Angst, gleich qualvoll umgebracht zu werden zum anderen fand ich sein »Angebot« nur halb so schlimm, wie ich es eigentlich finden sollte.

»Mit mir schlafen?«, stammelte ich. Wieder legte er ein höllisch heißes Lächeln auf und kam noch einen Schritt auf mich zu.

»Das war meine Absicht. Du kannst jederzeit sagen, dass ich gehen soll. Ich würde sofort verschwinden, wenn du das möchtest.« Seine Hand streifte meine Wange. Diese leichte Berührung schürte ein kleines Feuer in mir. Ich war kaum in der Lage, mich bewegen, geschweige denn zu atmen.

»Du hast etwas an dir, was mich anzieht«, flüsterte er

leise. Egal, was mir mein Kopf gerade alles sagte, ich konnte ihm nicht Folge leisten. Mein Blick blieb gesenkt und ich schluckte ein paar Mal, bis ich mir sicher war, dass meine Stimme wieder funktionierte. »Du kennst mich doch überhaupt nicht.« Die Aussage war so unpassend wie ein Fisch, der in der Sonne am Strand lag.

»Ich kann Menschen sehr schnell einschätzen und mir gefällt das, was ich sehe.« Seine Hand legte sich unter mein Kinn und schob es sanft nach oben. Unsere Blicke trafen sich und eine heiße Welle strömte durch meinen Körper. Langsam streifte sein Daumen meine Unter-lippe.

»Wie gerne würde ich diese Lippen jetzt küssen.« Seine Stimme war kaum ein Flüstern und brachte mich voll-kommen um den Verstand.

»Warum tust du es dann nicht?«, wisperte ich leise. In meinem Kopf schrillten laut die Alarmglocken, doch, wie konnte es falsch sein, wenn es sich so verdammt gut anfühlte? Langsam senkte er den Kopf. In Erwar-tung, seine Lippen auf meinen zu spüren, schloss ich die Augen. Sein Atem streifte mein Gesicht und dann, endlich, berührte er meine Lippen. Erst zart und flüch-tig, so, als wolle er abschätzen, ob ich es wirklich wollte. Nachdem ich keine Gegenwehr signalisierte, wurde sein Kuss härter und fordernder. Haltsuchend legte ich meine Hände auf seinen Oberkörper. Mit der einen Hand fuhr er in meinen Nacken. Die andere schlang sich um meine Hüfte und zog mich näher an ihn heran. Meine Gedanken verschwammen und ließen nur noch Hitze zurück. Schweratmend lösten wir uns voneinander, unsere Blicke ineinander gefangen. Ohne darüber nachzudenken, legte ich meine Hand in seinen Nacken und zog ihn wieder zu mir heran. Unsere Lippen trafen sich erneut. Mit der freien Hand ging ich auf Wanderschaft. Sein Oberkörper fühlte sich so gut unter meinen Fingern an. Liams Hände wanderten ebenfalls über meinen Körper. Die Berührungen hinterließen brennende Spuren und fachten das Feuer zwischen meinen Beinen an. Hunderte mahnende Gedanken fluteten meinen Kopf, doch nicht einen einzigen davon konnte und wollte ich zulassen. Liams Kuss wurde intensiver, und ehe ich mich versah, drückte er mich zurück auf das Sofa. Halb auf mir liegend, setzte er seine Zärtlichkeiten fort und fuhr unter mein T-Shirt. Mein Unterleib reagierte heftig und schob sich seinem Körper entgegen. Liam unterbrach den Kuss, um mit seiner Zunge eine leichte Spur über meinen Hals zu zeichnen. Ein leises Stöhnen kam mir über die Lippen. *Oh Gott, was tat ich hier eigentlich?* Seine Hand legte sich um meine Brust und massierte sie leicht. Ich versuchte, meine Beine zusammenzupressen, um so das

Pochen ein wenig einzudämmen, doch Liam hinderte mich daran. Vorsichtig schob er meinen BH nach unten und fuhr mit dem Daumen über meinen leicht aufgerichteten Nippel. Ein gequältes Stöhnen drang aus meinem Mund. Am liebsten hätte ich nach mehr gebettelt, die Stelle zwischen meinen Beinen sehnte sich nach seiner Berührung. Ich konnte förmlich spüren, wie es immer feuchter wurde. Mit der anderen Hand streichelte er über meinen Bauch in Richtung meiner heißen Mitte. Vorsichtig öffnete er den Knopf meiner Jeans und ließ seine Hand hineingleiten. Mein Becken schob sich seiner Hand entgegen.

»Langsam«, flüsterte Liam. Wie sollte das gehen? Er brachte mein Blut zum Kochen. Er zog mein Shirt weiter nach oben, dann legte er meine Brust frei und ließ seine Zunge über den harten Nippel gleiten. Ich biss mir auf die Unterlippe, um einen kleinen Aufschrei zu unterdrücken. Als ich seine Finger spürte, welche sich auf meinen sensiblen Punkt in der Mitte meiner Scham legten, konnte ich nicht anders und stöhnte laut auf. Genüsslich streichelte er mich. Das Spiel seiner Finger und seiner Zunge führte mich an den Rand des Wahnsinns. Ich hatte das Gefühl, mein Körper könnte diese süße Qual nicht länger ertragen. Doch egal, wie sehr ich ihm mit dem Becken entgegenkam, desto langsamer wurden seine Bewegungen. Es war zum Verrücktwerden und dennoch tierisch stimulierend. Zart biss Liam in meine Brust und jagte den nächsten wohligen Schauer durch meinen Körper. Immer mehr wand sich mein Körper unter ihm; das Gefühl, in tausend Teile zu zerspringen, wuchs und regierte meinen brennenden Unterleib. Winselnd, stöhnend, keuchend bat ich um Erlösung. Mit einem frechen Lächeln verstärkte er den Druck seiner Finger und schob mich über den Rand. Meine Finger in seinen Haaren vergraben, bog ich mich ihm entgegen und schrie meinen heftigen Orgasmus hinaus.

Mit geschlossenen Augen versuchte ich, meinen Puls und meine Atmung wieder ins Gleichgewicht zu bringen. Langsam mischte sich mein Kopf ein und erinnerte mich daran, was ich soeben getan hatte. Ich kannte Liam nicht und doch hatte ich ihm gestattet, mir so nahe zu kommen. Immer noch hielt ich die Augen geschlossen, um ihn nicht ansehen zu müssen. Was würde er nur jetzt von mir denken? Vielleicht, dass ich jemand war, der so etwas öfter tat. Eine leichte Röte deutete sich durch ein starkes Hitzegefühl auf meinen Wangen an.

»Alles in Ordnung?«, fragte Liam leise. Auch wenn mir die Situation mehr als unangenehm war, sah ich ihn an.

»Ja«, versicherte ich ihm, stand auf und richtete meine

Klamotten. Vorsichtig griff er nach meiner Hand. Diese unbedachte Berührung verursachte erneut ein Brennen. Unsicher, was mit mir und meinem Körper nicht stimmte, blieb ich stehen, sah ihn jedoch nicht an.

»Entschuldige. Ich wollte keineswegs das Gefühl vermitteln, dass ich das öfter mache«, sagte ich schnell und bereute es im gleichen Atemzug. Oh Gott, was gab ich nur wieder für einen Mist von mir. Mit der freien Hand umfasste er meine Taille und zog mich auf seinen Schoß.

»Ich wollte dich nicht in Verlegenheit bringen und nein, ich denke nicht, dass du Ähnliches jeden Tag machst.« Wieder färbten sich meine Wangen rot und ich war dankbar, ihn nicht ansehen zu müssen. Was war das hier überhaupt für eine Unterhaltung? Ich kannte ihn nicht und trotzdem erlaubte ich ihm, mich intim zu berühren und mir einen berauschenden Orgasmus zu verschaffen. Doch das hieß nicht automatisch, dass er mit mir darüber reden durfte. Ich versuchte aufzustehen, doch Liam hielt mich fest auf seinem Schoß.

»Alles gut, es gibt nichts, wofür du dich schämen müsstest.« Jetzt kannte dieser Mann sogar schon meine Gedanken. Er gab mich frei und ich sprang sofort auf. Liam stand ebenfalls auf und kam auf mich zu.

»Julie, ich wollte dir keine Angst machen oder dich bedrängen. Wenn du willst, dann gehe ich jetzt«, flüsterte er und sein Blick sagte mir, dass er genau das machen würde, wenn ich ihn darum bat.

»Ich bin ein wenig durcheinander. Normalerweise schmeiße ich mich niemandem an den Hals, als hätte ich es dringend nötig.« Unsicherheit und Scham keimten immer weiter in mir auf. Noch nie war ich ein Mensch gewesen, der gut mit Aufmerksamkeit umgehen konnte. Schon gar nicht, wenn sie in Bezug auf Sex waren. In meinen letzten Beziehungen hatte ich stets darauf geachtet, dass es immer dunkel war oder ich meinen Partner nicht ansehen musste. Dass Liam dieses Denken völlig ausgeschaltet hatte, machte mir Angst und ließ mich an mir selbst zweifeln. Er überbrückte den kleinen Abstand zwischen uns und zog mich an seine Brust. Die Finger unter mein Kinn gelegt, schob er meinen Kopf nach oben, sodass ich ihn ansehen musste. Der Ausdruck seiner Augen hatte sich verändert, doch ich konnte es nicht eindeutig beurteilen. Dass er keinen Ton sagte, nagte an meiner angespannten Stimmung.

»Sag mir, dass ich gehen soll!«, seine Stimme brach. Mein Herz schlug angestrengt in meiner Brust. Krampfhaft versuchte ich, mir zu erklären, was in der letzten Stunde passiert war und, ob ich irgendetwas nicht mitbekommen hatte. Denn gehen lassen wollte ich ihn auch nicht. Ich musste verrückt sein! Wieder zog ich ihn an mich heran und küsste ihn. Langsam, damit wir nicht beide auf dem Boden landeten, schob ich Liam in mein Schlafzimmer. Definitiv! Ich war verrückt!

Helle Sonnenstrahlen schienen in mein Zimmer und ich konnte mir ein Lächeln nicht verkneifen. Die letzte Nacht war himmlisch gewesen. Ich drehte meinen Kopf und sah auf die andere Seite meines Bettes. Der Platz neben mir war jedoch leer. Meine Hochstimmung verflog schnell und Ernüchterung machte sich breit. Liam war nicht mehr da. Traurig setzte ich mich auf. Es wäre auch zu schön gewesen, aber er hatte seinen Standpunkt absolut klar dargelegt. Der Blick fiel auf einen kleinen Zettel, welcher auf meinem Nachttisch lag. Sofort keimte eine kleine Hoffnung auf. Er war von ihm!

Guten Morgen Julie,
leider konnte ich nicht länger bleiben und Du hast so friedlich geschlafen, dass ich Dich nicht wecken wollte. Lass mich wissen, ob Du heute Abend Lust hast, Dich mit mir zu treffen.
XXX Liam

Liebevoll faltete ich den Zettel zusammen und grinste wie ein Honigkuchenpferd. Auch wenn ich seit gestern

Abend nicht schlauer war, warum alles auf einmal so schnell ging. Ich war mir nur in einem Punkt sicher, na ja, in zweien: Die Zeit mit Liam war sehr schön und ich hätte gerne eine Fortsetzung. Auch wenn es nur auf Sex bezogen war, das war es mir definitiv wert. Schnell rappelte ich mich aus dem Bett auf und ging ins Bad. So gut hatte ich mich nicht mehr gefühlt, seitdem Sabrina hier gewesen war. Ich stellte mich unter die Dusche und genoss das Gefühl des heißen Wassers auf meiner Haut. Im Hinterkopf hatte ich seit gestern Abend jedoch nur noch Liam.

Mühsam versuchte ich, einen Rhythmus zu finden, doch ich wurde immer wieder abgelenkt. Wütend warf ich mein Messer in den feuchten Schlamm, wo es tief versank. Wie in drei Teufels Namen konnte mir solch ein Mist passieren? Von Anfang an wusste ich, dass es nicht gut war, sich ablenken zu lassen und nun rannte ich förmlich in mein Verderben. Die gesamte Aktion könnte mich den Kopf kosten. Oder ich könnte erwischt werden. Ich zog mein Messer aus dem Dreck und ging zurück zu meinem Auto. Ein neuer Plan musste her und das schnellstens!

– 3 –

Den ganzen Vormittag wuselte ich wie eine Wahnsinnige durch die Wohnung. Gut, es war lediglich ein Vorwand, um nicht gleich zum Handy zu greifen und Liam eine Antwort zu schreiben. Alles an dieser Geschichte widersprach meinem normalen Denken und Handeln, aber aus irgendeinem Grund fand ich es nicht einmal schlimm. Ich ließ mich auf das Sofa fallen und zückte mein Handy. Eilig scrollte ich meine Liste hinunter, bis sein Name erschien.

Hallo Liam,
Danke für Deine Nachricht. Hiermit lasse ich Dich wissen, dass ich mich sehr freuen würde, Dich heute Abend wiederzusehen.
LG
Julie

PS: Hab einen schönen Tag.

Hoffentlich klang meine Antwort nicht sentimental, denn ich wollte ihn auf keinen Fall vergraulen. Doch seine Antwort sollte nicht lange auf sich warten lassen. Schnell griff ich wieder nach meinem Handy.

Hi little empress,

das freut mich sehr.

Wir treffen uns 19.00 Uhr auf dem Parkplatz des Bio-Schwimmbades in Blankenburg. Ich entführe Dich für eine kleine Überraschung.

XXX Liam

Ich las den Text zweimal. Den Parkplatz kannte ich, denn ich musste jeden Tag daran vorbei, um zur Arbeit zu gelangen. Die Überraschung machte mich neugierig. Was konnte er sich ausgedacht haben? Gut, der Gedanke, von ihm abhängig zu sein und mein Auto stehen zu lassen, gefiel mir nicht sonderlich. Ich warf einen Blick auf die Uhr. Es war gerade einmal kurz nach eins. Es war also genug Zeit, um noch schnell einkaufen zu gehen. Eilig tippte ich ihm eine Antwort, dass ich pünktlich da sein würde, nahm Jacke und Tasche, und ging zum Auto. Vor dem Haus standen einige Nachbarn und tuschelten hinter vorgehaltener Hand. Ich musste es nicht hören, um zu wissen, dass es um mich ging. Sicherlich hatten sie von meinem abendlichen Besuch etwas mitbekommen. Hier etwas zu verschweigen, war unmöglich. Gerade, als ich mein Auto aufschließen wollte, kam die Nachbarin vom ersten Hauseingang an mir vorbei. Ohne jegliche Vorwarnung warf sie mir einen Becher eiskaltes Wasser in den Rücken. Vor Schreck schrie ich kurz auf und drehte mich dann wütend um. »Hey, was soll das denn?« Sie grinste abfällig. »Ich dachte, dort steht der Mülleimer«, erwiderte sie und ging weiter. Das Wasser lief meinen Rücken hinunter und durchnässte meine Jeans. So konnte ich auf keinen Fall einkaufen fahren. Wut und Ärger brachten mich fast zum Platzen, doch ich ließ es mir nicht weiter anmerken und ging zurück nach oben. Seitdem ich hier eingezogen war, war sie die Nummer zwei auf meiner Liste. Auch ihr konnte man es zutrauen, dass sie meine Autoreifen zerstochen hatte. Lediglich mit ihrem Freund, den ich hin und wieder traf, verstand ich mich gut. Sein Blick signalisierte mir oft, wie leid ihm das alles tat. Oben angekommen, legte ich meine Sachen beiseite und stieg aus den nassen Klamotten. Kurzzeitig keimte der Gedanke in mir auf, ob ich nicht vielleicht zu Hause bleiben sollte. Ich entschied mich aber dagegen. Wegen diesen Idioten durfte ich mich nicht verstecken. Also zog ich mich um und startete dreißig Minuten später einen erneuten Versuch. Die Gruppe war verschwunden, lediglich meine nette Nachbarin, der ich die kalte Dusche verdankte, saß auf der Bank und beobachtete ihre Kinder beim Spielen. Schnell öffnete ich mein Auto und stieg hinein. Für heute hatte ich definitiv genug davon.

Ich schäumte vor Wut. Nur schwer konnte ich mich zurückhalten und meine impulsive Ader unterdrücken. Wenn ich das sah, war ich mir sicher, dass ich mich richtig entschieden hatte. Auch wenn ich mir noch nicht zu hundert Prozent sicher war, was hinter alldem wirklich steckte. Mein Gefühl ließ mich jedoch selten im Stich, auch hier gab es etwas Unschönes, was man mit allen Mitteln vertuschen wollte. Die Frage blieb nur: Was war das? Ich rutschte ein wenig tiefer in die Büsche, als ein Auto direkt an meinem Versteck vorbeifuhr. Ich brauchte dringend einen Plan, doch im Moment lenkte etwas anderes die Aufmerksamkeit auf sich.

Nachdem ich meinen Einkauf verstaut hatte, legte ich die Beine gemütlich hoch. Bis zum Treffen mit Liam hatte ich immer noch ein paar Stunden Zeit. Kurz kam mir die Überlegung, ob ich Sabrina anrufen sollte, um ihr von Liam zu erzählen. Diesen Gedanken verwarf ich allerdings schnell wieder. Die Gefahr war einfach zu groß, dass sie ihn mir sofort wieder ausreden würde. Noch war ich nicht ganz bereit, mir eventuelle »Zweifel« anzuhören, die ich immerhin selbst hegte. Unabhängig davon, dass ich ihn nicht kannte, ging mir

das alles sowieso ein wenig zu schnell. Doch aus irgendeinem Grund wollte sich bei ihm kein nachteiliges
Gefühl einstellen. Liam war von Anfang an ehrlich
gewesen. Er machte keinen Hehl daraus, dass er mit
mir schlafen wollte. Außerdem, bei all dem Ärger,
konnte ich gut eine kleine Ablenkung gebrauchen.
Immerhin war ich auch nur eine Frau, die hin und
wieder kleine Bedürfnisse hatte.

Die Zeit verstrich nur mühsam und so rappelte ich mich
wieder hoch. Auch wenn ich meine Wohnung bereits
auf Vordermann gebracht hatte, wirbelte ich noch einmal wie eine Furie durch die Zimmer. Beim erneuten
Blick auf die Uhr musste ich feststellen, dass ich immer
noch gute drei Stunden Zeit hatte, bis ich mich auf den
Weg machen musste. Daher beschloss ich, mir noch
eine gemütliche Dusche zu gönnen. Das heiße Wasser
entspannte meine Muskeln und ich genoss die innere
Ruhe, die sich dabei einstellte.

Nachdem ich mich abgetrocknet hatte, fiel mir nur
noch ein Problem ein: Was in drei Teufels Namen sollte
ich nur anziehen?

Knapp eine halbe Stunde zu früh bog ich mit meinem
kleinen Golf auf den Parkplatz am Schwimmbad ein.
Von Liam war weit und breit nichts zu sehen. Ich stieg

aus meinem Wagen und genoss die warmen Strahlen der Sonne. In Gedanken versunken, bekam ich um mich herum kaum etwas mit. Ebenso wenig wie Liam auf den Parkplatz einbog und nur wenige Meter neben mir zum Stehen kam.

»Guten Abend, schöne Frau«, hörte ich seine Stimme sagen und öffnete die Augen. Er trug eine enge Jeans, welche verführerisch auf seiner Hüfte saß, ein schwarzes T-Shirt und eine Jeansjacke.

»Hi«, erwiderte ich knapp, denn sein heißer Anblick verschlug mir ein wenig die Sprache. Er kam noch ein Stück näher zu mir heran und lehnte sich ebenfalls gegen das Auto.

»Lust auf ein wenig Spaß?«, fragte er mich und blickte von der Seite zu mir. Seit gestern Abend verband ich mit Spaß definitiv etwas anderes, als er vielleicht gerade meinte.

»Klar, gerne. An was dachtest du dabei denn genau? Spaß kann einiges bedeuten«, erwiderte ich und sah ihn ebenfalls an. Ein wissendes Lächeln umspielte seine Lippen und ich wusste sofort, an was er dachte. »Um ehrlich zu sein, ich kann deine Gedankengänge sehr gut nachvollziehen, allerdings dachte ich nicht an diese Art von Spaß. Meine Anmache war gestern etwas, na ja, plump.« Neben der Röte, die unweigerlich in meinem Gesicht zur Geltung kam, zog sich auch meine Stirn in

Falten.

»Okay«, antwortete ich knapp und etwas skeptisch. Ich kannte diesen Mann nicht und trotzdem verhielten wir uns, als ob wir beide uns schon länger kannten! Offenbar hatte er meine innere Unsicherheit bemerkt, denn er stellte sich nun direkt vor mich und sah mir tief in die Augen.

»Keine Angst, auch wenn wir mit meinem Wagen fahren. Solltest du dich unwohl fühlen und zurück wollen, dann brauchst du das nur zu sagen.« Er hielt mir seine Hand entgegen. Stumm nickte ich und ergriff sie. Mit dem Gedanken, dass er mir schon etwas hätte antun können, ließ ich mich zum Wagen ziehen.

Ich musste komplett bescheuert sein! Oder aber die lange Erfahrung machte mich nun doch unvorsichtig! Egal was es war, es war alles andere als gut. Die inneren Alarmglocken schrillten laut in meinem Kopf und ließen kaum einen klaren Gedanken zu. Diese unbedachte Situation konnte mir das Genick brechen, allerdings wusste ich das nur zu gut. Tief atmete ich die klare Abendluft ein und konzentrierte mich auf meine Umgebung. Keine Fehler, keine Fehler. Wie ein Mantra sagte ich diese Worte in Gedanken vor mich hin.

Eine halbe Stunde später bog Liam auf eine kleine Lichtung oberhalb von Elbingerode. Hier oben hatte ich mich früher mit Schulfreunden oft getroffen und gegrillt. Die Sonne versank langsam und hinterließ einen leicht roten Abendhimmel. Meine Unruhe hatte sich nicht ganz gelegt, was zum Teil allerdings auch daran lag, dass Liam die ganze Fahrt über kein einziges Wort mit mir sprach. Natürlich hätte ich ein Gespräch beginnen können, nur wusste ich überhaupt nicht, womit ich anfangen sollte. Als das Auto auf dem kleinen improvisierten Parkplatz anhielt, warf ich einen kleinen Blick zur Seite.

»Ziel erreicht?«, fragte ich ihn, um meine Nervosität zu überspielen.

»Ja, fast. Warum bist du so nervös?« Ich rieb meine Handflächen aneinander und sah kurz aus dem Fenster, ehe ich ihm antwortete.

»Es ist so«, ich pausierte kurz und holte tief Luft. »Ich bin mit einem fremden Mann im Wald, weit und breit ist kein Mensch und du fragst mich, warum ich nervös bin?« Sein Lachen kam unerwartet und ich fragte mich ernsthaft, was ich gerade so Lustiges gesagt haben mochte.

»Was ist?«, fragte ich ihn. Statt einer Antwort erhielt ich jedoch immer noch Gelächter. Irritiert öffnete ich die Beifahrertür und stieg aus dem Wagen. Liam folgte mir und kam in Windeseile um den Wagen herum gelaufen.

»Hey, ich wollte dich nicht verärgern und dir auch keinen Schrecken einjagen, weil wir hier alleine sind. Ich bin einfach nur gerne hier oben.« Er ging ein paar Schritte vom Auto weg und sah geradeaus in den Wald. Ein bisschen tat mir meine Reaktion leid. Ohne groß darüber nachzudenken, ging ich auf ihn zu und blieb direkt neben ihm stehen.

»Da wären wir wohl wieder beim Thema, es tut mir leid. Es ist schwer, die Reaktionen des anderen richtig einzuschätzen, wenn man sich nicht kennt.« Genau wie Liam starrte ich den Waldweg entlang und wartete auf seine Antwort. Doch ich bekam nur Schweigen.

»Wieso hast du mir damals auf der Landstraße geholfen? Ich meine, viele sind einfach vorbeigefahren, du hättest das schließlich auch tun können!« Er schnaufte leicht und drehte sich dann zu mir.

»Vielleicht hätte ich das. Nur bin ich nicht so wie die meisten. Wenn jemand wirklich Hilfe braucht, bin ich da!« Ein leichtes Kribbeln durchfuhr meinen Körper. Genau wie damals hatte ich das Gefühl, dass er mir damit etwas sagen wollte. Sein Verhalten mir gegen-über war zwiegespalten, jedenfalls überkam mich dieser Gedanke immer und immer wieder. Es verwirrte mich, machte mich unruhig und sorgte dafür, dass ich mir jedes Wort genau überlegte, ehe ich es sagte. Ich atmete einmal tief durch und beschloss, das Thema ruhen zu lassen.

»So, du bist hier, ich bin hier! Was machen wir nun?« Ich hob den Kopf ein wenig und sah ihn an.

»Ich würde sagen, wir beide gehen ein wenig spazieren und unterhalten uns. Was ich vorhin gesagt habe, habe ich ernst gemeint.« Mit diesen Worten hakte er seinen Arm bei mir ein und zog mich mit sich.

»Ich fand es in dem Sinne nicht plump, nur ehrlich. Du brauchst dir wirklich keine Mühe geben. Du bist erwachsen und ich ebenfalls. Ich mag Ehrlichkeit sehr, Liam. Es gibt daher nichts, um was du dir Gedanken machen musst.« Er nickte stumm. Mein Blick wanderte an den großen Nadelbäumen hinauf. Es war bereits einige Jahre her, dass ich hier zum letzten Mal gewesen war. Viele schöne Erinnerungen schienen zwischen den Baumkronen zu schweben. Doch ich wollte sie nicht sehen, denn mir war nur zu gut bewusst, dass man nicht einfach an ein früheres Leben anknüpfen konnte. Menschen veränderten sich, nein, die Zeit veränderte die Menschen. Ein kleiner Seufzer mischte sich in die Ruhe.

»Alles in Ordnung?«, fragte Liam an mich gewandt. Ich nickte. »Ja, ich habe nur eben an etwas gedacht.« Im

Begriff weiterzugehen, hielt mich Liam zurück.

»Magst du mir erzählen, an was du genau gedacht hast?« Seine Gesichtszüge waren warm und ehrlich. Wieder ein kleiner Zwiespalt, der mir auffiel. Doch ich verdrängte den Gedanken.

»Ich bin hier aufgewachsen und hatte sehr schöne Jahre. Dann bin ich weggezogen. Hauptsächlich, um zu arbeiten. Ich war sehr glücklich, bis eines Tages meine Mutter anrief und mich darum bat zurückzukommen. Genau das tat ich auch. Du musst wissen, meine Mutter hatte Krebs im Endstadium. Das letzte Jahr habe ich sozusagen mit ihr verbracht und mich um sie gekümmert. Vor drei Monaten ist sie gestorben. Ich wurde regelrecht in ein tiefes Loch gezogen. Außer meiner Mutter hatte ich schließlich niemanden mehr.« Ich unterbrach kurz meinen Redeschwall und sah wieder zu dem Mann neben mir. Er wirkte so bedrückt wie ich mich im Moment fühlte.

»Aber wenn du hier aufgewachsen bist, dann gab es doch sicherlich genügend Menschen, die dir hätten zur Seite stehen können.« Damit traf er den Nagel so ziemlich auf den Kopf. Hätte!

»So sollte es sein, allerdings war es nicht so. Im Gegenteil!« Ich löste mich von Liam und ging ein paar Schritte weiter. Dann drehte ich mich um und sah ihn direkt an.

»Ich bin hier nicht wirklich willkommen. Keine Ahnung,

woran es liegt. Absolut jeder hat ein Problem mit mir und lässt mich das deutlich spüren«, mühsam stieß ich meinen angehaltenen Atem aus.

»Das hört sich nicht gut an. Was ist mit deinem Vater?« Enttäuscht biss ich auf die Unterlippe.

»Ich kenne meinen Vater nicht. Es gibt keine Unterlagen, keine Fotos und auch meine Mutter hat nie ein Wort über ihn verloren. Ich will dich aber wirklich nicht mit meinen Problemen nerven.« Er kam die paar Schritte zu mir herüber, legte die Hand unter mein Kinn und drückte es sanft nach oben.

»Du nervst mich damit nicht. Ich habe dich gefragt, weil es mich interessiert.« Mein Blick glitt an ihm vorbei ins Leere. Neben Sabrina gab es keinen Menschen, mit dem ich darüber gesprochen hatte, bis jetzt. Es tat gut, allerdings erinnerte es mich auch an die täglichen »Stänkereien«. All die Menschen kannte ich schon so lange und trotzdem behandelten sie mich wie den letzten Dreck. Egal, was ich auch probierte, ich konnte ihnen nicht wütend sein. Dass Liam nach meinem Vater fragte, rückte alles zusätzlich in ein anderes Licht. Was wäre, wenn sie nur meiner Mutter zuliebe nett zu mir gewesen waren? Immerhin war ich das Produkt aus einer zweifelhaften Verbindung. So etwas war nie gerne gesehen. Noch dazu ließ meine Mutter nie wieder einen anderen Mann in ihr Leben. Ich schüttelte den Kopf. Zu viele Gedanken, zu viele Fragen und keine befriedigenden Antworten.

Vorsichtig nahm ich Liams Hand von meinem Kinn.

»Lass uns bitte das Thema wechseln, okay?«

»In Ordnung. Es wird eh bald dunkel und dann ist der Wald kein schöner Ort mehr.« Mit weit geöffneten Augen sah ich wieder zu ihm auf.

»Jetzt machst du mir doch ein wenig Angst«, sagte ich unsicher.

»Keine Angst, bei Vollmond verwandle ich mich nicht in einen Werwolf. Ich trinke auch kein Blut und Jung-frauen opfere ich ebenfalls nicht.« Liam lachte und auch ich konnte es mir nicht verkneifen. Meine Zweifel kamen mir ziemlich dumm vor.

»Dann bin ich ja beruhigt. Obwohl ich weniger an Vam-pire und Werwölfe gedacht habe, sondern eher daran, dass du auch ein kaltblütiger Mörder sein könntest.« Bei meinen letzten Worten erschrak er kurz.

»Soso, ein kaltblütiger Mörder. Was hat deine Meinung geändert? Immerhin könnte ich ja genau das sein!« Dieser Mann schaffte es aber auch immer wieder. In der einen Minute beruhigte er mich und dann sagte er etwas, das mich an allem zweifeln ließ. Ich wusste ein-fach nicht, wie ich darauf reagieren sollte.

»Du bringst mich völlig durcheinander! Immerhin kann ich nach so kurzer Zeit überhaupt nicht einschätzen,

wie du etwas meinst. Aber um deine Frage zu beantworten, ich glaube einfach nicht, dass du ein kaltblütiger Mörder bist. Wenn meine Einschätzung diesbezüglich dennoch falsch sein sollte, dann mach es bitte kurz
und schmerzlos.« Liam fing herzhaft zu lachen an. Kopfschüttelnd ging ich davon. Männer! Er griff meinen
Oberarm und zog mich an seine Brust.

»Julie, es gibt viele Dinge, die ich gerne mit dir anstel-
len würde, allerdings will ich dich nicht töten.« Sein
Daumen glitt über meine Unterlippe und hinterließ ein
leichtes Kribbeln.

»Dann bin ich ja beruhigt«, flüsterte ich leise. Okay,
mein gesunder Menschenverstand war beruhigt. Seine
Berührungen brachten jede Faser meines Körpers zum
Brennen. In einer schnellen Bewegung hob mich Liam
hoch. Meine Beine schlangen sich fast automatisch um
seine Hüfte. Stürmisch presste er seine Lippen auf
meine. Die Hände in seinen Haaren vergraben, zog ich
ihn noch näher zu mir. Der Kuss war so fordernd und
leidenschaftlich, dass ich alles um mich herum vergaß.
Ich wollte, nein, ich brauchte genau das. Die Frage nach
dem »Warum?« würde ich mir später beantworten.

− 4 −

Schweratmend stellte mich Liam zurück auf die Füße, sehr zu meinem Missfallen.

»Das ist nicht der richtige Ort dafür«, sagte er halb flüsternd, so, als hätte er meine Gedanken gelesen.

»Schade«, erwiderte ich und seufzte leise. Ich war bereits dabei, zurück zum Wagen zu gehen, als Liam mich von hinten packte und mich unsanft über die Schulter warf.

»Hey, lass mich sofort runter«, schrie ich erschrocken auf und wartete darauf, dass er mich wieder auf die Beine stellte. Doch er ignorierte meine Gegenwehr und trug mich geradewegs zum Auto.

»Lass mich runter«, versuchte ich es abermals. Liam stoppte und ließ mich unsanft auf die Motorhaube sinken.

»Autsch.« Zu mehr kam ich nicht, denn er drängte sich zwischen meine Beine und drückte mich mit seinem Oberkörper nach hinten.

»Was hast du vor?« Er konnte doch nicht, er wollte doch nicht ... Oh verdammt, genau das wollte er! Sanft fuhren seine Lippen meinen Hals hinab. Trotz meiner mehr als schwachen Gegenwehr hörte er nicht auf. Das konnte er doch nicht wirklich machen. Nicht hier, wo uns jemand sehen könnte. Seine Hand fuhr unter mein Shirt, schob es leicht nach oben und gab somit einen Blick auf meinen BH frei. Meine Gedanken standen im Widerspruch zu meinen Gefühlen. Auf der einen Seite war ich einfach zu schüchtern für Sex in der Öffentlichkeit, andererseits sollte er aber auch nicht damit aufhören. Hitze breitete sich in mir aus und fachte das Feuer zwischen meinen Beinen an. Himmel, wie konnten ein paar zart gehauchte Küsse und seine Finger mich nur so willenlos machen! Mit dem Daumen fuhr er leicht über meinen Nippel, welcher sich sofort aufrichtete und ein leichtes Pulsieren in meiner Mitte hinterließ. Die andere Hand fuhr unterdessen weiter nach unten, über meinen Bauch, bis sie stoppte, und sich an dem Knopf meiner Jeans zu schaffen machte. Ohne Probleme öffnete er ihn und glitt langsam zwischen meine Beine. Ich war ihm dankbar, dass er sie nicht auszog. Vorsichtig schob er meinen Slip beiseite und tauchte zwischen die feuchten Lippen. Ein leises Stöhnen kam mir über die Lippen. Seine Hand verharrte dort ohne jegliche Bewegung. Auch, als ich ihm mein Becken entgegenschob, blieb sie regungslos. Stattdessen widmete sich Liam meiner Brust. Er zog meinen BH nach unten und legte sie frei. Mit den Lippen umschloss er den steifen Nippel, saugte und biss leicht hinein. Unbewusst drückte ich meine Hüfte nach oben und verstärkte den Druck auf die sensible Stelle. Wieder knabberte er an meinem Nippel und entlockte mir so die gleiche Reaktion. Allmählich verstand ich das Spiel, das er spielen wollte. Langsam ließ ich mein Becken kreisen und stimulierte den Punkt zwischen meinen Beinen. Liam bedachte nur meinen Nippel mit Aufmerksamkeit und genoss es, dass ich mir selbst Lust verschaffte. Meine Bewegungen wurden schneller. Es war tierisch antörnend, mich auf diese Weise selbst zum Orgasmus zu bringen. Stöhnend und wimmernd rieb ich mich an seinem Finger, während Liam meine Brust bearbeitete. Kleine Blitze zuckten durch meinen Körper und reizten meine empfindliche Stelle nur noch mehr. Dadurch, dass er seine Finger nicht bewegte, führte ich mich selbst immer wieder an den Rand meines Höhepunktes, aber es reichte nicht aus, um zu kommen. Es war die reinste Folter, und genau das wollte er. Wimmernd und flehend bat ich Liam um Erlösung. So an den Rand getrieben zu werden, machte mich wahnsinnig. Seine Zähne knabberten immer kräftiger an meiner Brustwarze. Die Mischung aus Schmerz und Lust erregte mich. Ich war an einem Punkt, an dem es kaum noch zu ertragen war.

»Liam, bitte«, schrie ich halb und endlich bewegte er seine Finger. Kreisend und reibend schob er mich über den Gipfel meiner Lust und bescherte mir einen heftigen Orgasmus, den ich laut hinausschrie.

Es brauchte eine Weile, ehe ich wieder halbwegs atmen konnte und mein Puls sich dem normalen Schlagrhythmus näherte. Mit geschlossenen Augen lauschte ich der Stille im Wald. Müdigkeit und absolute Entspannung fluteten meinen Körper. Wäre mir der Umstand nicht bewusst gewesen, wo ich gerade war, dann wäre ich zweifelsohne so liegengeblieben. Stattdessen öffnete ich meine Augen und blickte direkt in Liams Gesicht. Ihm schien dieses kleine Spiel sehr gefallen zu haben, dies verriet jedenfalls sein spitzbübisches Grinsen. Langsam zog er seine Hand aus meiner Hose. Dabei streifte er den empfindlichen Punkt noch einmal, was mich unvermittelt stöhnen ließ. Sofort baute sich die Lust wieder auf.

»Komm mit«, flüsterte Liam mit heiserer Stimme. Ohne Widerworte folgte ich ihm.

»Zieh deine Hose aus«, befahl er mir. Nach einem Blick in die nähere Umgebung zog ich die Jeans aus. Liam hatte inzwischen die Beifahrertür geöffnet und sich auf den Sitz gesetzt.

»Komm her.« Ich zögerte einen Moment und nahm dann rittlings auf seinem Schoß Platz. Behutsam schob er mein Shirt nach oben und streifte es mir über den Kopf. Nur in Unterwäsche bekleidet, saß ich nun auf ihm. Die Erwartung auf das nun Folgende ließ mich sofort wieder feucht werden. Bis jetzt hatte ich nur Sex im Bett oder mal unter der Dusche gehabt. Das hier war allerdings sündhaft und ich musste zugeben, dass es mich ziemlich antörnte.

»Lehn dich ein Stück nach hinten.« Ich schluckte, selbst seine Stimme jagte einen wohligen Schauer über meinen Körper. Langsam ließ ich mich nach hinten sinken, bis ich das Armaturenbrett im Rücken spürte.

»Feines Mädchen.« Liam schob meinen BH unter die Brust, sodass sie leicht angehoben wurde. Das Herz schlug mir bis zum Hals. Was er hier mit mir tat, war zweifellos schamlos und es gefiel mir. Seine Hand glitt über meinen Hals, meine Brüste und wanderte quälend langsam hinab. Spielend streichelte er weiter, erst den einen Oberschenkel bis zur Mitte, dann den anderen. Liam vermied dabei die feuchte Stelle zwischen meinen Beinen. Alleine diese Berührungen forderten schon jegliche Selbstbeherrschung. Ein Zustand, der mich mehr und mehr verwirrte. Vor nicht einmal zehn Minuten hatte er mir schon einen heftigen Orgasmus beschert und nun lechzte ich schon wieder danach. Sobald seine Finger auf meine Scham zuwanderten, schob ich mein Becken nach oben. Es war frustrierend. Ich wollte ihn zwischen meinen Lippen spüren. Jetzt! Doch Liam genoss es, mich zu reizen. Der Druck seiner Finger wurde stärker. Ich war diesem Mann schutzlos ausgeliefert, verzehrte mich nach jedem noch so kleinen Millimeter, den er meiner Mitte näher kam. Eins musste man ihm lassen, er verstand es, dieses Spiel perfekt zu spielen. Sein Daumen legte sich auf meine Scham. Endlich! Langsam rieb er darüber und entlockte mir ein heiseres Stöhnen.

»Ich kann nicht mehr warten«, sagte er fast tonlos und öffnete seine Jeans, um sie ein Stück nach unten schieben zu können. Ehe ich mich versah, packte er meine Hüfte und schob mich auf sich. Ich konnte ihn durch meinen Slip hindurch spüren. Liam erging es wie mir. Mit einer schnellen Bewegung schob er meinen Slip beiseite und tauchte mit einem harten Stoß tief in mich ein. Ich ließ den Kopf in den Nacken fallen und stöhnte laut auf. Es war berauschend. Seine Hände umfassten mein Becken und gaben so den Takt der Bewegung an. Es wurde ein gnadenloses Spiel unserer Leidenschaft, hart und intensiv. Wir verschmolzen miteinander, fanden den richtigen Rhythmus und gaben uns einander völlig hin. Wir vergaßen, wo wir waren, oder dass wir erwischt werden könnten. Liam verstärkte den Druck auf meine Hüfte. Nicht mehr lange und er ergab sich seiner Lust. Gemeinsam mit mir. Die Hände in seine Haare gekrallt, passte ich mich seinem Druck erneut an und spürte, wie sich ein heftiger Orgasmus in mir aufbaute. Hemmungslos und voller Verlangen ließ ich meinen Höhepunkt über mich hinwegrollen und nahm Liam mit mir.

Müde ließ ich mich in den Sitz sinken. Sex war zwar die schönste Sache der Welt, allerdings aber auch furchtbar anstrengend. Ich hatte das Gefühl, jeden meiner Muskeln zu spüren. Ein guter Grund, um mal wieder mit dem Sport anzufangen. Mein Blick glitt aus dem Fenster, die Bäume zogen an mir vorbei und ich merkte, wie mir langsam die Augen zufielen. Bevor mich die Müdigkeit jedoch komplett einfing, huschte ein kleiner Gedanke durch meinen Kopf. *Was ist mit deinem Vater?*

Ich blinzelte ein paar Mal, um mich an das Licht zu gewöhnen. Ruckartig setzte ich mich auf. Das Letzte, woran ich mich erinnern konnte, war, dass ich mit Liam auf dem Weg nach Hause war. Allerdings nicht, wie ich dann ins Bett gekommen war. Ich sah kurz auf den Platz neben mir, er war leer und unberührt. Er hatte also nicht bei mir geschlafen, mich allerdings in mein Bett gebracht. Schnell sah ich an mir hinunter. Ausgezogen hatte er mich auch. Kopfschüttelnd stieg ich aus dem Bett und ging in Richtung Küche. Als ich am Esstisch vorbeiging, fiel mir sofort der Zettel darauf ins Auge. Eilig griff ich danach und las ihn:

Guten Morgen little empress,
ich hoffe, Du hast gut geschlafen? Zu meinem
Bedauern konnte ich nicht bei Dir bleiben.
Ich wünsche Dir einen wundervollen Tag.
Liam

PS: Wie Du mich erreichen kannst, weißt Du ja.

Ich faltete den Zettel einmal zusammen und legte ihn zurück auf den Tisch. Natürlich wusste ich, wie ich ihn erreichen konnte. Warum schrieb er mir das extra? Es hieß, Frauen seien kompliziert, hier traf aber exakt das Gegenteil zu. Ich beschloss, mein kleines Gedankenchaos erst mal an die Seite zu schieben. Seit gestern Mittag hatte ich keinen Happen mehr gegessen und mein Magen knurrte bereits unheilvoll. In der Küche angekommen, sah ich einen kleinen Notizzettel an der Kaffeemaschine kleben:

Eine Tasse am Morgen vertreibt Kummer und Sorgen.
Liam

Dieser Mann war echt der Wahnsinn, an diese kleinen

Nettigkeiten könnte ich mich glatt gewöhnen. Schnell schaltete ich die Kaffeemaschine ein und warf einen Blick in den Kühlschrank. Die Auswahl war wie immer mager, aber da musste ich nun durch. Während die Maschine lief, schmierte ich mir einige Brote und ging zurück ins Wohnzimmer.

Nachdem ich meinen größten Hunger gestillt und die Tasse Kaffee echte Wunder vollbracht hatte, genoss ich eine heiße Dusche. Frisch geduscht, angezogen und frisiert schnappte ich meine Tasche, welche Liam in den Flur gelegt hatte. Auch dort fand ich einen Zettel.

Ich hatte das Gefühl, Du könntest Deinen Wagen brauchen.

Fahr vorsichtig.

Liam

Dieser Kerl überraschte mich aber auch immer wieder. Glücklich und zufrieden verließ ich meine Wohnung.

Blut rann an meinem Arm hinab. Rot und warm. Doch ich hatte keine Zeit, mich wirklich damit zu befassen. Ich wusste, dass meine Unaufmerksamkeit früher oder später Konsequenzen zutage beförderte. So konnte ich auf keinen Fall weitermachen und mein heutiges Ziel erfüllen. Die Gefahr, eine Spur zu hinterlassen, war einfach zu groß. Leise zog ich mich zurück und stieg wieder

in meinen Wagen. Fürs Erste sollte ich die Blutung stop-
pen, dann konnte ich mich weiter um mein Vorhaben
kümmern.

Zwei Stunden später fuhr ich auf den kleinen Parkplatz vor meinem Wohnblock, direkt vorbei an meinen Nach-barn. Seitdem das Wetter etwas besser geworden war, saßen sie wieder vor dem Haus, wahrscheinlich, um sich neue Geschichten ausdenken zu können. Oder aber, um den letzten freien Parkplatz zu blockieren. Na klasse! Warum konnten sie mich nicht einfach in Ruhe lassen! Nervös warf ich einen Blick in den Spiegel, die Lücke zwischen ihnen und dem Wagen davor war ein-fach zu klein. Natürlich konnte ich mein Glück einen Block weiter vorn probieren, allerdings müsste ich dann auch meinen gesamten Einkauf durch die Siedlung schleppen. Nach kurzem Hin und Her entschied ich mich dafür, es doch zu probieren. Angespannt sah ich in den Rückspiegel. Idioten! Wie selbstverständlich beobachteten sie das Schauspiel, welches ich ihnen gleich bieten würde. Egal, wie ich es auch versuchte, mein Auto passte nicht in die Lücke. *Du bist eine absolute Einparknull,* schallt ich mich und war im Begriff aufzugeben, als meine Tür plötzlich aufgerissen wurde. Wütend warf ich einen Blick in die Richtung.

»Hey«, mehr sagte ich nicht. Neben meinem Wagen stand Liam, der mit einer Hand die Wagentür aufhielt. Ich schluckte schwer. Sah er heute noch besser aus als gestern oder bildete ich mir das ein? Und vor allem: Was machte er hier?

»Steig aus und stell dich an die Seite«, wies er mich an. Sein kalter Unterton jagte mir einen Schauer über den Rücken. Galt er mir, weil ich zu dumm war, mein Auto in diese Lücke zu bekommen? Irritiert nickte ich und stieg aus. Dann ging alles verdammt schnell. Nachdem Liam den Sitz und die Spiegel eingestellt hatte, fuhr er mit quietschenden Reifen das Hinterteil meines Wagens in die Lücke. Nur Millimeter vor meinen Nachbarn kam er zum Stehen. Panisch hielt ich mir die Hände vor den Mund. Ich konnte nicht glauben, was ich gerade sah. Das Gleiche wiederholte er noch zweimal. Rasant und ohne jegliche Scheu. Zum Glück auch ohne Verletzte. Als Liam die Fahrertür öffnete, starrte ich ihn mit weit aufgerissenen Augen an. Wie selbstverständlich ging er zum hinteren Teil und öffnete den Kofferraum. In aller Seelenruhe entlud er meinen Einkauf, während ich an der Seite stand, und versuchte, meine Gedanken und Bilder zu ordnen. Mit meinen Sachen in der Hand kam er auf mich zu.

»Du kannst den Mund wieder schließen, Julie.« Ertappt schloss ich ihn sofort. Ein letztes Mal drehte Liam sich um.

»Bis zum nächsten Mal habe ich dir das auch beige-bracht.« Schnurstracks schob er mich zum Eingang, ohne eine Antwort abzuwarten. Derer bedurfte es auch nicht! Die Gesichter meiner Nachbarn sprachen für sich. Erst, als ich mit ihm im Eingang meines Gebäudes verschwunden war, gönnte ich meinen Lungen wieder Sauerstoff.

»Was war das denn gerade? Vor allem, was machst du hier?« Sichtlich erstaunt sah ich Liam an.

»Beeindruckende Show«, stammelte ich vor mich hin. Sein Lächeln wirkte ansteckend.

»Schön, wenn dir die Show gefallen hat. Ich wollte dich sehen.« Er ließ die Taschen auf den Boden sinken und nahm mein Gesicht in beide Hände.

»Danke im Übrigen, du scheinst mir immer einen Schritt voraus zu sein.« Fragend sah er auf mich hinab.

»Was meinst du?« Jetzt war ich an der Reihe und gab ihm mein schönstes Lächeln.

»Der Zu-Bett-geh-Service, mein Kaffee, mein Auto und nun trägst du mir obendrein noch den Einkauf in die Wohnung. Kaum denke ich daran, wie schön es wäre wenn, da ist es auch schon passiert.«

»Ich bin eben einmalig«, flüsterte er und küsste mich. Ich schlang die Arme um seinen Hals, zog ihn ein wenig näher zu mir und erwiderte seinen leichten Kuss. Vergessen war sein kleines Schauspiel von eben. Am liebsten hätte ich alles stehen- und liegengelassen und wäre mit ihm nach oben gegangen. Doch zu meiner Enttäuschung beendete Liam den Kuss. »Komm, ich bringe dir die Sachen nach oben. Zu meinem Bedauern habe ich heute noch etwas zu erledigen.« Ja, das war wirklich bedauerlich. Er griff nach den Sachen und stieg die ersten Stufen hinauf. Niedergeschlagen folgte ich ihm. Vor meiner Wohnungstür angekommen, stellte er meinen Einkauf ab und wandte sich wieder zu mir.

»Hey, nicht traurig sein. Ich würde auch lieber hier bleiben, nur geht das heute wirklich nicht.« Abermals nahm er mein Gesicht in beide Hände und küsste mich leidenschaftlich.

»Bye-bye. Wir sehen uns.« Einen Moment lang sah ich ihm nach. Es wäre auch zu schön gewesen, wenn er geblieben wäre. Ich schnappte mir meine Sachen und ging hinein. So hatte ich Zeit, mich um die unerledigten Dinge zu kümmern. Schließlich wartete meine beste Freundin auch auf einen Anruf. Entschlossen verstaute ich meinen Einkauf und versuchte, nicht weiter an Liam zu denken. Genau das schien allerdings nicht zu funktionieren. Wütend über mich selbst sank ich auf das Sofa. Vielleicht war ich inzwischen doch schon völlig übergeschnappt! Es war einfach nicht meine Art, unvorsichtig zu sein oder jemandem nach ein paar

Stunden blind zu vertrauen. Liam gab mir dafür immer noch zu viele Rätsel auf. Auch, dass er kaum etwas über sich preisgab. Ich sollte mich wirklich weniger von ihm durcheinanderbringen lassen. Für einen Mann, der nur »Sex« wollte, stellte er ziemlich viele Dinge an, die nur ein Partner tun würde. Obwohl, das konnte ich mir ja auch einbilden und er wollte einfach nur nett sein. Ich konnte mein Gedankenkarussell immer weiterdrehen lassen, entschied mich aber für eine andere Form von Hilfe. Wozu hatte man schließlich eine beste Freundin? Eilig rannte ich in die Küche, wobei ich fast über meine Schuhe gestolpert wäre, und holte mein Handy. Nachdem ich wieder gemütlich auf dem Sofa saß, schrieb ich Sabrina einen Text:

Julie: Huhu Süße, hast Du Zeit zu schreiben?

Sabrina: Hallo Maus, für Dich doch immer. Ist etwas passiert?

*Julie: Nein, nein! Oder vielleicht doch?! Ich brauche Deinen Rat. *sehr verzweifelt**

Sabrina: OH GOTT, ist wieder etwas mit Deinen Nachbarn vorgefallen? Sag schon!

Julie: Ach, mit meinen Nachbarn nur das Übliche. Nein, ich habe jemanden kennengelernt. Lach bitte nicht. Er hatte mir vor einiger Zeit geholfen, als ich mit meinem Wagen liegengeblieben war. Durch Zufall habe ich ihn wiedergetroffen und er hat mir seine Nummer gegeben. Vor ein paar Tagen haben wir uns getroffen.

Sabrina: Aber das hört sich doch gut an, verstehe also das Problem nicht?!

Julie: An dem Abend hat er mir gesagt, dass er nur rein sexuelles Interesse an mir hätte. Was ja auch nicht schlimm ist! Manchmal verhält er sich aber so komisch. Dass ich ihn nicht lange genug kenne, um das einzuschätzen, ist mir durchaus bewusst. Nur leider habe ich auch keine Möglichkeit, dies zu ändern.

Sabrina: O-K-A-Y, Du schreibst immer noch in Rätseln, wo liegt denn nun das Problem?

Julie: Wie gesagt, dass er nur Sex will, ist für mich okay. Allerdings verhält er sich oft so, als würde er »mehr« wollen. Gestern hat er mich nach unserem Treffen nach Hause gefahren, und, weil ich eingeschlafen bin, sogar ausgezogen und ins Bett gelegt. Als ich heute Morgen aufgewacht bin, lag ein Zettel im Wohnzimmer, dass er es schade fand, nicht geblieben zu sein. Er hat mir mein Auto nach Hause gebracht und mir sogar den Kaffee vorbereitet. Eben kam ich vom Einkaufen wieder und meine Nachbarn haben mir den Parkplatz nicht freigegeben. Nach ein paar Fehlversuchen stand er urplötzlich an meinem Auto und hat mich aus meiner misslichen Lage befreit. Obendrein hat er sogar meinen Einkauf nach oben getragen. Bevor ich es vergesse, gestern bei der Verabredung meinte er, dass er am Vorabend wohl etwas plump gewesen sei. Ach ja, falls Du es noch nicht gemerkt hast: Ich bin total durcheinander. In meinem ganzen Leben haben mein Kopf und meine Gefühle noch nie so disharmoniert!

Sabrina: Wie gut, dass Du nicht sehen kannst, dass ich vor Lachen auf dem Boden liege! Du hattest einfach zu wenig Erfahrung in Deinem Leben. Wie oft habe ich Dir schon gesagt, Du musst Dein Leben genießen und Deinen Dickschädel mal ausschalten?! Immer alles zu analysieren, bringt Dich nicht weiter. Entweder ist es heißer Sex oder es wird mehr daraus. Wer weiß das schon? Wenn es Dir dabei gut geht, dann genieß es.

Julie: Danke! Du bist eine tolle Freundin! Mein Kopf

platzt fast aus allen Nähten und Du lachst. Weißt Du, dass ich denke, ich sei völlig übergeschnappt?

Sabrina: Das bist Du sowieso! Entspann Dich. Du hast Interesse an ihm und er an Dir, koste es aus und gut. Nur bitte, schalt endlich Deinen Kopf aus. Eines Tages wird er Dir alles ruinieren.

Julie: Ist das Dein ernst gemeinter Rat? Einfach laufen lassen? Einfach ignorieren, dass er ein völlig Fremder ist? Oder dass ich keine Ahnung habe, warum alles auf einmal so schnell ging?

Sabrina: Genau! Das tust Du jetzt. Hör auf Deine beste Freundin und Du wirst sehen, alles wird gut.

Julie: Dein Wort in Gottes Ohr. Ich werde mich, unbefriedigterweise, mit anderen Dingen beschäftigen. *grummel*

Sabrina: Lach, Du änderst Dich nie. Denk an meine Worte, lass es laufen und erteile Deinem Hirn Sprechverbot. Love you.

PS: Schreib ihm doch einfach, dass Du Dich einsam fühlst. ;-)

Julie: Ja, ja! Du mich auch! :-)

Ich legte mein Handy zurück auf den Tisch. Die Diskussion über meinen Dickkopf hatten wir schon öfter geführt. Allerdings war ich immer der Meinung, dass es gut sei, vorsichtig zu sein. Heutzutage konnte man nie wissen, meine Nachbarn waren das perfekte Beispiel dafür. Vielleicht sollte ich es, meiner Freundin zuliebe, einfach probieren. Da ich Liam vorerst keinen Text schreiben wollte, zog ich mein Sportoutfit an und holte meine Laufschuhe vom Regal. Das hatte mich schon früher gut abgelenkt. Stopp, wo waren nur diese verflixten Kopfhörer?! Erst nach ein paar Minuten Suchen fand ich sie im Schubfach. Kleidung, perfekt. Musik, dabei. Motivation, in Maßen.

Im Eiltempo verließ ich meine Wohnung und den Platz vorm Haus. Direkt an die Wohnblöcke grenzten die alten Bahngleise. Zugegeben, das kleine Stück Pflasterstraße war nicht perfekt zum Laufen. Da musste ich wohl oder übel durch. Keine 300 m weiter ging eine Nebenstraße ab. Nur die Natur und ich, na gut, und ein kleiner Gedanke an Liam. *Verdammt!*

Nur schwer ließen sich meine angespannten Nerven beruhigen. Das war eindeutig ein Schritt in die falsche Richtung. Immer wieder musste ich meinen Plan neu überarbeiten, und warum? Weil ich mich einfach nicht im Griff hatte. Ich rutschte noch ein wenig nach hinten, damit der Strauch mich richtig verdeckte. Den Schmerz an meinem Arm beachtete ich kaum. Nachdem ich meinen Posten hier verlassen hatte, hatte ich die Wunde gereinigt und genäht. In ein paar Tagen wäre auch dies nur noch Geschichte. Allerdings mahnte sie mich zur Vorsicht: Konzentriere dich! Doch das war schwer. Jedenfalls nach dem, was eben in meine Augen stach. Verdammt!

Die Bäume flogen regelrecht neben mir dahin. Keine Ahnung, wie lange ich bereits unterwegs war, aber die Dunkelheit signalisierte mir, dass ich schnellstens den Heimweg antreten musste. Ich wechselte die Playlist und lief die Strecke zurück, aus der ich gekommen war. Auf jeden Fall ging es mir ein wenig besser. Das Joggen tat gut und ich tat obendrein noch etwas für meine Kondition. Währenddessen war mir auch klargeworden, dass es das Beste wäre, auf Sabrinas Rat zu hören. Genießen und sehen was passierte. Ich nahm mir vor, Liam eine Nachricht zu schreiben, sobald ich zu Hause war. Doch auch ein anderer Gedanke schwirrte durch meinen Kopf. Seitdem Liam mich gestern nach meinem Vater gefragt hatte, dachte ich darüber nach. Ich war mir sicher, keine Unterlagen beim Ausräumen des Hauses gefunden zu haben. Zur Sicherheit würde ich aber die Kiste noch ein weiteres Mal durchsuchen. In der Eile hätte ich leicht etwas übersehen können. Im lockeren Lauftempo bog ich auf die Pflasterstraße ab. Der Weg war kaum noch zu erkennen und ich wollte schnellstens nach Hause. Am Ende der Straße stoppte ich, um die letzten Meter zu gehen. Kurz vor der kleinen Auffahrt blieb ich stehen. Direkt an meinem Wagen stand ein Mann, komplett in Schwarz gekleidet. Theoretisch war das nicht bedenklich, doch dass er immer wieder auf meine Wohnung blickte, beunruhigte mich. Auf Zehenspitzen schlich ich zu dem Baum links von mir. Durch die Büsche hatte ich zusätzlichen Schutz, um nicht gesehen zu werden. Mein normaler Menschenverstand riet mir zwar davon ab, allerdings musste ich wissen, was hier vor sich ging. Vielleicht war er ja Schuld an meinen kaputten Reifen. Aufgeregt blickte ich zu meinem Wagen und dem Mann daneben. Er schien sich sicher zu fühlen und unbeobachtet. Dann hockte er sich hin, durch die Stille konnte ich sein Stöhnen vernehmen. Was in aller Welt machte dieser Typ da? Mein Herz schlug mir bis zum Hals. Adrenalin pumpte durch meinen Körper und fachte meine Wut an. Ich sollte ihn zur Rede stellen! Und wenn er bewaffnet war? Dann würde er sich sicherlich nicht nur an meinem Wagen zu schaffen machen, nein, auch an mir! Ich schluckte schwer und wartete. Ein Ton in der Stille ließ mich zusammenschrecken und ein kleiner Schrei entfuhr mir. Schnell hielt ich mir die Hand vor den Mund. Mist! So was konnte auch nur mir passieren. Ausgerechnet jetzt musste mein Akku versagen und sich laut genug ankündigen. Der Mann hatte es bemerkt und sah sich unsicher um. Panisch blickte ich mich um, wo sollte ich jetzt hin? Wenn ich wegrennen würde, dann würde er es sicher mitbekommen. Angst stieg in mir auf, denn er kam langsam auf mich zu. Noch ehe ich mich für eine Richtung entscheiden konnte, wurde ich von hinten gepackt. Eine kalte und große Hand legte sich auf meinen Mund und ließ mich verstummen. Die andere Hand presste sich um meinen Oberkörper und zog mich direkt ins Dickicht. In Panik wehrte ich mich.

»Pssst«, erklang es laut und zischend an meinem Ohr. Immer tiefer zog mich jemand ins Gebüsch. Was in aller Welt sollte ich jetzt tun?

Den warmen Körper an mich gedrückt, versuchte ich, weiter mit der Natur zu verschmelzen. Das war mit Ballast nicht unbedingt leichter. Das Risiko, mich zu verraten, wuchs auf beiden Seiten. Ich konnte aber auch nicht zulassen, dass man sie erwischte. Wer wusste, was dieser jemand erst mit ihr getan hätte? Das Ziel war zum Greifen nah, bis dieses Frauenzimmer auftauchte. Verflucht! Zum Glück konnte ich noch sehen, was er dort tat, auch wenn mir das Warum immer noch ein Rätsel blieb. Der Unbekannte schlich um den Baum und warf einen Blick ins Gebüsch. Die Frau zitterte, sie hatte Angst. Damit tat sie auch gut. Ich beobachtete den Fremden weiter. Hoffentlich musste ich nicht aus meinem Versteck kommen. Das würde alles ruinieren. Zu unserem Glück schien der Mann aber kein weiteres Interesse daran zu haben. Er entfernte sich, warf noch einen Blick unter das Auto und verschwand in der Dunkelheit. Aus Erfahrung wusste ich, dass die Gefahr damit nicht gebannt war, und verharrte weiterhin. Dabei stieg mir der Geruch ihres Parfums in die Nase. Süß und fruchtig. Ich bildete mir ein, einen Hauch von Kirsche darin zu erkennen. Konzentriere dich! Sie bot Ablenkung genug. Der Unbekannte konnte noch immer in der Nähe sein. Wenn er schon so weit ging, die Bremsschläuche zu kappen, war es sogar wahrscheinlich, dass er sich noch irgendwo hier aufhielt. Weitere

Minuten verstrichen. Die Frau zitterte immer noch und atmete angestrengt. Vorsichtig, damit sie nicht los- schrie, entfernte ich meine Hand von ihrem Mund und lockerte den Griff um ihren Oberkörper. Sie war im Begriff sich umzudrehen. Blitzartig umfasste ich mit beiden Händen ihren Kopf und hinderte sie somit daran. Als ich mir sicher war, dass er wirklich verschwunden war, entfernte ich mich leise in der Dunkelheit hinter mir. Nachdem ich ein wenig Abstand gewonnen hatte, blieb ich stehen und wartete darauf, dass sie sicher in ihre Wohnung kam.

Noch immer hielt mich meine Angst gefangen. Was gerade eben passiert war, wollte einfach noch nicht in meinen Kopf vordringen. Was hatte der Typ an meinem Auto gemacht und woher kam der andere? Er hatte mir nichts getan, im Gegenteil, er hatte mich vermutlich gerettet. Das war einfach zu viel für mich. Angespannt sah ich mich um, von meinem »Retter« war weit und breit nichts zu sehen. Auch der andere schien sich aus dem Staub gemacht zu haben. Vorsichtig krabbelte ich aus dem Dickicht und warf einen unsicheren Blick zu allen Seiten. Erst dann rannte ich zum Hauseingang. Mehrmals fiel mir der Schlüssel hinunter und landete polternd auf dem Gitter. *Verdammt.* Als ich endlich das

Schlüsselloch traf, öffnete ich die Tür und eilte ins Hausinnere. Den Rücken an die Tür gelehnt, verschloss ich sie wieder. Erst jetzt erlaubte ich mir, meine Angst komplett nach außen dringen zu lassen. Eine Träne ergab die nächste und ich sank in mich zusammen. Wer tat mir das an?

Nachdem ich mich etwas gefasst hatte, rappelte ich mich auf und stieg die Stufen nach oben. Mitten im Flur fühlte ich mich nicht sicher. Nein! Ich fühlte mich hier überhaupt nicht mehr sicher! Oben angekommen sah ich zu, dass ich schnell in meine Wohnung kam. Erst, nachdem die Haustür geschlossen war, atmete ich tief durch. Sollte ich vielleicht die Polizei rufen? Immerhin wusste ich nicht, was dieser Typ an meinem Auto gemacht hatte. Ich war mir aber sicher, dass es nichts Gutes gewesen sein konnte. Darum würde ich mich morgen in Ruhe kümmern. Jetzt würde ich definitiv keinen Schritt mehr nach draußen machen. Ich griff in meine Hosentasche und zog das Handy heraus. Vielleicht wäre es das Beste, Liam eine Nachricht zu schicken, er wusste sicherlich einen Rat. Dazu musste ich es vorher jedoch an das Ladekabel schließen. Nach einem letzten tiefen Atemzug ging ich ins Wohnzimmer und hängte mein Handy an. Dann scrollte ich durch meine Kontakte und begann, ihm eine Nachricht zu schreiben:

Hallo,

ich weiß, Du hattest eigentlich gesagt, dass Du keine Zeit hast. Dennoch würde ich mich freuen, wenn Du kurz bei mir vorbeikommen könntest. Ich brauche Deine Hilfe.

LG

Julie

Ich legte mein Handy auf den Tisch und begann, meine Sachen auszuziehen. Vielleicht hätte ich doch die Polizei anrufen sollen! Unsicher ließ ich meinen Kopf in den Nacken fallen. Was hatte ich getan, dass man mir so etwas antat? Mein Gedankenkarussell kreiste erneut. Tränen liefen über meine Wangen. Ich konnte mit vielen Dingen umgehen, Angst und Ungewissheit gehörten allerdings nicht dazu. Was, wenn ich diesem Jemand Tag für Tag auf der Straße begegnete? Oder er hier mit im Haus wohnte? Schließlich kannte er meine Wohnung und hatte oft nach oben geschaut, und sich vergewissert, dass ich nicht aus dem Fenster sah. Mein Handy vibrierte und ich nahm es auf.

Ich hoffe, es geht Dir gut! Bin in 20 Minuten da.

Gott sei Dank! Wenigstens war ich gleich nicht mehr alleine. Ich sah an mir hinab. Nach wie vor trug ich meine Sportklamotten. *Idiotin!* Nach der Situation eben machte ich mir doch wirklich Gedanken über das, was ich trug. Ich sah zu meiner kleinen Vitrine. Schüttelte dann aber den Kopf. Alkohol löste auch keine Probleme! Tee war sicher die bessere Lösung. Also ging ich in die Küche und setzte Wasser auf. Bis Liam eintreffen würde, hatte ich dann zumindest Beschäftigung. In Gedanken griff ich nach dem Teebeutel, dabei blieb ich an meiner Zuckerdose hängen. Wie sollte es anders sein, sie fiel zu Boden und der Zucker verteilte sich in der gesamten Küche. Das durfte alles nicht wahr sein. Ich eilte ins Bad und holte mir Besen und Handfeger. Als ich zurückkam, klingelte es bereits an der Tür. Ich legte die Sachen ab und betätigte den Türsummer. Dann hielt ich inne, zur Sicherheit sollte ich vielleicht das nächste Mal fragen, wer da war. Es klopfte an meiner Tür. Schlagartig erhöhte sich mein Puls.

»Wer ist da?«, fragte ich mit zitternder Stimme.

»Ich bin es, Liam.« Ich stieß die angehaltene Luft aus und öffnete die Tür. Er stürmte sofort in meine Wohnung.

»Geht es dir gut?« Liam wirkte besorgt. Ich schüttelte den Kopf.

»Nein, nicht wirklich.« Behutsam nahm er mich in seine Arme. Sofort strömten meine Tränen erneut los. »Hey, was ist passiert?« Doch antworten konnte ich nicht.

Lediglich ein paar Schluchzer verließen meinen Mund.

»Alles gut, Julie. Ich bin jetzt da. Du musst mir aber sagen, was passiert ist, sonst kann ich dir nicht helfen.« Seine Worte drangen nur schwer zu mir vor. Aber es half ungemein, nicht alleine zu sein. Eine ganze Zeit lang standen wir Arm in Arm im Flur. Meine Tränen versiegten langsam und ich beruhigte mich. Als ich mir sicher war, meine Stimme wiedergefunden zu haben, löste ich mich leicht von ihm und sah ihn an.

»Ich war joggen, an den alten Bahngleisen entlang. Es war schon so dunkel, als ich zurückkam. Gerade, als ich zum Haus gehen wollte, fiel mir jemand auf, der an meinem Auto war und sich seltsam verhielt. Ich hielt es für das Beste, mich zu verstecken und abzuwarten. Leider machte mir mein Handy einen Strich durch die Rechnung. Der Akku piepte laut und ließ den Unbekannten hochschrecken. Ich wusste nicht, was ich machen sollte. Doch bevor ich mich entscheiden konnte, wurde ich schon von hinten gepackt und in die Büsche gezogen. Ich hatte solche Angst.« Meine Stimme versagte und erneute Tränen bahnten sich ihren Weg.

»Alles gut. Ich bin da.« Zärtlich streichelte er mit den Fingern über meinen Rücken.

»Bist du verletzt?«, fragte er vorsichtig. Ich schüttelte abermals den Kopf.

»Nein, der Mann, der mich in die Büsche gezogen hat, hatte kein Interesse daran, mir etwas zu tun. Im Gegenteil. Auf seine Art hat er mich wahrscheinlich vor Schlimmerem bewahrt.« Doch leider wusste ich nicht, wer er war oder aber warum er da war. Sicher war ich mir nur in einem Punkt, na ja, in zweien: Er hatte auf mich aufgepasst und aus irgendeinem Grund war er hinter dem Kerl her, der etwas an meinem Auto gemacht hatte.

»Mein Wagen«, rief ich aus. Liam sah mich fragend an.

»Was ist damit?«, fragte er angespannt. »Der Fremde hat irgendetwas daran gemacht. Ich weiß es nicht. Aber ich wollte auch nicht in der Dunkelheit nach unten gehen.« Beruhigend streichelte er weiterhin meinen Rücken.

»Ich sehe mir das morgen früh in Ruhe an. Hast du eigentlich jemanden erkannt?«

»Nein, leider nicht«, sagte ich entmutigt.

»Meinst du, es wäre besser, wenn ich die Polizei rufe?« Liam schüttelte den Kopf.

»Nein, ich kümmere mich morgen darum. Jetzt sehen wir erst mal zu, dass du dich beruhigst. Ich bleibe heute Nacht hier, wenn das für dich in Ordnung ist?« Zwar fühlte ich mich mit der Entscheidung, die Polizei nicht zu rufen, nicht sonderlich wohl, aber ich vertraute ihm.

»Okay«, sagte ich nur und entwand mich seinen

Armen. Dabei streifte mein Blick in die Küche.

»Oh Mist, ich muss das Chaos erst mal beseitigen.« Liam schob mich ein Stück zur Seite und grinste, als er den Zucker auf dem Boden sah.

»Setz dich auf die Couch, ich mache das hier schon.« Ich zuckte mit den Schultern.

»Na gut.« Wahrscheinlich würde ich sowieso mehr schaden als nützen.

− 5 −

»Chaos beseitigt.« Ich wendete meinen Kopf in die Richtung, aus der ich Liams Stimme vernahm. Er hatte seine Jeansjacke ausgezogen und einen Ärmel seines Sweatshirts ein Stück nach oben gekrempelt. Mit leichten Schritten kam er auf das Sofa zu und setzte sich neben mich.

»Geht es dir inzwischen etwas besser?« Hm, so wirklich wusste ich das selbst nicht. Der Gedanke daran, dass mich jemand so sehr hasste, dass er mein Auto manipulierte, jagte mir eiskalte Schauer über den Rücken. Dabei wusste ich nicht einmal genau, was der Fremde wirklich daran gemacht hatte.

»Etwas flau ist mir noch. Es ist nicht schön zu wissen, dass jemand in der Dunkelheit an meinem Auto spielt.« Liam hatte die Hände gefaltet und stützte seine Arme auf den Oberschenkeln ab. Auch er wirkte nachdenklich.

»Das gibt mir auch zu denken. Lass uns das Thema für heute erst einmal beenden. Ich sehe nach dem Wagen und dann werden wir eine Entscheidung treffen.«

»Ja, vermutlich hast du recht. Spekulationen bringen schließlich auch keinem etwas.« Er nickte und zog mich in seine Arme.

»So, nachdem wir das nun geklärt hätten, was machen wir mit dem Rest des Abends?« Ich schmunzelte ein wenig. Ablenkung war keine so schlechte Idee.

»Reden. Du weißt inzwischen ziemlich viel von mir. Nur von dir hast du noch nicht so viel preisgegeben. Wer weiß, vielleicht bist du doch ein kaltblütiger Mörder.« Ein freches Grinsen bildete sich auf meinem Gesicht und er tat es mir gleich. Die Ablenkungstaktik seinerseits funktionierte.

»Genau, und ich verspeise unschuldige Frauen zum Frühstück.« Ehe ich mich versah, drückte er mich nach hinten und lag nun halb auf mir.

»Hey, das war mein Ernst. Ich möchte wirklich mit dir reden oder hast du etwas zu verbergen, weil du mich wieder einmal ablenken willst?« Langsam und mit ernstem Blick kam er meinem Gesicht immer näher. Ich schluckte meine Erregung hinunter.

»Schade, aber gut. Reden wir.« So schnell, wie er über mir lag, so schnell entfernte er sich wieder von mir und setzte sich aufrecht hin. Auch ich rappelte mich wieder hoch.

»Reicht dir ein kurzer Lebenslauf oder magst du lieber die ausführliche Version?«, fragte er spitzbübisch und lächelte mich an. Ich konnte es mir nicht verkneifen und lächelte ebenfalls, als ich den ironischen Unterton in seiner Stimme erkannte.

»Wenn ich schon eine Wahl habe, dann hätte ich gerne jedes schmutzige Detail.« Entspannt lehnte ich mich an und verschränkte die Arme vor meiner Brust. Immer mehr drängte sich der Vorfall von eben in den Hintergrund.

»Sie dürfen, Maestro, ich hänge wie gebannt an Ihren Lippen«, witzelte ich. Sein Blick sprach Bände und mir blieb nichts anderes übrig, als leise in mich hineinzulachen.

»Über mich gibt es nicht viel zu erfahren. Aufgewachsen bin ich überwiegend in Norwegen, Schweden und Deutschland. Mein Vater war bis zu seinem Tod ein hohes Tier beim Militär und daher viel unterwegs.« Das hörte sich nicht wirklich so an, als wäre er glücklich darüber gewesen.

»Na ja, es ist schon eine Menge. Du bist viel herumgekommen. Aber es scheint dir nicht sonderlich gefallen zu haben.« Er atmete scharf die Luft ein.

»Nein, ganz und gar nicht. Nachdem meine Mutter verstorben war, hat er einfach so getan, als ob es sie nie gegeben hätte und als würde es ihn nicht interessieren, was mit mir passierte. Er tat immer, als wäre Reisen etwas Schönes. Ha. Für einen Jungen von sechs Jahren, der gerade seine Mutter verloren hat, war es schön, alle 14 Tage an einem anderen Ort zu sein. Dauernd neue Kinder, eine neue Umgebung und die Sprache natürlich«, sagte er ironisch. Jetzt fühlte ich mich schlecht. So hatte ich mir das Gespräch nicht vorgestellt. Natürlich wollte ich ihn kennenlernen, aber ich wollte auch nicht in seiner Vergangenheit wühlen.

»Liam, es tut mir leid. Ich hatte nicht die Absicht, dich mit deiner Vergangenheit zu konfrontieren.« Er hielt mir einen Finger auf die Lippen.

»Genau das ist es aber, Julie, nur meine Vergangenheit. Es ist ein Teil von mir, den ich nicht rückgängig machen kann. Und weder durch Reden oder darüber Nachdenken wird es etwas an meinem heutigen Leben ändern. Sieh es wie eine Geschichte, die bereits geschrieben ist.« Da war es wieder, das Gefühl, Liam nicht zu kennen. Nein, falsch, ihn nicht einschätzen zu können. Zwar hatte er recht, es war nur ein Teil einer Geschichte. Allerdings war es auch seine Entscheidung, wie er damit umging.

»Okay«, sagte ich knapp, nachdem ich seinen Finger von meinem Mund geschoben hatte.

»Jedes bittere Erlebnis hat auch sein Gutes, das wirst auch du eines Tages sehen, Julie.« Sein durchdringender Blick verunsicherte mich.

»Was meinst du damit?«, fragte ich ihn, obwohl ich mir nicht sicher war, ob ich die Antwort hören wollte.

»Nichts, tut mir leid.« Liam stand auf und ging ans Fenster.

»Du kannst mir nicht immer etwas sagen und es unerklärt lassen. Ich mag zwar eine Frau sein, manchmal auch verdammt tollpatschig und oft auch ein wenig durchgeknallt, allerdings bin ich auch ein Mensch, der mit der Wahrheit gut umgehen kann. Also, hör bitte auf, in Rätseln mit mir zu sprechen.« Er drehte sich zu mir um und sah mir lange in die Augen. »Wenn ich das getan habe, dann war es nicht meine Absicht. Ich bin nicht gerade der geselligste Mensch. Dafür war ich wohl zu lange alleine. Manchmal denke ich nur stumm vor mich hin, das hat aber keine größere Bedeutung. Es war mehr als Motivation gedacht. Nach Regen kommt auch wieder Sonnenschein.« Seine Erklärung klang plausibel und ich beschloss, nichts weiter in der Richtung zu sagen. Mir fielen Sabrinas Worte wieder ein. Offenbar hatte sie recht damit. Meine ständige Grübelei brachte nicht immer das gewünschte Ergebnis. Oft entstand dadurch nur unnötiger Stress, so, wie eben mit seiner Anmerkung. Ich malte mir etwas aus, dabei gab es für alles eine sinnvolle Erklärung. Für einen Moment schloss ich die Augen. Ich musste mich nur entspannen und nicht jeden Satz hinterfragen. Ich öffnete meine Lider wieder und sah Liam an.

»Magst du weitererzählen?«, fragte ich und deutete auf den Platz neben mir.

»Wie ich schon sagte, es gibt nicht viel über mich zu

sagen. Ich bin damals, nachdem auch mein Vater gestorben war, ein paar Jahre in Norwegen geblieben. Später führte mich mein Weg wieder nach Deutschland und, na ja, dabei ist es auch geblieben.« Er setzte sich wieder neben mich, sah mich jedoch nicht an.

»Was machst du beruflich?«, platzte ich heraus.

»Dieses und jenes. Wenn man mich braucht, bin ich da.« Ich lachte kurz auf.

»Sozusagen ein Engel auf Erden.« Sein Blick ließ mich jedoch verstummen.

»Ich würde mich nicht gerade als Engel bezeichnen, aber das sei jetzt einmal dahingestellt. Sieh es lieber so, ich helfe den Guten und bestrafe die Bösen.« In meinem Kopf fing es an zu arbeiten. Wie ein kleiner Computer auf Suchfunktion, versuchte ich, sämtliche Jobs zu finden, die zu dieser Erklärung passten. Das Fenster war jedoch ziemlich klein.

»Du bist kein Polizist, hab ich recht?« Er schüttelte den Kopf.

»Nein, das bin ich nicht. Hinterfrag es nicht weiter, denn ich kann und darf dir dazu keine Antwort geben. In einem kannst du dir aber sicher sein, ich würde dich nie verletzen. Im Gegenteil, ich möchte nur, dass es dir gut geht.« Das Gespräch nahm eine kleine Wendung an und steuerte unplanmäßig in eine Richtung, die mich interessierte und über die ich bereits nachgedacht hatte.

»Sorry, wenn ich das jetzt sage, aber vor ein paar Tagen hat sich das alles noch ganz anders angehört. Du weißt schon, das mit dem Sex und so.« Verlegen wandte ich den Kopf ab. Nichts sehen war das eine, allerdings konnte ich sein leises Lachen deutlich hören.

»Du denkst, wenn man nur mit jemandem schlafen will, dann darf man sich keine Gedanken über sein Wohlergehen machen? Hab ich recht?« Es war mir peinlich, dennoch nickte ich.

»Schade, dass du bis jetzt nur solch eine Erfahrung gemacht hast«, sagte er und stand auf. Trotz meiner selbst auferlegten »Denkpause« arbeitete es heftig in meinem Kopf. Ich konnte nicht sagen, dass ich jemals eine schlechte Erfahrung gemacht hatte. Vielleicht lag es einfach nur daran, dass ich es als »normal« ansah. Wie dem auch war, ich war froh, dass es für ihn nicht so zu sein schien.

»Weißt du, es war ein anstrengender Tag und ich bin müde. Du kannst gerne mit bei mir schlafen oder du machst es dir auf dem Sofa bequem.« Mit drei schnellen Schritten war er bei mir und zog mich vom Sofa hoch.

»Ich würde gerne bei dir schlafen. Immerhin kann ich es nicht riskieren, dass dich ein Albtraum in der Nacht quält.« Ohne ein weiteres Wort hob er mich auf die

125

Arme und trug mich ins Schlafzimmer.

»Wo wir schon bei Nettigkeiten sind, ich möchte mein Frühstück gern ans Bett«, scherzte ich.

»So, ich dachte, wir hätten das eben geklärt«, flüsterte er und ließ mich unsanft auf das Bett fallen. Ich unterdrückte einen kleinen Aufschrei. Das war in der Tat auch nicht weiter schwer, denn Liam begann sich auszuziehen. Fasziniert beobachtete ich die kleine Privateinlage. Als er meinen Blick bemerkte, grinste er nur. Gott, war das peinlich. Mit feuerrotem Kopf wandte ich mich von diesem Prachtexemplar ab. »Willst du etwa in Klamotten schlafen?«, hörte ich ihn fragen. Doch ehe ich ihm eine Antwort auf seine Frage geben konnte, legten sich seine Hände um meinen Knöchel und zogen mich mit einem Ruck zu sich heran.

»Ich kann das natürlich auch machen.« Vorsichtig strich er mit dem Daumen über die untere Seite meines Fußes bis zur Ferse. Oh Gott, dass diese Berührung dermaßen antörnend war, damit hatte ich nicht gerechnet. Wie gebannt folgten meine Augen seinem Daumen. An der Ferse angekommen, zog er mir langsam die Socke aus. Nachdem diese Socke auf dem Boden landete, widmete sich Liam meinem zweiten Fuß und auch dort setzte er sein kleines Spiel fort. Ich konnte das Brennen zwischen meinen Beinen spüren. Himmel, er machte doch nichts Weltbewegendes! Mein Körper sah das allerdings anders. Auch die zweite Socke fiel zu der anderen. Liam kniete sich neben mich auf die Matratze und fuhr mit den Fingern meinen Oberschenkel hinauf bis hin zum Bund der Hose. Mein Herz raste und an eine normale Atmung war kaum noch zu denken. »Heb dein Becken an«, flüsterte er heiser. Mit zitternden Knien gehorchte ich und er schob meine Hose nach unten. Meine Wangen glühten inzwischen. Wieder wandte er sich erst der einen Seite zu, dann der nächsten und immer berührte er mich hier und da wie zufällig. Ich schnappte nach Luft, als er sich an meinem Shirt zu schaffen machte. Noch nie hatte mich jemand alleine durch das Ausziehen so heiß gemacht. »Setz dich auf«, befahl er mir leise. Auch dieses Mal gehorchte ich und setzte mich hin. Gekonnt folgte das Shirt dem Rest meiner Sachen. Nur in Unterwäsche bekleidet, saß ich jetzt vor ihm und wartete darauf, was als Nächstes passieren würde.

»Das ist schon besser«, sagte er und legte sich neben mich. Mir blieb der Mund offen stehen. War das jetzt etwa sein Ernst? Zuerst diese geile »Ausziehnummer« und nun drehte er sich einfach um und wollte schlafen? »Zugegeben, mir gefällt dieser Ausdruck auf deinem Gesicht.« Sein Grinsen verriet mir, dass er genau wusste, was er soeben mit mir angestellt hatte.

»Das ist nicht fair«, jammerte ich. »Was denn? Ich habe

doch nichts gemacht, außer dir beim Ausziehen geholfen.« Wieder dieser wissende Gesichtsausdruck. Ich warf ihm einen bösen Blick zu und versuchte, meine Decke unter mir vorzuziehen.

»Julie, nicht schmollen.« Er rappelte sich auf und kniete wieder vor mir. Unsere Blicke verschmolzen ineinander und ich konnte seine Hand an meiner Wange spüren.

»Das war gemein, ich weiß«, mehr sagte er nicht. Mit seinen Lippen bedeckte er meine und schenkte mir einen atemberaubenden Kuss. Federleicht spielte und knabberte er daran. Ich umschlang mit den Armen seinen Nacken und zog ihn mit mir. Halb auf mir liegend, vertiefte er den Kuss und ließ seine Hand über meinen Körper wandern. Von meinem Schlüsselbein über mein Dekolleté bis hin zu meinem Bauchnabel. Ein kleiner Seufzer stahl sich zwischen zwei Küssen aus meinem Mund. Für ihn die Aufforderung, seine Berührungen fortzusetzen. Langsam und leicht streichelte seine Hand weiter. Zärtlich streifte er meine Scham und begann mit seinem Daumen, meine Schamlippen entlang zu zeichnen. Wie in Trance schob ich Liam mein Becken entgegen. Er lachte leise auf und setzte sein Spiel fort. Immer heftiger begann ich zu atmen und stöhnte laut an seine Lippen. Was auch immer er mit mir tat, es verfehlte die Wirkung nicht. Ich war seinen Berührungen verfallen. Mein Körper befand sich auf offener See und eine Welle nach der nächsten brachte mich aus dem Gleichgewicht. Wie ein Ertrinkender, der auf Rettung wartete, so fühlte ich mich in diesem Moment und ich wusste nur eins, Liam war der einzige, der mich wirklich retten konnte. »Bitte«, wisperte ich an seine Lippen. Wunderschöne blaue Augen taxierten meine.

»Was bitte? Du musst mir schon sagen, was du möchtest«, flüsterte er und küsste meine Halsbeuge. »Ich möchte, dass du mit mir schläfst«, antwortete ich mit belegter Stimme. Behutsam begann er, meinen Slip auszuziehen und schob meine Beine ein wenig auseinander. Mit einer gekonnten Bewegung lag er nun auf mir. Seine Arme neben meinem Kopf. Ich konnte seine Erregung an meinem Eingang spüren. Vorsichtig drückte ich ihm mein Becken entgegen und er verschmolz in einer geschmeidigen Bewegung mit mir. Mit einem lauten Stöhnen bäumte ich mich auf. Was machte dieser Mann nur mit mir? Vor kaum einer Stunde beherrschten mich noch Angst und Ungewissheit. Durch seine Anwesenheit war alles wie weggeblasen. Als hätte sein Erscheinen die Last von meinen Schultern genommen. Ohne Hast fing er an, sich zu bewegen und lenkte meine Aufmerksamkeit wieder auf unser Liebesspiel. Ich hatte das Gefühl, mein Körper stünde in Flammen. Jeden Augenblick würde mich die

Hitze verbrennen. Um ihn noch tiefer in mir zu spüren, schlug ich die Beine um seine Hüfte. Mit leichten Stößen, die durch jede meiner Fasern zu hallen schienen, versenkte er sich immer wieder in mir. Meine Finger krallten sich in sein Shirt und hielten es krampfhaft umschlossen.

»Bitte«, flüsterte ich, denn ich wusste nicht, wie lange ich das noch aushalten würde.

»Was bitte? Sprich mit mir«, entgegnete er.

»Ich halte es nicht mehr lange aus«, wimmerte ich. Liam erhöhte leicht das Tempo. Das Gefühl zwischen meinen Beinen war unbeschreiblich. Sämtliche Empfindungen liefen an diesem einen Punkt zusammen und suchten nach Erlösung.

»Liam, bitte.« Er küsste mich leidenschaftlich und brachte mich zum Verstummen. Dann endlich erhöhte er das Tempo noch einmal. Ich konnte fühlen, wie eine riesige Welle mich erfasste und mich in einen heftigen Strudel riss. Mein Höhepunkt war so gewaltig, dass es mir den Atem verschlug und ich krampfhaft nach Luft rang. Liam ließ sich ebenfalls von dieser Welle mitreißen. Ich schloss meine Augen und es fühlte sich an, als würden Sterne wild vor mir tanzen. Es dauerte eine Weile, ehe ich mich und meinen Körper wieder im Griff hatte. Liam schien es genauso zu gehen, denn er lag immer noch auf mir und atmete schwer. Mit zitternden

Fingern streichelte ich an seinem Rücken auf und ab. Langsam richtete er sich auf und sah zu mir hinab.

»Was machst du eigentlich mit mir?« Ein Lächeln umspielte seine Lippen.

»Die Frage gebe ich gern zurück«, erwiderte ich.

»Das erörtern wir morgen«. Er gab mir einen langen, leidenschaftlichen Kuss und rollte sich dann von mir hinunter.

»Komm her«, wies er mich an und hielt die Decke nach oben, damit ich mich zu ihm legen konnte. Völlig erschöpft kuschelte ich mich zu Liam. Dass er heute Nacht blieb, bedeutete mir viel.

»Schlaf gut, little empress«, flüsterte er. Ich schloss meine Augen, genoss das Gefühl seines warmen Körpers und sank in einen friedlichen Schlaf.

Dunkelheit umfing mich und drückte schwer auf meine Brust. Wo war ich? Ich versuchte es mit rufen, doch kein Ton verließ meinen Mund. Panik griff nach mir. Was sollte das? Erinnerungen stiegen in mir auf und versuchten, mich zu brechen. »Ich bin stark«, sagte ich mir immer wieder in meinen Gedanken. Das ist ein Traum, keine Realität. In der Ferne konnte ich ein kleines Licht erkennen und rannte darauf zu. An der Stelle angekommen, stoppte ich. Vor mir stand eine Frau. Ich musste meine Augen kurz vom Licht abwenden. Als ich wieder nach oben zur ihr sah, hielt sie sich verzweifelt die Kehle und rang nach Luft. Blut lief an ihrem schlanken Hals entlang. Wie in Panik wollte ich zu ihr, doch ich kam keinen Schritt voran. Verzweifelt wollte ich die Hände vor das Gesicht schlagen. Doch ich sah nur meine blutverschmierten Hände. Vor mir der leblose Körper der Frau und ein beißender Duft nach Kirschen.

Schweißgebadet schreckte ich hoch. In Windeseile verschaffte ich mir einen Überblick. Ich war zu weit gegangen und nun musste ich die Konsequenzen dafür tragen!

Frischer Kaffeeduft stieg mir in die Nase. Noch ein wenig schläfrig blinzelte ich gegen das Licht.

»Hey, aufwachen, Julie«, hörte ich Liams Stimme sagen.

»Mhm, muss ich?« Ich streckte meine schmerzenden Muskeln. Vielleicht war es doch nicht so gut gewesen, nach so langer Zeit gleich so viel auf einmal zu laufen.

»Was duftet hier eigentlich so lecker?« Die Matratze bewegte sich, offenbar hatte er sich zu mir gesetzt.

»Gestern Abend bat mich eine junge Frau um Frühstück ans Bett. Dieser Wunsch wird ihr nun erfüllt.« Mühsam rappelte ich mich auf. Er hatte nicht gelogen. Auf meinem Nachttisch stand ein kleines Tablett mit einer

Tasse frischem Kaffee, Croissants und Marmelade.

»Jetzt bekomme ich Angst«, sagte ich leise. *Kopf ausschalten, Julie!,* ermahnte ich mich. Sicher nur ein Zufall.

»Offenbar mögen wir das Gleiche«, sagte er nur und zuckte mit den Schultern.

»Danke schön«, antwortete ich ihm und beugte mich ein wenig nach vorn, um ihm einen Kuss zu geben. »Gern. Werde ich dafür jetzt immer so belohnt?« Ich grinste, nahm das Tablett und stellte es zwischen uns auf meinen Schoß.

»Vielleicht. Kommt darauf an«, sagte ich und biss in mein Croissant.

»Auf was?« Sein Blick folgte dabei jeder meiner Bewegungen.

»Ob du Kaffee kochen kannst«, antwortete ich ihm mit halbvollem Mund.

»Das werde ich sicher gleich erfahren. Frühstücke in Ruhe zu Ende. Ich gehe kurz runter und sehe nach deinem Wagen.« Er beugte sich ein Stück nach vorn und gab mir einen hauchzarten Kuss auf meinen Mundwinkel. Dann stand Liam auf und verschwand. Als ich die Tür klappen hörte, atmete ich die angehaltene Luft wieder aus. Es war schon verdammt süß, wie viel Mühe er sich gab. Noch nie hatte jemand mich so verwöhnt. Allerdings überschattete der Gedanke an meinen Golf das wundervolle Frühstück. In ein paar Minuten würde ich wissen, was der Unbekannte daran gemacht hatte. Ich nahm einen Schluck aus meiner Tasse und verbrannte mir dabei fast die Zunge. Nur widerwillig aß ich auch den Rest meines Frühstücks. Dass Liam nach wie vor noch nicht zurück war, verursachte mir Bauchschmerzen. Ich stellte das Tablett auf den Nachttisch und stand auf. Von meinem Schlafzimmerfenster konnte ich direkt nach unten sehen. Er lag direkt unter meinem Auto. Super, nun war ich auch nicht schlauer. Ungeduldig wendete ich meinen Blick ab und ging ins Bad. Es war schon gut, dass er sich so viel Zeit ließ. Immerhin war die Gefahr zu groß, dass er vielleicht etwas übersehen könnte und ich würde beim nächsten Mal direkt im Straßengraben landen. Schlagartig fielen mir meine Nachbarn ein. Sie waren bei einem Autounfall gestorben und was ich aus Gesprächsfetzen und der Zeitung wusste, war alles sehr fragwürdig. Was, wenn es gar kein Unfall gewesen war? Vielleicht hatte da auch jemand nachgeholfen, immerhin waren sie immer sehr penibel, was ihren Wagen betraf. Allerdings stand er auch überwiegend in der Garage. Das musste ja nicht zwangsläufig etwas mit dem Vorfall von gestern zu tun haben. Ich zuckte mit den Achseln und schob meine Gedanken in die hinterste Ecke. Dafür gab es schließlich Profis. Nachdem ich mich meiner Unterwäsche entledigt hatte, stieg ich unter den warmen Strahl der Dusche und schaltete für ein paar Minuten ab. Dabei bemerkte ich nicht, wie Liam wieder nach oben kam und ins Bad trat.

»Was für ein herrlicher Anblick am Morgen«, säuselte er. Erschrocken zuckte ich zusammen und hielt mir die Arme vor die Brust. Er nahm ein Handtuch vom Regal und hielt es mir hin. Ohne den einen Arm von meiner Brust zu nehmen, schaltete ich das Wasser ab und trat hinaus.

»Danke schön.« Liam trat ans Waschbecken und schrubbte eifrig seine schwarzen Finger sauber.

»Was ist mit meinem Wagen?«, platzte es aus mir heraus, während ich mich abtrocknete. »Deine Bremsschläuche sind angeschnitten. Zieh dich an und dann werden wir die Polizei rufen.« Mein Herzschlag setzte einige Sekunden lang aus.

»Heißt das, jemand hatte die Absicht, mich umzubringen?« Sämtliche Farbe wich mir bei diesem Gedanken aus dem Gesicht.

»Ja, so sieht es aus. Ich rufe an und warte im Wohnzimmer auf dich.« Dann ging er aus dem Bad und ließ mich allein. Das wollte mir einfach nicht in den Kopf! Warum wollte mich jemand töten? Ich hatte zu niemandem Kontakt. Mit zitternden Händen legte ich das Handtuch weg und ging ins Schlafzimmer, um mich anzuziehen. Fünf Minuten später gesellte ich mich zu Liam ins Wohnzimmer.

»Es kommt gleich jemand. Ich hätte dir gern das Theater erspart. Wir müssen trotzdem reden, immerhin wissen wir nicht, wer die Schläuche angeschnitten hat. Ich möchte dich nicht unnötig in Gefahr bringen. Wenn der Täter etwas davon mitbekommt, dann wird er auch wissen, dass du ihn dabei gesehen hast. Also werden wir es anders darlegen.« Ich erkannte seine Aufforderung, dass ich lügen sollte.

»Ich weiß nicht. Wird er es nicht so oder so wissen? Ich meine, du hast ohne Grund unter meinem Auto gelegen und nachgeschaut. Was ist, wenn er dich dabei gesehen hat?« Gedankenversunken nickte er.

»Er wird keinen Verdacht schöpfen. Nachdem du mir gestern gesagt hast, an welcher Stelle er an deinem Auto war, konnte ich eins und eins zusammenzählen. Daher bin ich heute Morgen auch mit dem Wagen gefahren.« Mit weit aufgerissenen Augen sah ich ihn an.

»Bist du wahnsinnig? Und wenn dir dabei etwas passiert wäre?« Er konnte sich doch nicht so einfach in Gefahr begeben! Ich würde es mir nie verzeihen, wenn Liam wegen mir etwas passierte.

»Beruhig dich. Ich weiß, was ich tue. Nun lass uns lieber über deine Aussage sprechen.« Ich war immer noch geschockt über das, was er mir eben gesagt hatte.

»Dass du gestern Abend jemanden dabei erwischt hast, lässt du am besten weg. Ich habe die Nacht bei dir geschlafen und wollte heute Morgen Brötchen holen. Dabei fiel mir auf, dass etwas mit deinem Wagen nicht stimmt. Also habe ich nachgesehen. Du hast mit alledem nichts zu tun und bist aus dem Schneider, okay?« Ich nickte. Verstanden hatte ich schon, dass er mich damit schützen wollte. Dies aber mit einer Lüge zu handhaben, missfiel mir sehr. Ehe ich ihm meine Bedenken mitteilen konnte, klingelte es an der Tür.

»Ich gehe nach unten. Komm bitte gleich mit deinen Wagenpapieren nach. Den Rest haben wir ja soweit besprochen. Alles wird gut.« Er kam zu mir und drückte mir einen Kuss auf die Stirn.

»Ich komme gleich nach«, sagte ich und folgte ihm bis zum Flur. Dort lag, wie sonst auch, meine Handtasche. Schnell nahm ich meine Papiere und folgte ihm nach unten. Als ich die Eingangstür öffnete, stand Liam bereits mit zwei Beamten am Auto und unterhielt sich. Unsicher blieb ich ein wenig abseits von ihnen stehen und wartete ab. Einer der Polizisten bemerkte mich nach einem kurzen Moment und kam auf mich zu.

»Frau Williams?«, fragte er an mich gewandt und ich nickte.

»Polizeihauptkommissar Schröder, Sie sind also die

Halterin des Fahrzeuges?« Wieder nickte ich nur.

»Dürfte ich kurz die Papiere und Ihren Personalausweis sehen?« Ich reichte ihm die Dokumente und ließ meine Augen zu Liam wandern. Er hatte sich inzwischen mit dem anderen Beamten unter meinen Wagen gelegt. Vermutlich, um ihm die Stelle zu zeigen, an der die Schläuche beschädigt worden waren.

»Also, Frau Williams, haben Sie eine Ahnung wer das getan haben könnte?« Abermals schüttelte ich mit dem Kopf.

»Nein, ich habe keine Ahnung.« Er warf mir einen fragenden Blick zu und notierte sich etwas auf seinem kleinen Block.

»Wir werden Ihren Wagen in ein paar Stunden abholen lassen. Da wir von einem versuchten Tötungsdelikt ausgehen müssen, muss alles dokumentiert und fotografiert werden. Das wird ein paar Tage in Anspruch nehmen. Um die Reparatur müssten Sie sich dann kümmern. Von unserer Seite war es das erst einmal. Sie werden allerdings noch eine Vorladung bekommen und dann nehmen wir Ihre Anzeige auf.« Liam kam an meine Seite und legte den Arm um meine Schultern.

»Danke, dass Sie so schnell gekommen sind.« Höflich verabschiedeten wir uns von den zwei Beamten und gingen wieder ins Haus. In meiner Wohnung angekommen, ging ich direkt ins Wohnzimmer. Liam folgte mir.

»Was hast du ihnen erzählt?« Er nahm auf dem Sofa Platz und deutete mir an, mich neben ihn zu setzen. »Das, was wir beide besprochen hatten. Mach dir bitte keine Sorgen. Kommst du die paar Tage ohne Wagen klar?« Ich zuckte mit den Achseln. Theoretisch brauchte ich schon ein Auto, da es hier im Ort schlecht möglich war, die Dinge des täglichen Bedarfs zu bekommen.

»Ich kann auch mit dem Fahrrad fahren, wenn ich etwas brauche.« Er schüttelte energisch mit dem Kopf.

»Kommt nicht infrage! Was ist, wenn dieser Typ da draußen auf dich wartet? Versprich mir, dass du dich bei mir meldest, wenn du etwas brauchst!« Mir gefiel der Gedanke nicht, ihn um Hilfe zu bitten. Allerdings konnte ich seine Bedenken auch nicht vollkommen aus-blenden.

»Wenn es unbedingt sein muss – ja, ich verspreche es dir.« Das schien ihn zu beruhigen, denn seine Züge wurden sanfter.

»Ich habe noch ein bisschen was zu tun. Kann ich dich denn alleine lassen?« Meine Augen musterten seinen Blick. Im Grunde sprach nichts dagegen. Vielleicht würde ich mit meiner besten Freundin ein wenig tele-fonieren oder aber endlich die Kisten im Keller noch einmal durchsehen.

»Ja, kein Problem. Ich denke, das bekomme ich hin.« Er

stand auf und kam direkt auf mich zu.

»Du brauchst nur anzurufen.« Liam küsste mich zärtlich und fuhr mit dem Daumen über meine Wange.

»Bis später. Melde dich.« Ich nickte und ließ ihn gehen. Nur hatte ich nicht erwartet, dass dabei so viel Leere in mir zurückbleiben würde. Mit ihm war die Situation zu ertragen. Liam wusste genau, was er tat und half mir mit seiner Ruhe ungemein. Es half trotzdem nichts, die nächsten Stunden wäre ich erst mal alleine. Ich krempelte meine Ärmel nach oben und tat das, was ich in letzter Zeit immer machte – Putzen!

Zwei Stunden später glänzte meine Wohnung wie ein neuer Penny. Momentan schien es zu meiner Lieblingsbeschäftigung zu werden. Geschafft ließ ich mich auf mein Sofa sinken und kramte das Handy aus der Hosentasche. Liam hatte sich bis jetzt nicht gemeldet und ich fragte mich unweigerlich, was er wohl gerade tat. Er hatte gesagt, dass er etwas erledigen musste. Vielleicht ging es um seinen Job, allzu viel gab er ja nicht davon preis. Ich scrollte meine Kontaktliste durch. An seinem Namen blieb ich hängen, doch ich entschied mich dagegen, ihm eine Nachricht zu schicken. Stattdessen wählte ich Sabrina und öffnete das Nachrichtenfenster.

Julie: Hallo Mausi, alles okay bei Dir? Hast Du Zeit zum Schreiben? Ich brauche ein wenig Ablenkung.
LG
Julie

Sabrina: Huhu, für Dich habe ich immer Zeit. :-) Schieß los. Geht es um Deinen heißen Typen?

Julie: Auch. Ich bin gestern Abend »fast« überfallen worden und jemand hat mir die Bremsschläuche angeschnitten.

Es dauerte keine Minute, bis mein Handy klingelte. Sabrina!

»Hallo, Mausi«. Sie räusperte sich.

»Wie wird man denn bitte fast überfallen und wer hat an deinem Auto rumgefummelt? Klär mich auf. Jetzt!«, ihr Ton duldete keinen Widerspruch. Ich atmete tief ein und begann zu erzählen.

»Also. Ich bin gestern, nachdem wir geschrieben haben, noch joggen gewesen. Es tat verdammt gut, dabei habe ich die Zeit ein wenig übersehen und bin im Dunkeln zurückgelaufen. Kurz vor der kleinen Auffahrt sah ich jemanden an meinem Auto, der sich merkwürdig verhielt. Immer wieder sah er sich um und behielt meine Wohnung im Blick.« Ich legte eine kleine Pause ein.

»Ich glaube es nicht. Wie ging es weiter?«, piepste sie ins Telefon.

»Aber Luft holen darf ich noch, ja?«, scherzte ich.

»Natürlich, aber nun erzähl endlich weiter.« Ich schüttelte nur den Kopf.

»Mir fiel das mit den Autoreifen sofort wieder ein und ich versteckte mich hinter einem Baum. Ich konnte noch sehen, wie er sich unter mein Auto legte, doch dummerweise meldete sich mein scheiß Akku und er sah genau in meine Richtung.« Die Angst kroch buchstäblich meinen Rücken hinauf und ich schwieg einen Moment.

»Das sind ja richtige Horrorstorys. Wenn es nicht um dich gehen würde, dann hätte ich mir jetzt eine Tüte Popcorn geholt.« Solche netten Worte konnte man auch nur von seiner Freundin bekommen.

»Du bist makaber. Ich sterbe hier ein zweites Mal vor Angst und du willst Popcorn. Schäm dich«, sagte ich ernst.

»Tut mir leid. Nun sag, hat er dich gesehen?« Sabrina!

»Zum Glück nicht! Denn zu meinem Erstaunen wurde ich noch rechtzeitig von einer zweiten Person in die Büsche gezogen.« Ich hörte meine beste Freundin, wie sie scharf die Luft einzog.

»Der andere Mann zog mich immer tiefer in das dichte Buschwerk. Du kannst mir glauben, dass ich vor Angst fast gestorben wäre. Doch es passierte nichts. Im Gegenteil, er hat mich vor dem anderen Mann in Sicherheit gebracht.« Kurzes Schweigen.

»Horror und eine Prise Romantik. Sag mal, was läuft in diesem Ort eigentlich schief? Das klingt alles total nach einer Filmszene. Wer war der andere Mann?« Die Frage hatte ich mir seit gestern auch oft gestellt.

»Ehrlich, ich habe keinen blassen Schimmer, wer der andere Mann war. Bei dem Versuch, mich umzudrehen, hielt er meinen Kopf fest und verschwand dann einfach.« Sie stöhnte enttäuscht.

»Ein Mann kappt deine Bremsschläuche und ein anderer sieht ihm dabei zu, rettet dich aber? Irgendwie verstehe ich das ganz und gar nicht. Hast du wenigstens gleich die Polizei gerufen?« Ich dachte kurz an die Unterhaltung zwischen mir und Liam heute Morgen.

»Nein. Ich habe zuerst Liam geschrieben und er hat sich heute Morgen den Schaden angesehen. Als er entdeckt hat, was der Mann an meinem Auto getan hat, rief er sofort die Polizei. Mein Wagen wird im Laufe des Tages abgeholt, um eventuelle Spuren zu sichern. Mehr kann ich dir gerade auch nicht sagen.« Ich verschwieg ihr, dass Liam mich darum gebeten hatte, zu lügen. Na ja, in dem Sinne war es keine richtige Lüge. Er wollte mich nur damit schützen. Allerdings musste eine beste Freundin nicht immer alles wissen.

»Krass. Maus, du musst so schnell wie möglich dort weg. Jetzt habe ich echt Angst, dass dir etwas passiert. Ich meine, es kann ja nicht immer jemand in der Nähe sein, so wie gestern Abend. Und wer weiß, was sich dieser Irre als Nächstes einfallen lässt.« In diesem Punkt stimmte ich ihr zu. Ich wusste nicht, was als Nächstes passieren würde und so wirklich darüber nachdenken, wollte ich in diesem Moment auch nicht.

»Da stimme ich dir zu. Nur du weißt selber, dass ich hier erst mal nicht weg kann. Das Haus muss verkauft werden und den Keller habe ich immer noch nicht geleert.« Sie schnaufte verächtlich.

»Falls du es dir anders überlegst, dann kannst du jederzeit zu uns kommen. Du weißt, dass du hier immer willkommen bist.« Das war mir bekannt, denn Sabrina erinnerte mich bei jeder Gelegenheit daran. »Ja, Maus, ich weiß. Ich hoffe, du bist mir nicht böse, aber ich würde gerne noch ein bisschen das Haus entrümpeln.« So ganz stimmte das nicht. Es hatte nur weitläufig etwas damit zu tun.

»Okay. Aber bitte melde dich, wenn irgendetwas ist. Hast du gehört, Julie?« Ich rollte mit den Augen.

»Ja, Mama, ich hab es gehört.« Sabrina beglückte mich wieder mit einem Schnauben.

»Ja, ja. Ich wünsche dir viel Spaß beim Räumen und pass bitte auf dich auf«, sagte sie ernst.

»Das mache ich. Grüß deinen Liebsten von mir. Bis dann.« Sabrina verabschiedete sich ebenfalls und ich drückte auf den Hörer. Inquisition überstanden. Dennoch blieb ich wieder mit einigen Fragen zurück. Zwar hatte ich mir schon Gedanken gemacht, wer der Mann gestern Abend war, allerdings wurden sie davon abgelenkt, dass ich mich fragte, was er dort zu suchen hatte. Missmutig schob ich den Gedanken beiseite und schnappte mir mein Handy erneut, um Liam einen Text zu schicken:

Hallo Liam,
mir geht es gut. Bis jetzt hat noch niemand versucht, die Wohnung in die Luft zu jagen.
LG
Julie

Ich warf einen Blick auf die Uhr. Es war früher Nachmittag, meine Wohnung befand sich in einem tadellosen Zustand, ich hatte kein Auto und definitiv würde ich jetzt nicht auf dem Sofa rumgammeln. Wenn man eine Aufgabe hatte, dann dachte man wenigstens nicht so viel nach. Etwas, das mir im Moment sicher gut tun würde. Ich stand auf und schnappte mir meine Sweatjacke vom Stuhl und zog meine Sneaker an. Mit meinem Schlüssel bewaffnet, machte ich mich auf den

Weg in den Keller.

Inmitten der Stadtbibliothek hatte ich mein Lager auf-
geschlagen und recherchierte. Nach dem Brand vor eini-
gen Jahren hatte man sämtliche Unterlagen aus dem
alten Verlagsgebäude, in dem sich ursprünglich die Zei-
tung befand, hierher gebracht. Seit gestern Abend
beschlich mich eine böse Vorahnung und ich wollte
sichergehen, dass ich mich vielleicht doch irrte. Meiner
Zielperson würde ich es jedenfalls wünschen. Ich ver-
sank in dem Stapel vor mir. Irgendwo hier musste es
sein.

– 6 –

Zwei Stunden später war ich keinen Schritt weiter-
gekommen. Sämtliche Unterlagen meiner Mutter hatte
ich erneut durchgesehen, doch, Fehlanzeige. Über
meinen Vater war weit und breit nichts zu finden.
Dieses Thema konnte ich somit auch ad acta legen.
Mühsam stapelte ich die Kisten wieder aufeinander
und ging zurück in meine Wohnung. Nach einem Blick
aus dem Fenster fiel mir auf, dass mein Wagen bereits
abgeholt worden war. Jetzt saß ich in diesem Nest fest
und ich wusste nicht einmal, wann ich meinen Wagen
wiederbekam. Geschweige denn, wann ich ihn repa-
rieren lassen konnte. Es half alles nichts, dann musste
es auch so gehen. Ich ging ins Wohnzimmer und warf
einen Blick auf mein Handy. Liam hatte geantwortet.

*Wenn das ein Witz gewesen sein soll, dann war er
nicht besonders gut. Ich bin in zwei Stunden bei Dir.
Möchtest Du noch irgendwo hin?*

Ich sah zuerst auf die Uhr und dann auf mein Handy.
Shit. Liam hatte mir die Nachricht bereits vor zwei Stunden geschrieben. Das hieß, er würde bald hier auftau-
chen.

Sorry, ich war im Keller und habe Deinen Text erst eben gelesen. Wenn Du noch Lust auf körperliche Aktivitäten hast, dann können wir gerne rüber zu dem Haus meiner Mutter fahren. Ich würde gerne den Keller noch ausräumen. Es ist auch nicht viel.

Ich legte das Handy zurück auf den Tisch und ging ins Schlafzimmer. Falls Liam wirklich noch Lust hatte, mir zu helfen, dann musste ich mir ein paar alte Sachen anziehen. In diesem Keller war seit Jahren niemand mehr gewesen. Sicherlich hing er voll mit Spinnweben und wer wusste, was da unten noch alles lauerte. Angeekelt schüttelte ich mich und bekam eine Gänsehaut. Aus dem Schrank fischte ich eine alte Stoffhose, die schon für Malerarbeiten hergehalten hatte, und ein labbriges Shirt, das bereits einige Löcher aufwies. Nachdem ich beides angezogen hatte, ging ich zurück ins Wohnzimmer, um nachzusehen, ob Liam mir bereits geantwortet hatte.

Körperliche Aktivität klingt gut. ;-) Ich bin in 15 Minuten bei Dir. Bis gleich.

Ich schnappte meine Sweatjacke vom Stuhl. Mein Handy verstaute ich in der Hosentasche und ging nach unten. Mit einem flauen Gefühl im Bauch trat ich nach draußen. Da das Wetter einigermaßen passabel war, saßen meine Nachbarn wieder unter ihrem kleinen Zelt und unterhielten sich. Na prima, ohne weiter darauf zu achten, ging ich an ihnen vorbei. Zwar würden sie so oder so gleich mitbekommen, dass Liam kam, aber das konnte ich nicht ändern. Zudem hatte er sich das letzte Mal deutlich genug angekündigt. Bei dem Gedanken an die Einparkaktion musste ich lächeln. Zum ersten Mal hatte es meinen Nachbarn so richtig die Sprache verschlagen. Liams Wagen bog in die Auffahrt und blieb direkt vor mir stehen. Ehe ich mich versah, war er auch schon ausgestiegen und kam auf mich zu.

»Sehr sexy. Du hast dich ja gut vorbereitet«, sagte er und zog mich in seine Arme.

»Ich gehe mal davon aus, du möchtest, dass ich ihnen zeige, zu wem du jetzt gehörst«, verkündete er so leise, das nur ich es hören konnte, und küsste mich leidenschaftlich.

»Darf ich dich bitten, einzusteigen. Wir beide haben ein Date mit einem dreckigen und modrigen Keller.« Er lächelte und öffnete mir die Beifahrertür.

»So langsam gewöhne ich mich an den Luxus. Kann ich dich nicht einfach behalten? Ich wüsste gar nicht, wie ich ohne Frühstück am Bett und all die anderen süßen kleinen Dinge klarkommen sollte«, scherzte ich. Er blieb am Türrahmen des Wagens stehen und blickte auf mich herab.

»Du bist etwas Besonderes, Julie, und hast mich schon längst um deinen Finger gewickelt.« Seine Miene war ernst und ich bereute meine Worte ein wenig. Sie klangen, als ich darüber nachdachte, wie eine versteckte Liebeserklärung. Oh Gott, wie peinlich. Dabei hatte ich es als Scherz verpacken wollen. Gut, man konnte sich schnell daran gewöhnen, wenn jemand so aufmerksam war wie Liam. Noch dazu, weil ich irgendwie das Gefühl nicht loswurde, dass wir uns schon seit Ewigkeiten kannten.

»Ich hatte nicht vor, dich um den Finger zu wickeln. Sofern ich mich erinnern kann, hast du mir hinterher gestalkt.« Wieder meldete sich mein Unterbewusstsein zu Wort und rügte mich, für das, was ich gesagt hatte. Er schlug die Autotür zu und ging um den Wagen. Nachdem er eingestiegen war, sah er mich an.

»Lass uns dieses Thema nachher weiterführen. Ich brauche jetzt definitiv körperliche Aktivität und Dreck«, belustigt deutete er auf sein weißes Shirt und die Jeans.

»Du hättest dich umziehen können«, bemerkte ich. Doch Liam schüttelte nur den Kopf.

»So heiß wie du wollte ich nicht aussehen«, kam kurzerhand zurück. Scherzhaft boxte ich ihm an die Schulter. Ohne Vorwarnung griff seine Hand nach meinem Handgelenk und hielt es umschlossen.

»Süß, aber da geht bestimmt mehr«, flüsterte Liam und zog mich zu sich. Doch anstatt dem erwarteten Kuss ließ er mich los und startete den Wagen.

»Ich mag es, wenn deine Wangen diesen zartrosa Ton annehmen.« Verlegen wandte ich den Kopf ab und sah nach draußen.

»Also, Mylady, wo darf ich Sie hinbringen?«

Ich erklärte ihm den Weg zum Haus meiner Mutter, vermied es aber strickt, ihn anzusehen. Immer noch konnte ich die Hitze auf meinem Gesicht spüren und das war mir mehr als unangenehm. Vor dem alten Garagentor parkte er den Wagen.

»Bereit?« Ich nickte und öffnete die Tür, um auszusteigen.

»Das meiste habe ich mit meiner Freundin bereits ausgeräumt. Die Möbel werden in ein paar Tagen von einer Sozialstation abgeholt und an Bedürftige weiter gegeben.« Er sah mich überrascht an.

»Eine sehr gute Idee. Ich lasse dir dann mal den Vortritt.« Liam deutete auf die Hoftür. Ich holte den Schlüssel aus der Hosentasche, öffnete und ging hinein. Das Gleiche tat ich nochmals an der zweiten Tür. Das Haus war alt und zudem recht klein, was die Deckenhöhe betraf.

»Nichts für große Menschen«, scherzte er.

»Dann freu dich auf den Keller.« Ich ging voran in den Flur und zog meine Jacke aus. Direkt vor uns befand sich die Klappe, die zum Keller führte.

»Dort geht es hinab«, sagte ich und deutete leicht belustigt auf die Holzklappe.

»Na dann. Ich würde sagen, du bleibst hier oben und nimmst die Kisten in Empfang. Zwischenzeitlich kannst du ja einen Blick hineinwerfen und aussortieren.« Ich nickte und beobachtete, wie er die Holzplatte entfernte und nach unten stieg.

»Neben der Tür befindet sich der Lichtschalter.« Ein kleines Brummen war zu vernehmen, dann ein kleiner Schmerzensschrei und ein Stöhnen. Ich lachte in mich hinein. Immerhin hatte ich Liam gewarnt. Kurz danach brachte er mir die erste Kiste nach oben. Sie war vollkommen verschmutzt, mit Staub bedeckt und an den Seiten konnte man die Wirkung der Feuchtigkeit bereits erkennen. So ging es Schlag auf Schlag. Liam wuchtete einen Karton nach dem nächsten nach oben und ich verschaffte mir einen Überblick. Ein Großteil davon beinhaltete alte Weihnachtsdekoration und vergilbte Bücher. Ich entschied mich dafür, alles auf den Haufen zu stellen, der getrost in den Müll wandern konnte. Die Sachen waren alt und abgenutzt, nichts, was ich noch gebrauchen oder verschenken konnte. Es folgten Kisten mit Werkzeug, alten Spielsachen und Klamotten. Ich sah jede einzelne sorgsam durch. Es dauerte nicht lange und Liam brachte mir den letzten Karton nach oben.

»Das war alles«, sagte er und ich musste ein freches Grinsen unterdrücken. Früher wurde der Keller hauptsächlich für Kohlen oder Kartoffeln genutzt. Ein paar dieser Kohlenreste zierten jetzt sein Gesicht. In den Haaren hingen Spinnweben. Mir wurde ganz anders, denn auch so verdreckt bot Liam einen höllisch heißen Anblick.

»Du solltest dennoch nach unten kommen. Als ich die letzten Kartons aus der hinteren Ecke geholt habe, fiel mir ein kleines Brett entgegen und enthüllte ein kleines Versteck. Aber sieh es dir selbst an.« Ich runzelte die Stirn.

»Okay. Ähm, sind da unten Spinnen oder irgendwelche anderen Krabbeltierchen?«, fragte ich und spürte, wie mir ein Schauer über den Rücken jagte.

»Ich kann es nicht ausschließen, aber ich werde dich beschützen. Nun komm.« Nur widerwillig folgte ich ihm nach unten. Die Luft war stickig und modrig. An den Wänden und von der Decke hingen Spinnweben. Er ging vor zu der kleinen Stelle am Ende des Kellers und deutete auf seinen Fund.

»Eine alte Geldkassette?«, fragte ich irritiert. Er nickte und hielt sie mir hin. Ich nahm sie ihm allerdings nicht ab, denn in meinem Kopf arbeitete es heftig. Hatte meine Mutter Geheimnisse gehabt? Warum sollte sie sonst so viel Wert darauf gelegt haben, genau hier etwas zu verstecken? Liam räusperte sich. Noch immer hielt er sie mir entgegen. Endlich nahm ich sie entgegen.

»Lass uns wieder nach oben gehen.« Ohne mich noch einmal umzusehen, machte ich auf dem Absatz kehrt und ging die Treppe wieder hinauf. Dort war wenigstens die Luft angenehm und es gab keine Krabbeltiere. Nachdem Liam alles wieder verschlossen hatte, stellte er sich zu mir.

»Soll ich sie dir gleich öffnen? Dann kannst du schon einen Blick hineinwerfen und ich belade das Auto. Soll alles, was hier steht, in den Müll?« Ich beantwortete seine Frage nur mit einem Nicken. Viel zu groß war die Aufregung, was sich in dieser Kassette befinden würde.

»Darf ich?«, fragte er und nahm sie mir aus der Hand. Mit einem Schraubenzieher in der Hand öffnete er die Kassette im Handumdrehen.

»Oh, machst du so etwas öfter? Das wirkte sehr professionell.« Er lachte nur.

»Viel Spaß. Ich trage die Kartons nach draußen.« Einen Moment lang sah ich ihm nach, wie er den ersten in die

Hand nahm und dann nach draußen verschwand. Ich setzte mich auf die Treppe und klappte den Deckel des Kästchens nach oben. Einige alte Fotos lagen auf einem schwarzen Tuch. Soweit ich es erkennen konnte, handelte es sich um Bilder von meiner Mutter. Vermutlich aus Jugendtagen. Vorsichtig suchte ich sie zusammen und legte sie direkt auf eine Treppenstufe neben mir. Dann widmete ich mich dem schwarzen Stück Stoff. In ihm war etwas eingewickelt. Behutsam schob ich ihn beiseite. Zum Vorschein kam ein kleines rotes Buch. An der Unterseite waren die Initialen meiner Mutter vermerkt. Ich wusste sofort, dass ich ihr Tagebuch in der Hand hielt. »Was ist das?«, wollte Liam wissen, doch ich starrte nur auf den Gegenstand vor mir. Er kniete sich vor mich hin und sah von unten zu mir hinauf.

»Ich denke, ich halte hier das Tagebuch meiner Mutter in der Hand. Irgendwie habe ich nicht damit gerechnet und frage mich, warum sie es versteckt hat. Außer ihr und mir hat hier nie jemand gelebt.« Liam legte seine Hand auf meinen Unterarm und streichelte ihn zärtlich.

»Es gibt viele Gründe, warum man sein Tagebuch versteckt.« Damit hatte er wahrscheinlich recht. Ich bedeckte das Buch wieder mit dem Tuch und legte es zusammen mit den Fotos zurück.

»Soll ich dir vielleicht noch ein wenig helfen?«

Das Arbeiten mit Liam machte Spaß. In weniger als einer Stunde hatten wir alle Kartons in seinem Wagen verstaut.

»Wenn ich mal wieder einen Umzug für Freunde machen muss, nehme ich dich definitiv mit«, sagte Liam, umfasste meine Hüfte und zog mich an seinen Körper.

»Danke für das Kompliment. Du wirst aber auf mich verzichten müssen. Ich hasse Umzüge nämlich.«

»Das kann ich mir nicht vorstellen.« Zärtlich wanderte seine Hand meinen Rücken hinauf.

»Ist aber so. Ich habe mich vor meinem eigenen schon gedrückt«, sagte ich und schlang die Arme um ihn.

»Dann muss ich das wohl glauben. Was machen wir beide, wenn wir mit der Arbeit fertig sind?«, erkundigte sich Liam. Darüber hatte ich noch gar nicht nachgedacht. Wirklich Kraft gekostet hatten mich die paar Kisten auch nicht, sodass ich jetzt unbedingt einen Sofaabend einlegen hätte müssen.

»Wie fit fühlst du dich denn? Da ich nicht mehr alleine nach draußen darf, könntest du mich ja beim Joggen begleiten«, sagte ich zu ihm und löste seine Hände von meiner Hüfte.

»Das wäre eine gute Idee. Dann würde ich sagen, dass wir die Kisten zum Wertstoffhof bringen und dann kurz bei mir anhalten, damit ich meine Laufschuhe holen kann. Außerdem muss ich mich umziehen.« Huch, er würde mir offenbaren, wo er wohnte.

»Du kannst mich auch gerne vorher zu Hause absetzen. Nicht, dass ich nachher anfange, dich zu stalken«, witzelte ich und stieg ins Auto. Er stieg ebenfalls ein und drehte sich zu mir.

»Ich kann nur nichts Schlechtes daran erkennen. Im Gegenteil, ich würde mich freuen, von so einer bezaubernden Frau gestalkt zu werden«, erwiderte er und startete den Motor.

»Ich will mich ja nicht beschweren, aber eigentlich haben wir nur Sex, junger Mann.« Er zog die Handbremse an und rutschte zu mir herüber. Sein Daumen streifte meine Unterlippe.

»Das Thema »Nettigkeiten« hatten wir doch. Sieh es als einen Vertrauensbonus.« Er nahm den Finger von meiner Lippe, setzte sich wieder richtig hin und fuhr los. Vertrauensbonus, wofür? Wieder einmal gab er mir ein Rätsel auf. In letzter Zeit brachten meine wirren Gedanken mich nicht wirklich weiter. Ich schob Liams Worte in den Hintergrund. Doch nur kurze Zeit später drängte sich ein anderer Gedanke in den Vordergrund. Ich fühlte mich zwar noch nicht bereit, aber ich wollte auch unbedingt wissen, was meine Mutter in ihrem Tagebuch geschrieben hatte. Womöglich hatte sie dort den Namen meines Vaters vermerkt.

Nachdem wir den Müll beim Wertstoffhof abgegeben hatten, fuhr Liam zurück nach Blankenburg. Kein Wunder, dass er sich hier so gut auskannte.

»Wie lange wohnst du schon hier in der Gegend?«, fragte ich, denn jetzt war meine Neugier geweckt.

»Ich bin hier aufgewachsen. Meine Mutter stammte ursprünglich aus Benneckenstein und ist dann hierher zu meinem Vater gezogen. Die ersten Jahre habe ich hier die Gegend unsicher gemacht.« Er grinste.

»Sag, wie alt bist du?« Die Frage kam mir dumm vor, allerdings hatten wir noch nicht darüber gesprochen. Ich stieg mit Liam ins Bett, wusste jedoch kaum etwas über ihn.

»Das fragt man einen Gentleman nicht!« Betretenes Schweigen, allerdings nur von meiner Seite. Liam schien sich nämlich zu amüsieren.

»Ich bin 28 Jahre jung. Warum wolltest du das wissen?« Ich biss mir auf die Unterlippe und sah Liam von der Seite an.

»Eigentlich nur so. Darüber haben wir noch nie gesprochen.« Er konzentrierte sich weiter auf die Straße. Der Feierabendverkehr hatte eingesetzt und die Innenstadt war mit Autos überflutet.

»Das lag wohl größtenteils daran, dass wir besser beschäftigt waren.« Ich versuchte, nicht auf seine Worte zu achten, denn mir war klar, was er damit sagen wollte. Er bog in eine kleine Seitengasse ein, welche einen langen Berg hinaufführte. Vor einem kleinen Häuschen blieb er stehen und schaltete den Motor ab.

»Kommst du mit rein oder bleibst du lieber im Wagen?« Ich warf einen Blick hinaus. Aus irgendeinem Grund hatte ich Angst davor, hineinzugehen, obwohl vom äußeren Anblick nichts dagegen sprach. Das Haus war sehr gepflegt, Dachziegeln und Farbe hatte man vor nicht allzu langer Zeit erneuert. Auch der Vorgarten wirkte idyllisch und ordentlich. Ich zuckte zusammen, als ich Liams kalte Hand auf meiner spürte.

»Es gibt keinen Grund, sich vor etwas zu fürchten, obwohl ich dich verstehen kann. Vergiss meine Worte niemals, egal, was auch kommt, ich würde dir niemals weh tun, oder dich verletzen. Du kannst jederzeit gehen oder hierbleiben, wie du willst.« Einfühlsam streichelte er meinen Handrücken. Mir wäre wohler gewesen, wenn ich gewusst hätte, warum ich auf einmal so ein beklemmendes Gefühl hatte. Ich sah ihn an und versuchte, in seiner Mimik eine Bestätigung für das zu finden, was er zu mir gesagt hatte.

»Ich vertraue dir, Liam. Die Ereignisse in letzter Zeit

haben mich nur ein wenig verunsichert«, versicherte ich ihm, obwohl ich nicht ganz davon überzeugt war. Um meinen Worten jedoch Nachdruck zu verleihen, öffnete ich die Tür und wollte aus dem Wagen steigen.

»Hey, du musst niemandem etwas beweisen. Angst zu haben, bedeutet nicht, dass man schwach ist, sondern, dass man auf seine innere Stimme hören kann. Und diese behält oftmals recht.« Er sah mich eindringlich an und der eben gefasste Plan geriet ins Wanken.

»Ich vertraue dir und das meine ich ernst. Alles andere ist ein Problem, das ich mit mir ausmachen muss. In diesem Punkt wirst du mir wohl vertrauen müssen.« Wir sahen uns lange an, ohne ein Wort zu wechseln. Liam schien meine Worte abzuwägen und ich seine. Ich hatte nicht gelogen, dass ich ihm vertraute. Meine Unsicherheit lag nur darin, dass ich ihn nicht gut genug kannte und manchmal kam es mir einfach so vor, als wolle er mich immer noch unterschwellig warnen. Genauso wie damals, als ich ihn zum ersten Mal sah.

»In Ordnung.« Liam nahm die Hand von meiner und gab mich somit frei. Ich ging ein paar Schritte auf den Rasen und ließ den Anblick noch einmal auf mich wirken.

»Es gehörte deiner Familie, hab ich recht?« Er trat neben mich und ließ ebenfalls den Blick schweifen. »So ist es. Lange Zeit hat sich niemand darum gekümmert.

Gemeinsam mit ein paar Freunden renoviere ich es, Stück für Stück.« Bei dem Thema Haus fielen mir spontan so einige Dinge ein.

»Denkst du oft an damals? Also, an deine Kindheit und so?« Ich konnte einen kleinen Seufzer vernehmen.

»Sicher dringen hin und wieder auch Gedanken an meine Kindheit durch. Allerdings sind diese sehr schwach. Am meisten erinnere ich mich an die vielen Reisen.« Liam wirkte bedrückt und ich bereute meine Neugier, mal wieder.

»Ich wollte keine Wunden aufreißen. Tut mir leid.« Aus den Augenwinkeln konnte ich sehen, wie er mit dem Kopf schüttelte.

»Alles in Ordnung. Mach dir keine Gedanken darum. Wenn ich das Haus so manches Mal sehe, denke ich mir schon, wie schön es wäre, es mit anderem Lärm als nur dem Baulärm zu füllen.« Mit gerunzelter Stirn blickte ich an mir herab, denn ich verstand sofort, was er damit ausdrücken wollte.

»Unsere Gesprächsthemen scheinen irgendwie immer in eine andere Richtung zu gehen, als geplant.« Abwesend griff er nach meiner Hand.

»Ja, vielleicht sollte uns das so langsam etwas sagen«, erwiderte er und zog mich leicht mit sich zur Haustür.

»Wenn wir noch joggen wollen, dann sollte ich mir schnellstens meine Laufschuhe besorgen.« Da stimmte ich ihm zu, wenn auch widerwillig. Es gefiel mir, mich mit Liam zu unterhalten. Aus irgendeinem Grund lagen wir in der Hinsicht auf einer Wellenlänge. »Ich gehe schnell nach oben, sieh dich nur in Ruhe um.« Er ließ meine Hand los und ging die kleine Treppe nach oben. Einen Moment verharrte ich noch inmitten des Flurs, wagte dann aber doch einen vorsichtigen Blick durch die Runde. Ich war ganz und gar nicht der Mensch, der einfach mal auf Entdeckungstour ging, auch wenn mich meine Neugier oft dazu trieb. Direkt vor mir schien das Wohnzimmer zu sein. Langsam ging ich hinein und ließ meinen Blick schweifen. Liam hatte wirklich Geschmack. Wenn ich es nicht besser wissen würde, dann könnte ich denken, er hatte weibliche Unterstützung gehabt. Stopp. Das konnte trotzdem sein. Vielleicht war er ja in einer Beziehung und ich war nur sein kleiner Betthase? Nein! Das passte irgendwie gar nicht zu ihm. Ich ging einen weiteren Schritt hinein. Der Raum war groß und durch die bodentiefen Fenster lichtdurchflutet. Wandfarbe und Möbel waren perfekt aufeinander abgestimmt. Das beige Sofa fügte sich in das Gesamtbild ein. Auf einem kleinen Sideboard standen einige Bilder. Obwohl ich nicht zu neugierig sein wollte, ging ich trotzdem darauf zu. Die Fotos waren bereits älter und zeigten vermutlich seine Eltern und Liam in Kindertagen.

»Ich bin gleich so weit«, rief Liam von oben zu mir hinunter und ich beschloss, dass ich fürs Erste genug geschnüffelt hatte. Den Rest sollte er mir irgendwann einmal in Ruhe zeigen, vorausgesetzt, er wollte das auch. Als ich in den Flur zurücktrat, kam Liam bereits die Stufen nach unten.

»Hast du dir ein wenig die Zeit vertrieben?« Ich nickte und fühlte mich irgendwie ertappt.

»Das nächste Mal zeige ich dir das ganze Haus. Wollen wir los?« Er schnappte sich eine Jacke und hielt mir die Tür auf.

»Nach Ihnen, schöne Frau«, sinnierte er und ich trat nach draußen. Gemeinsam gingen wir zum Auto und fuhren das kleine Stück bis zu meiner Wohnung.

−7−

Zwei Stunden später ging ich mit Liam die kleine Auffahrt hinauf. Das Joggen hatte verdammt gut getan und
er war echt ein geduldiger Trainingspartner. Sein
Tempo war natürlich schneller als meines und dennoch
blieb er an meiner Seite. Immer mehr fiel mir auf, wie
viele Gemeinsamkeiten wir hatten und wie schön es
sein könnte, wenn die Umstände anders wären. Ich
schob meine Gedanken in die hinterste Ecke meines
Kopfes. Für Gefühle hatte ich keine Zeit und Liam hatte
zudem seine Interessen klar abgesteckt. Auf dem kleinen Absatz blieben wir stehen, denn meine Nachbarn
standen direkt vor meinem Hauseingang und tratsch-
ten. Wie sollte es auch anders sein. Doch mir wurde
schnell bewusst, dass es dieses Mal nicht um ein
normales Treffen bei Kaffee und Kuchen ging. Nein!
Erst nach einem zweiten Blick konnte ich den Polizei-
wagen erkennen.

»Kind, es ist gut, dass du kommst. Man ist in deinen
Keller eingebrochen. Herr Schwarz von unten hat gleich
die Polizei verständigt, nachdem er es gesehen hatte.«
Ich warf einen fragenden Blick zu Liam. Dann setzte
etwas in meinem Kopf aus und ich drängte mich durch
die neugierige Meute, direkt gefolgt von Liam. Im Haus-

eingang blieb ich stehen, denn zwei Beamte kamen mir entgegen. Es waren dieselben, die sich auch meinen Wagen angesehen hatten.

»Guten Tag, Frau Williams. Wir haben uns den Schaden kurz angesehen und warten jetzt, bis die Spurensicherung da ist. In der Zwischenzeit sollten wir uns wohl besser unterhalten.« Er deutete auf Liam.

»Sie müssten uns bitte einen Moment alleine lassen.« Doch Liam dachte nicht daran zu gehen.

»Es tut mir leid, aber Frau Williams hat mich zu ihrem Schutz beauftragt und alles, was ihre Sicherheit betrifft, möchte ich gerne ebenfalls erfahren, um meine Arbeit nicht unnötig zu gefährden. Außer natürlich, Frau Williams möchte das nicht.« Ich sah von dem Beamten zu Liam und wieder zurück. Über seine Lüge sah ich erst einmal hinweg. Allerdings würde ich ihn später dafür zur Rechenschaft ziehen. »In Ordnung. Haben Sie wirklich keine Ahnung, wer Ihnen schaden möchte? Verstehen Sie mich nicht falsch, aber erst werden Ihre Bremsschläuche angeschnitten und dann wird Ihr Keller durchsucht. Alles deutet darauf hin, dass der Täter Sie sehr gut kennt und ein persönliches Interesse daran hat, Ihnen zu schaden.« Ich zuckte mit den Schultern.

»Es tut mir leid, mir fällt absolut niemand ein. Natürlich gibt es, seitdem ich hierher gezogen bin, Ärger mit den Nachbarn. Allerdings finde ich den Weg von Post beschädigen oder Strom abstellen bis zu meinem Wagen, und nun auch meinem Keller sehr weit.« Er sah zu Liam.

»Haben Sie eine Ahnung, wer Ihrer Mandantin schaden könnte?« Doch auch er schüttelte nur den Kopf.

»Mir ist zum einen nichts aufgefallen und zum anderen wissen Sie selbst, dass ich erst seit dem Vorfall mit dem Auto ständig an Frau Williams' Seite bin. Aber vielleicht hilft es Ihnen weiter, denn die Sachen, die dort unten im Keller gelagert sind, gehörten Frau Williams' Mutter.« Er machte sich ein paar Notizen und sah wieder zu mir.

»Gibt es etwas Wertvolles, dass Ihre Mutter besaß? Schmuck oder Wertpapiere, irgendetwas in der Richtung, auf das es der Täter abgesehen haben könnte? Vielleicht auch ein stilles Testament.« Das alles hatte meine Mutter nicht und im Moment wollte ich das mit dem Tagebuch auch für mich behalten. Bevor ich selbst keinen Blick hineingeworfen hatte, würde ich es auch niemandem aushändigen. So langsam beschlich mich allerdings in der Hinsicht ein ungutes Gefühl. Was, wenn der Täter danach gesucht hatte und ich ihm im Weg war? Es musste also etwas Wesentliches darin vermerkt sein.

»Nein, nichts dergleichen besaß meine Mutter.« Er schnaufte, offenbar gingen ihm die Ideen aus.

»Ganz im Vertrauen. Man wollte Sie töten, dann wird Ihr Keller durchsucht. Vor Kurzem hatten Ihre Nachbarn aus dem Nebenhaus einen tödlichen Verkehrsunfall. Die Umstände waren für meinen Geschmack auch zu mysteriös. Natürlich kann es auch ein Unfall gewesen sein, allerdings zweifele ich immer mehr daran. Hatten Sie Kontakt zu Ihren Nachbarn?« Ich schüttelte den Kopf. Was in aller Welt hatten meine Nachbarn jetzt damit zu tun? In der Zeitung stand, dass sie von der Straße abgekommen waren, der Wagen sich überschlagen hatte und sie an den Folgen des Unfalles gestorben waren.

»Ehrlich, ich habe keine Ahnung, was das alles soll, und mit meinen Nachbarn hatte ich keinen Kontakt. Den pflege ich hier mit niemandem.« Der Beamte notierte sich wieder etwas, dann sah er wieder auf uns beide. Doch noch bevor der Polizist etwas sagen konnte, fiel Liam ihm ins Wort.

»Ich denke, das reicht jetzt auch. Wenn Sie nichts dagegen haben, dann würde ich Frau Williams jetzt gern in ihre Wohnung bringen. Sie lässt es Sie wissen, wenn etwas fehlt oder beschädigt wurde.« Langsam schob mich Liam die Treppe hinauf, doch der Polizist hielt ihn am Arm fest.

»Ich hoffe, Sie wissen, was Sie tun!« Liam trat eine Stufe hinunter und sah den Polizisten eingehend an.

»Ich fürchte, das weiß ich nur zu gut. Diese junge Frau gehört zu meinem Job. Nun sehen Sie zu, dass Sie Ihren richtig machen, damit ich erst gar nicht zum Einsatz komme.« Er schob die Hand von seinem Arm und stieg gemeinsam mit mir die Stufen weiter hinauf. Ich schwieg. Solange wie die Beamten im Haus waren, wollte ich ihm keine Szene machen. Obwohl das Gesicht des Polizisten eben Bände sprach. Trotzdem schuldete Liam mir einige Erklärungen und heute brauchte er definitiv nicht probieren, mich mit Sex abzulenken. Ich steckte den Schlüssel ins Türschloss und öffnete die Tür. Nachdem wir beide in der Wohnung waren, zog ich mich aus. Ich war durchgeschwitzt und wollte unter die Dusche. Dass Liam hinter mir stand, war mir durchaus bewusst, aber ich ignorierte ihn. Auf dem Weg zum Bad ließ ich meine Sachen dort zu Boden fallen, wo ich gerade war. Vor der Badezimmertür entledigte ich mich nur noch meines BHs und meines Slips. Ich konnte Liams Blick auf mir spüren, allerdings hatte ich wirklich nicht die Absicht, ihn damit zu reizen. Dafür war ich einfach noch zu sauer auf ihn. Er hatte etwas behauptet, was nicht der Wahrheit entsprach. Hilfe war das eine, Lügen das andere und Letzteres mochte ich überhaupt nicht. Ich trat ins Bad und holte mir ein Handtuch vom Regal, dann drehte ich das Wasser der Dusche auf und sah dann zu Liam.

»Ich hätte dich ja gerne gefragt, ob du mit duschen magst, allerdings fällt das in einer Geschäftsbeziehung aus.« Er trat einen Schritt näher an mich heran.

»In gewisser Weise entspricht es doch den Tatsachen. Außer dass du mich nicht ausdrücklich engagiert hast.« Wütend funkelte ich ihn an.

»Stimmt, ich habe dich als Freund gebeten, bei mir zu sein und ich bin dir auch sehr dankbar dafür. Trotzdem, was sollte die Show vor dem Beamten eben?« Er fuhr sich mit den Händen durch die Haare.

»Ich wollte dich einfach nur nicht alleine lassen mit denen.« Fragend runzelte ich die Stirn.

»Und warum? Hast du mal darüber nachgedacht, dass ich dich so oder so dabei behalten wollte? Deine Show war eigentlich umsonst. Woher kennst du das ganze Prozedere und warum hast du dem Polizisten gesagt, er solle seinen Job richtig machen, damit du nicht zum Einsatz kommen musst. Klär mich auf, jetzt!« Er zuckte nur mit den Achseln und sah zu Boden.

»Ich hatte nichts damit bezweckt, außer vielleicht, dass er wirklich eher seiner Arbeit nachgehen sollte, anstatt dich über den Tod der Nachbarn auszuquetschen. Es hatte wirklich keine Bedeutung.« Warum glaubte ich ihm das nur nicht? Als er mit dem Beamten sprach, veränderte sich sein gesamtes Erscheinungsbild. Aus dem ruhigen Mann, den ich bisher kennengelernt hatte, wurde eine Autoritätsperson, vor der ich Angst hatte.

»Du solltest unter die Dusche gehen.« Ich sah an mir herab. In meinem kleinen Wahn hatte ich nicht mehr daran gedacht, dass ich bereits vollkommen nackt war.

»Gut, ich gehe duschen. Wenn ich allerdings wieder rauskomme, möchte ich eine ehrliche Erklärung von dir.« Ich stieg unter die Dusche und schloss meine Augen. Warum log er mich an? Mir kam unser kleines Gespräch von vor ein paar Tagen wieder in den Sinn. Er hatte mich gebeten, keine Fragen über seinen Job zu stellen. Das war das eine, eben hatte er mich allerdings mit hineingezogen, also stand mir eine Antwort auch zu. Die Angst beschlich mich, ob ich nicht vielleicht doch einen falschen Eindruck von ihm hatte und er jetzt sein wahres Gesicht preisgab. Ich schluckte die Zweifel hinunter, aber der bittere Beigeschmack blieb.

Trotz meiner Bemühungen hatte ich es versaut. Mir war wieder ein wichtiges Detail durch die Lappen gegangen. Ich legte meinen Kopf in den Nacken. Es musste definitiv etwas passieren. Ich konnte nicht weiter an zwei Fronten kämpfen. Vor allem konnte ich mich nicht weiter ablenken lassen. Das musste ein Ende haben. Nur wie?

Nachdem sich meine angespannten Nerven ein wenig beruhigt hatten, stieg ich aus der Dusche und griff nach dem Handtuch. Liam hatte sich falsch verhalten, ja, aber ich war ihm auch dankbar. Er nahm mir eine große Last von den Schultern und er war für mich da. Trotzdem blieben einige Fragen offen. Fragen, auf die er mir irgendwie keine Antwort geben wollte. Es gab nur zwei Möglichkeiten: Entweder ich vertraute ihm, so, wie ich es ihm vorhin auch gesagt hatte oder ich musste das Ganze beenden. Letzteres konnte ich mir aber aus irgendeinem Grund nicht vorstellen. Ich trocknete mich weiter ab. Mein Kopf schmerzte tierisch und am liebsten hätte ich mich einfach ins Bett gelegt. Genervt warf ich das Handtuch in die Ecke und ging aus dem Bad direkt ins Schlafzimmer. Ohne lange zu überlegen, zog ich ein langes T-Shirt und einen neuen Slip aus dem Schrank. Ich brauchte etwas, in dem ich mich wohlfühlte. Nachdem ich mich angezogen hatte, ging ich zu Liam ins Wohnzimmer. Er saß auf dem Sofa und starrte vor sich hin. Als er mich entdeckte, stand er auf und kam einige Schritte auf mich zu.

»Hör mir bitte zu. Es tut mir leid, wenn ich vorhin etwas überreagiert habe. Ich hätte das nicht über deinen Kopf hinweg entscheiden sollen.« Ich verschränkte die Arme vor der Brust und biss mir auf die Unterlippe.

»Schön, dass du das einsiehst. Ich bin erwachsen und

muss meine Entscheidungen seit ein paar Jahren alleine treffen. Dass wir beide miteinander schlafen, gibt dir nicht das Recht, über meinen Kopf hinweg zu entscheiden.« Liam griff nach meinem Oberarm und zog mich hart an sich.

»Daran habe ich auch nie gezweifelt. Ich habe keine Ahnung warum, aber bei dir habe ich mich nicht unter Kontrolle. Mich überkommt einfach das Gefühl, dich beschützen zu müssen.« Ich schnaufte verächtlich und sah ihn an.

»Ich bin dir unendlich dankbar, dass du für mich da bist. Aber bitte hör auf damit. Auch wenn ich verstehe, dass du dir aufgrund der Vorkommnisse Gedanken machst. Allerdings ist es mein Leben und theoretisch wärst du kein Teil davon.« Er ließ mich abrupt los, sodass ich fast nach hinten gefallen wäre und ich bereute meine eben gesagten Worte sofort.

»Ich verstehe. Es sollte definitiv nicht so rüberkommen.« Er nahm seine Jacke vom Stuhl und ging in den Flur. Diese Reaktion sprach gerade nicht für ihn. Sonst wirkte er immer gefasst und auf alles vorbereitet. Ihn so verletzt zu sehen, ging auch an mir nicht spurlos vorbei.

»Liam, warte. So habe ich das nicht gemeint. Im Moment ist alles nur ein wenig zu viel.« Er stoppte, behielt aber die Hand auf der Klinke.

»Das kann ich auch verstehen. Vielleicht brauchst du einfach ein wenig Zeit für dich, um über alles nachzudenken.« Ohne ein weiteres Wort öffnete er die Wohnungstür und ging. Bis zu diesem Moment hatte ich nicht erwartet, dass es eine unheimliche Leere in mir zurücklassen würde. Doch am schlimmsten war der seelische Schmerz, den ich mir gerade selbst zugefügt hatte. Eine kleine Träne lief über meine Wange. Auch wenn er sich nicht richtig verhalten hatte, indem er den Polizisten belog, so wirklich böse war ich nicht auf ihn. Mein Kopf drohte zu platzen und ich setzte mich erst mal auf das Sofa. Ich kam nicht weiter beziehungsweise hatte ich nicht den richtigen Blickwinkel. Es gab also nur einen Weg, um nicht einen kompletten Systemabsturz herbeizuführen. Ich nahm das Handy vom Tisch und schrieb Sabrina eine Nachricht.

Julie: Hallo Maus, ich glaube, ich hab Mist gebaut! Lust zu schreiben? Zum Telefonieren habe ich keine Lust.

Sabrina: Mein Chef schaut zwar böse, aber ich denke, ein paar Minuten kann ich mir für Dich Zeit nehmen. Also, schieß los.

Julie: Oh man, wo soll ich da nur anfangen ... Also, ich

habe vorhin mit Liam den Keller meiner Mum ausgeräumt und dort etwas gefunden. Ich vermute mal, ihr
altes Tagebuch. Es lag versteckt hinter einer Wand.
Reingesehen habe ich noch nicht. Dann war ich bei
Liam zu Hause und joggen waren wir auch noch. Als
wir in meine Wohnung wollten, stand die Polizei vor
der Tür. Jemand ist in meinen Keller eingebrochen.
Das wäre erst mal die Kurzfassung. Womit fangen wir
an? *Deine zurzeit völlig überforderte Freundin*

Sabrina: Bitte, was? Julie, Du musst dort so schnell wie
möglich weg. Das Ganze macht Dich kaputt!

Julie: Ich kann hier aber nicht weg, und um ehrlich zu
sein, will ich das gerade auch nicht.

Sabrina: Aber ich merke es Dir doch an. Du bist völlig
durcheinander!

Julie: Ich fürchte, ich habe einen Fehler gemacht!

Sabrina: JULIE, Du schreibst wirr. Was für einen
Fehler?

Julie: Ich habe Liam verletzt, weil er so eine doofe
Bemerkung vor einem der Polizisten gemacht hat.

Irgendwie war ich so sauer, weil er über meinen Kopf hinweg entschieden hat. Na ja, und dann habe ich ihm gesagt, dass es ihn normalerweise nicht geben würde.

Sabrina: Dein Ernst? Du bist überfallen worden, Deine Reifen wurden zerstochen, Deine Bremsschläuche angeschnitten und nun wurde in Deinen Keller eingebrochen. Und alles, was Dich interessiert, ist dieser Mann?

Julie: Siehst Du, genau das meine ich! Ich bin völlig neben der Spur. Liam wollte mir nur helfen und ich mache ihn an. Du hast recht, mein Kopf macht mir alles kaputt!

Sabrina: Julie, Du brauchst Ruhe, Abstand, was auch immer. Vor allem solltest Du dort schnellstens weg!

Julie: Ich mag hier aber nicht weg!

Sabrina: Was muss denn noch passieren? Das nächste Mal könnte Dich jemand verletzen! Das macht mir echt Angst.

Julie: Du hast ja recht. Allerdings habe ich mich bei Liam sicher gefühlt, oder auch nicht. Ach, was weiß *ich. Ich bin völlig bescheuert, dumm ... wie auch immer.*

Sabrina: Ich komme dieses Wochenende noch mal zu Dir und dann reden wir vernünftig. Das, was momentan Deinen Mund verlässt, ist absolut wirr und ich komme nicht mit. Versuch bitte, Dir etwas Ruhe zu gönnen. Vor allem aber: PASS AUF DICH AUF!

Julie: Ich versuche es irgendwie.

Sabrina: Versprich mir das bitte!

Julie: Ja, ich verspreche es Dir. Bis die Tage.

Sabrina: Ich hab Dich lieb. :-*

Ich legte das Handy zurück auf den Couchtisch. Mein eigenes Leben war in Gefahr und das Einzige, woran ich denken konnte, war Liam. Ironie des Schicksals. Erschöpft ließ ich mich auf das Sofa sinken. Aus irgendeinem Grund fühlte ich mich so allein wie schon lange nicht mehr.

Wütend schlug ich auf meinen Boxsack ein. Der Tag war über alle Maßen versaut und lief keineswegs so, wie er laufen sollte. Mit meinem nächsten Schritt kam ich überhaupt nicht voran. Wieder schlug ich fest zu, doch mein Handy hielt mich von einem erneuten Schlag ab.

»Ja«, brüllte ich ins Telefon.

»Deine Bestellung ist eingetroffen«, sagte der Mann am anderen Ende.

»Okay, ich hole sie nachher ab. Hast du an alles gedacht?«, fragte ich nervös.

»Ja, das Gegengift habe ich ebenfalls bekommen. Ich hoffe, du weißt, was du da tust!« Ohne ein weiteres Wort beendete ich das Telefonat. Oh ja, ich wusste genau, was ich da tat! Ich entfernte die Bandagen um meine Handgelenke und ging ins Bad. Jetzt gab es kein Zurück mehr.

Schlagartig schreckte ich aus dem Schlaf hoch und versuchte zu lokalisieren, wo ich gerade war. Beruhigt atmete ich aus, als mir bewusst wurde, dass ich auf dem Sofa eingeschlafen sein musste. Ich warf einen Blick auf mein Handy. 4.00 Uhr. Wenigstens hatte ich ein paar Stunden geschlafen. Das Geräusch ertönte erneut und mein Körper spannte sich an. Bildete ich mir das ein? Wieder! Schnell stand ich auf und versuchte die Ursache zu finden. Auf Zehenspitzen schlich ich durch die Wohnung. Wieder ertönte das Geräusch, allerdings wusste ich nun woher. Jemand machte sich an meiner Tür zu schaffen. Ich schluckte schwer und die Angst ließ meinen Körper erzittern. Ohne darüber nachzudenken, rannte ich in mein Wohnzimmer zurück und nahm das Handy. Es gab nur eine Person, der ich genug vertraute. Schnell scrollte ich in den Kontakten, bis ich Liams Nummer fand, und rief ihn an.

»Julie?«, antwortete er knapp. Im Hintergrund konnte ich vernehmen, dass er nicht alleine war, und bereute meine Entscheidung, ihn angerufen zu haben.

»Ich wollte nicht stören, es tut mir leid«, sagte ich knapp und wollte eigentlich schon wieder auflegen.

»Was ist los?«, fragte er und seine Stimme duldete keinen Widerspruch.

»Ach, eigentlich nur, dass jemand versucht, bei mir einzubrechen«, sagte ich hysterisch, denn das Geräusch wurde immer lauter.

»Ich bin sofort bei dir. Ruf die Polizei.« Er beendete das Telefonat. Und was war, wenn ich mich irrte? Vorsichtig schlich ich zur Wohnungstür. Vielleicht konnte ich jemanden erkennen, wenn ich durch den Türspion schaute. Langsam und ohne ein Geräusch zu machen, schob ich den Öffner nach oben. Durch die kleine Öffnung konnte ich den Kegel einer Taschenlampe erkennen. Hilfe! Ich hatte mir das nicht eingebildet, es stand wirklich jemand vor der Tür. Erneut warf ich einen Blick durch den Spion und blickte direkt auf eine schreckliche Maske. Erschrocken schrie ich auf und stolperte nach hinten. Zu meinem Pech landete ich unsanft auf meinem Hinterteil und mit dem Kopf an dem kleinen Schrank.

»Autsch.« Vorsichtig griff ich nach hinten und tastete meinen Kopf ab. Das würde eine ordentliche Beule werden. Das Geräusch erklang von Neuem. Plötzlich sprang meine Wohnungstür auf. Aus der Panik heraus trat ich mit voller Wucht dagegen. Ein lautes Aufheulen war zu hören. Panisch rappelte ich mich auf und lief zur Küche. An meinem Schubfach blieb ich stehen und suchte eilig nach meinem großen Messer. Damit bewaffnet, ging ich zurück in den Flur und schaltete das Licht ein. Adrenalin pumpte durch meinen Körper und verdrängte die Angst. Doch zu meinem Erstaunen passierte nichts! Minuten verstrichen. Kein Geräusch war zu hören, bis auf das Blut, welches durch meine Adern rauschte und wie ein Wasserfall in meinen Ohren toste. Mit beiden Händen hielt ich nach wie vor den Messergriff fest umgriffen. So einfach würde ich mich sicher nicht geschlagen geben! Von Weitem konnte ich Geräusche im Hausflur hören und wappnete mich erneut. Jemand war an der Tür und steckte etwas ins Schloss. Ich schluckte schwer. Immer mehr Adrenalin wurde durch meinen Körper gepumpt. Dann ging die Tür auf und ich machte einen Satz nach vorn. Ein Stöhnen war zu hören, dann ging alles ganz schnell. Starke Hände packten meine Handgelenke. Der Schmerz war kaum zu ertragen und ich ließ das Messer fallen. Doch mein Überlebensinstinkt war geweckt. Ich mobilisierte meine letzten Kräfte und wehrte mich verzweifelt.

»Hey, schhh. Ich bin es, Liam. Beruhige dich, Julie. Alles ist gut, ich bin jetzt bei dir.« Wie durch eine Nebelwand erklang Liams Stimme. Ich stoppte meine Gegenwehr.

»Ich bin da. Alles ist gut.« Beruhigend redete er auf mich ein und ich entspannte mich allmählich. Der Griff um meine Handgelenke lockerte sich. »Geht es dir gut? Bist du verletzt?« Ich nickte, nein, schüttelte den Kopf. Keine Ahnung, war ich verletzt? Liam schob seinen Arm unter meine Knie und hob mich hoch. Er stöhnte laut auf. Oh Gott, ich hatte ihn verletzt.

»Ich habe dir weh getan, das wollte ich nicht«, wimmerte ich.

»Hey, alles ist gut. Komm, setz dich.« Vorsichtig ließ er mich runter.

»Bleib bitte sitzen. Ich rufe die Polizei.« Liam ging aus dem Zimmer und nahm offenbar mein Festnetztelefon. Was er genau sagte, bekam ich kaum mit. Mein Adrenalin baute sich allmählich ab und ließ meinen Körper erzittern. Ich tastete noch mal an meinen Hinterkopf.

Aua.

»Du hast dich doch verletzt. Lass mich mal sehen!«
Behutsam schob er meine Haare beiseite und sah sich
meine Wunde am Kopf an.

»Du hast eine Platzwunde, nicht weiter schlimm. Bis
auf ein paar Kopfschmerzen in den nächsten Tagen«,
versicherte er mir.

»Du bist verletzt«, sagte ich und deutete auf sein blut-
durchtränktes Hemd. Das hatte ich nicht beabsichtigt.

»Es tut mir so leid, Liam. Das wollte ich nicht.« Doch er
winkte nur kurz mit der Hand ab.

»Mach dir um mich keine Sorgen. Ich musste schon
weitaus schlimmere Sachen einstecken als das.« Ich
wollte gerade zu einer Antwort ansetzen, als es an der
Tür klingelte.

»Das wird sicher unser Freund und Helfer sein«,
scherzte er und ging zur Wohnungstür. Ich konnte den
Türsummer hören, und wie jemand eilig die Stufen
nach oben stieg.

»Sie schon wieder«, hörte ich den Polizisten sagen, der
vorhin mit mir gesprochen hatte. Kurz danach kamen
die zwei Beamten ins Wohnzimmer.

»Sollen wir noch einen Rettungswagen nachfordern?
Sie sind verletzt«, sagte der andere und deutete auf
den Fleck, der Liams Hemd zierte.

»Nein, alles in Ordnung.« Der ältere der beiden Polizisten ließ sich zu mir auf die Knie sinken.

»Was genau ist passiert?«, fragte er mich und sah mich dabei direkt an.

»Es ging alles so schnell. Ich bin auf dem Sofa eingeschlafen und durch ein Geräusch an der Wohnungstür hochgeschreckt. Erst dachte ich, ich hätte es mir eingebildet und habe ihn verständigt«, ich deutete auf Liam.

»Dann kam das Geräusch immer wieder und ich wollte wissen, wer es war. Zuerst konnte ich nur einen Lichtkegel erkennen, als ich aber beim zweiten Mal hindurchsah, stand jemand mit einer furchtbaren Maske vor der Tür. Ich habe mich so erschrocken, dass ich gestolpert bin und mir den Kopf am Schrank aufschlug.« Ich pausierte kurz und versuchte mich genau zu erinnern.

»Kurz nachdem ich gestürzt war, gab die Tür nach und schwang einen Spalt auf. In Panik trat ich dagegen und hörte nur jemanden wimmern. Aus Angst holte ich das Messer aus der Küche. Eine Zeit lang passierte nichts, doch dann hörte ich wieder jemanden an der Tür. Es war nicht meine Absicht, meinen Beschützer zu verletzen.« Ich beendete meine Ausführungen und warf einen Blick in die Runde.

»Dann stammt das Blut im Flur also nicht von Ihnen?«, fragte der andere Polizist, der bei Liam stand.

»Nein, ich denke nicht«, antwortete ich ehrlich und sah Liam an.

»Ruf du die Spurensicherung. Vielleicht kommen wir ja mit der DNA weiter. Sie brauchen wirklich keinen Krankenwagen?« Ich schüttelte den Kopf.

»In Ordnung. Wir werden jetzt vermehrt Streife in dieser Gegend fahren. Nur zur Sicherheit.« Damit verabschiedete sich der Polizist und ließ uns alleine. Ich sprang vom Sofa auf und hielt mir den Kopf. Er schmerzte höllisch und mir wurde schwindelig.

»Bleib sitzen«, bat Liam mich und griff mir unter die Arme.

»Nichts da! Du bist verletzt und wir müssen uns die Wunde ansehen«, erwiderte ich stur.

»Wenn du dann endlich auf deinem Hintern sitzen bleibst! Also, wo finde ich das Verbandszeug?« Vorsichtig setzte ich mich auf das Sofa zurück.

»Im Badezimmer, auf dem obersten Regal.« Liam ließ mich kurz allein und kam mit dem Kasten zurück ins Wohnzimmer. Auf dem Couchtisch breitete er die Sachen aus und sah mich dann an.

»Zieh dich aus!« Als ich seinen Blick bemerkte, fügte ich schnell hinzu »Keine Angst, mein Kopf dröhnt wie ein Bienenschwarm. Ich werde also nicht über dich herfallen.« Er grinste nur, zog sich aber brav aus. An der linken Seite zierte ihn ein großer Schnitt. Vorsichtig, um ihm nicht unnötig wehzutun, tastete ich die Wunde ab.

»Der Schnitt ist zwar groß, aber Gott sei Dank nicht tief.« Er schaute kurz auf die Verletzung und zuckte mit den Schultern.

»Desinfiziere die Wunde und dann passt das schon«, sagte er knapp. Männer. Aber wehe, sie hatten eine kleine Grippe. Ich nahm das Spray aus der Box und sprühte es großzügig auf den Schnitt. Liam zuckte nicht einmal mit der Wimper.

»Du scheinst auch darin geübt zu sein«, stellte ich fest. Behutsam tupfte ich über den Schnitt. »So, fertig.« Er nahm sein Hemd von der Sofalehne und zog es sich über.

»Danke, ich denke, du kommst ab jetzt alleine klar«, entgegnete er und wollte das Zimmer verlassen.

»Warte! Das, was ich vorhin gesagt habe, tut mir leid. Ich war durcheinander und aufgewühlt. Du konntest am allerwenigsten etwas dafür.« Liam blieb ihm Türrahmen stehen und sah mich an.

»Ich mag dich. Ich mag dich sogar sehr, obwohl ich kaum etwas von dir weiß, und das macht mir manchmal Angst. Du bist immer da, wenn ich dich brauche. Nur manchmal bist du eben so verschlossen und dann weiß ich wieder nicht, woran ich bin.« Er atmete tief durch und sah mich an.

»Wenn du mir nicht vertraust, dann sollte ich nicht

bleiben.« In meinem Hals bildete sich ein dicker Kloß und meine Hände begannen zu zittern.

»Ich vertraue dir«, erwiderte ich mit leicht zittriger Stimme.

»Dann vertrau mir auch jetzt«, sagte er knapp und ließ mich allein. Noch bevor die Tür ins Schloss fiel, liefen bereits die ersten Tränen über meine Wangen.

– 8 –

Eins zu eins verschmolz ich mit der Dunkelheit. In dem kleinen Stoffsack, den ich bei mir hatte, zappelte es unruhig. Vorsichtig tastete ich an die Brusttasche und vergewisserte mich, dass ich die Spritze auch wirklich bei mir hatte. Am hinteren Teil des Wohnhauses kontrollierte ich noch einmal die Umgebung, erst dann legte ich den Beutel auf den Balkon der Erdgeschosswohnung. Vom Boden waren es ungefähr zwei Meter. Für einen gewöhnlichen Einbrecher kaum zu meistern. Mit einem Satz sprang ich nach oben und hielt mich an der Brüstung fest. So leise wie nur möglich zog ich mich hinauf und trat auf den Balkon. Wie erhofft war die Tür angekippt. So wie schon in den Tagen davor. Behutsam griff ich in den Innenraum, öffnete erst das Wohnzimmerfenster, dann die Balkontür. Man sollte den Leuten echt Tipps geben, wie sie ihre Wohnungen besser schützen konnten.

Oder, wenn ich so darüber nachdachte, vielleicht auch nicht. Ich nahm den Beutel wieder in die Hand und versicherte mich, dass die Fracht noch an Bord war. Vorsichtig spähte ich in den Innenraum, weit und breit war niemand zu sehen. Langsam ging ich ins Innere. Direkt vor mir befand sich das Objekt meiner Begierde. Mit tiefen Atemzügen versuchte ich, mich zu beruhigen.

Schlangen gehörten nicht gerade zu meinen Lieblings-
tieren. Aber was sein musste, musste eben sein. Behutsam schob ich die Glastür beiseite. Ohne Licht zu arbeiten hatte zwar Vorteile, zu meinem Bedauern aber auch
Nachteile. Nach kurzem Suchen fand ich die Schlange in
ihrer Höhle. Ich legte den Beutel zur Seite und holte
einen zweiten unter meiner Jacke hervor. Darin verstaute ich das Ungetüm und knotete ihn zusammen.
Der leichte Teil des Jobs war somit erledigt. Nun galt es,
die optisch gleiche, nur giftige Schlange, ins Terrarium
zu setzen. Mein Lieferant hatte mir versichert, dass sie
die letzten Wochen kaum gefüttert worden war und
somit noch aggressiver war als ohnehin schon. Ich
atmete tief durch und legte den Sack hinein. Achtsam
öffnete ich den kleinen Knoten. Ich hatte nur diese eine
Chance. Ein Biss würde schmerzen, und ob ich es schaffte, mir rechtzeitig das Gegengift zu verpassen, war
fragwürdig. Meine rechte Hand positionierte ich an der
Scheibe und zog diese nur so weit zu, dass ich meine
Hand schnell zurückziehen und die Scheibe wieder
rechtzeitig schließen konnte. Sorgsam und langsam
griff ich unter den Sack. Ich konnte spüren, wie sich die
Schlange bewegte. 3 ... 2 ... 1... Mit einem Ruck schleuderte ich die Schlange aus ihrem Beutel, zog eilig meine
Hand zurück und schloss das Terrarium. Erleichtert
atmete ich aus. »Operation« ohne Schaden überstan-

den. Zur Sicherheit schaltete ich meine kleine Taschen-
lampe ein und sah nach. Befreit und zufrieden schaltete
ich sie wieder ab und nahm das zweite Exemplar. Auf
dem gleichen Weg, wie ich hineinkam, ging ich wieder
heraus. Verschloss die Balkontür und das Fenster. Alles
so, als wäre nie jemand da gewesen. Langsam hangelte
ich mich wieder nach unten und schlich in der Dunkel-
heit davon.

Zwei Tage waren seit dem versuchten Einbruch ver-
gangen. Von Liam hatte ich allerdings weder etwas
gesehen noch gehört. Enttäuscht hatte ich mich in
meiner Wohnung verschanzt und jegliche Anrufe
meiner besten Freundin ignoriert. Zwar wusste ich,
dass sie heute Nachmittag kam, aber ohne Auto war es
unmöglich, irgendwohin zu gelangen. Es klingelte an
der Eingangstür. In der Annahme, dass es Sabrina war,
ging ich zur Tür und betätigte nur den Summer. Doch
nur ein paar Sekunden später klingelte es erneut. Ich
nahm den Hörer ab.
»Ja?« Eine männliche Stimme war zu vernehmen.
»Sie müssen sofort aus Ihrer Wohnung. Im Nebenhaus
wurde eine Giftschlange entdeckt und wir sind uns
nicht sicher, wo sie sich genau befindet.« Mit weit aufgerissenen Augen starrte ich meine Wand an. Hatte er

gerade Schlange und Gift gesagt?

»Ich bin sofort unten.« Eilig griff ich nach meinem Handy. Mein Blick fiel auf die Kassette, welche direkt neben dem Sideboard stand. Auf keinen Fall konnte ich sie hier stehen lassen. Wieder klingelte es an meiner Wohnungstür. Verdammt. Ich hob den Deckel an und griff nach dem Tagebuch meiner Mutter. Dann machte ich mich mit meiner Jacke und der Tasche bewaffnet auf den Weg nach unten. Vor dem Haus standen bereits alle Nachbarn versammelt und unterhielten sich. Die Polizei, ein Krankenwagen und mehrere Autos von der Feuerwehr waren vor Ort. Ich schüttelte den Kopf. Wer konnte nur so blöd sein, eine giftige Schlange zu halten?

»Gut, dass Sie endlich draußen sind, Mädchen. Die junge Frau von links unten wurde vor einer halben Stunde tot in der Wohnung gefunden. Schlangenbiss«, erklärte mir die alte Frau Paters. Ich nickte nur widerwillig, denn mir drang ein anderes Gespräch ans Ohr.

»Sind Sie sich sicher, dass die junge Frau nur eine Schlange besaß?«

»Die Schlangen sehen sich optisch sehr ähnlich. Einem Laien fällt da kein Unterschied auf. Wir müssen sie dringend finden.« Unbemerkt stahl ich mich aus der Menschenmasse und ging ein Stück in Richtung Bahnhof, um Sabrina eine Nachricht zu schreiben.

Hallo,

ich bin gerade aus meiner Wohnung geflogen. Meine nette Nachbarin wurde tot aufgefunden. Wahrscheinlich eine Giftschlange. Keine Ahnung, wann sie das Vieh finden.

»Frau Williams«, hörte ich jemanden sagen und drehte mich um.

»In Ihrer Wohngegend ist eine Menge los. Welch Glück, dass es Sie dieses Mal nicht getroffen zu haben scheint.« Ich sah den Polizisten, mit dem ich in letzter Zeit viel zu oft zu tun hatte, finster an. Wollte er mir damit etwa was unterstellen?

»Ich würde es nicht als Glück bezeichnen, denn es wurde jemand dadurch verletzt. Möchten Sie sonst noch etwas wissen?« Er kam noch ein Stück näher.

»Wo ist eigentlich Ihr Beschützer?« Ich setzte an, um ihm eine Antwort zu geben.

»Haben Sie mich etwa vermisst?« Liam kam direkt auf uns zu. Mir blieb der Mund offen stehen. Zum einen, weil er immer wie aus dem Nichts auftauchte und zum anderen, weil er höllisch gut dabei aussah. Er trug einen schwarzen Anzug, ein weißes Hemd und eine passende silberne Krawatte. Ich schluckte schwer und sah wieder zu dem Polizisten vor mir. Irgendwie schien ihm das mit Liam nicht so richtig zu passen.

»Wie schön, dass Sie jetzt da sind«, sagte er abwertend und ließ uns alleine. Ich konnte seinen Blick in meinem Rücken spüren, allerdings drehte ich mich nicht um. Die letzten zwei Tage ohne ihn waren seltsam und es hatte mir nur noch mehr gezeigt, wie sehr ich bereits an ihm hing.

»Möchtest du mich begleiten?«, fragte er leise und in seiner Stimme schwang eine kleine Entschuldigung mit. Jetzt drehte ich mich doch um, und sah direkt in seine eisblauen Augen.

»Ich kann hier nicht weg. Sabrina wollte heute kommen«, erwiderte ich. Meine Stimme klang aber keinesfalls so selbstsicher wie sie sollte.

»Dann schreib ihr eine SMS. Ich vermute mal, das hier wird ein wenig länger dauern. Du kannst, wenn du willst, auch ein paar Tage bei mir bleiben.« Ich ging noch einen Schritt auf ihn zu. Jetzt standen wir uns so nahe, dass nur noch ein Streichholz zwischen uns passte.

»Dein Angebot ist rührend, aber Danke. Ich werde meine beste Freundin nicht in ein Hotel verfrachten, und vielleicht ist das Problem schneller behoben, als du denkst«, sagte ich wütend. Was dachte er sich eigentlich? Er tauchte hier und da mal auf und ich würde springen? Woher kam er überhaupt so schnell und was verdammt noch mal wollte er hier? Tausende Fragen rasten durch meinen Kopf, sodass mir schwindlig wurde.

»Sei nicht albern. Deine Freundin kann ebenfalls mit bei mir wohnen. Und falls du dich fragen solltest, warum ich hier bin, die Geschichte hier wird seit zwanzig Minuten permanent im Radio gebracht. Ich habe mir Sorgen um dich gemacht.« Er legte die Hände auf meine Schultern und zog mich an sich.

»Außerdem bin ich hier, weil du mir gefehlt hast. Sehr sogar.« Zärtlich streichelten seine Finger meinen Hals hinauf. Mein Puls beschleunigte sich und ich konnte kaum noch klar denken.

»Du bist vor zwei Tagen ohne ein Wort gegangen. Jetzt stehst du hier und sagst mir, dass du mich vermisst hast. Was soll ich dir eigentlich glauben? Meinst du nicht, nachdem ich ehrlich zu dir war, dass es nun an der Zeit wäre, dass auch du ehrlich zu mir bist?« Eine innere Unruhe packte mich, denn ich wusste nicht, ob mir die Wahrheit auch gefallen würde.

»Ich habe dir gesagt, du musst mir vertrauen. Und ich bezweifle, dass du die Wahrheit nicht schon längst kennst. Ich bin dir von Anfang an verfallen und alles, was ich möchte, ist, Zeit mit dir zu verbringen«, hauchte er und sorgte dafür, dass mir ein wohliger Schauer über den Rücken lief. Liams Daumen fuhr zärtlich über meine Unterlippe und löste in mir eine tiefe Sehnsucht aus. Ich wusste, dass nur er sie stillen konnte.

»Ich würde dich gern küssen«, flüsterte er.

»Warum tust du es dann nicht?«, erwiderte ich und meine Stimme war nur noch ein Flüstern.

»Wer küsst hier wen?«, schrie eine weibliche Stimme dazwischen. Wie ein erwischter Teenager ging ich zwei Schritte von Liam zurück und blickte mich um. Sabrina stand mit einem Koffer in der Hand ein paar Meter von mir entfernt.

»Hier bin ich und wer küsst mich? Richtig! Keiner«, rief sie aus. Meine Wangen hatten inzwischen einen knallroten Ton angenommen. Ohne mich zu Wort kommen zu lassen, stiefelte sie auf Liam zu und hielt ihm die Hand entgegen.

»Hi, ich bin Sabrina und du musst der nette Bettgespiele meiner Freundin sein«, sagte sie aufgedreht und wandte sich dann mir zu.

»Du hättest mir ruhig sagen können, dass er so heiß ist«, verkündete sie lauthals und betonte das *so* extra deutlich. Mir war die Situation mehr als nur peinlich.

»Schön, dich kennenzulernen, Sabrina. Ich bin Liam«, funkte er dazwischen und befreite mich aus der unangenehmen Situation.

»Freut mich sehr, Liam. Was ist hier eigentlich los?«,

wollte sie wissen. Endlich fand auch ich meine Stimme wieder.

»Hast du meine Nachricht nicht gelesen?« Sie schüttelte den Kopf.

»Wir wurden aus unseren Wohnungen vertrieben. Die Irre unten hatte wohl eine Giftschlange. Na ja, jetzt ist sie tot und sie suchen das Tier«, beantwortete ich ihre Frage.

»Iieeeh. Wer hält sich denn auch Schlangen? Ekelhafte Viecher.« Liam, der die Situation mehr als amüsant fand, grinste mich von der Seite her an.

»Also Ladys, ich will euch ungern stören, aber es ist hier nicht gerade sehr gemütlich. Wie lautet deine Entscheidung, Julie? Möchten du und Sabrina erst mal zu mir mitkommen?«, fragte er, an mich gewandt. Noch bevor ich meinen Mund öffnen konnte, übernahm Sabrina das für mich.

»Sie will. Auf geht´s.« Ohne ein weiteres Wort hakte sie sich bei mir unter. »Wo steht dein Auto?«, wollte sie wissen. Immer noch lachte Liam in sich hinein. Ich versuchte es mit einem bösen Blick, doch Fehlanzeige. »Da hinten. Darf ich dir den Koffer abnehmen?« Sie nickte und reichte Liam ihren Koffer. »Hach, ich mag den Kerl. Schade, dass ich schon verheiratet bin.« Unsanft stieß ich ihr mit dem Ellenbogen in die Rippen.

»Aua. Ist ja gut, hab schon verstanden, dass er nur für

deine Schenkel bestimmt ist. Aber Appetit darf ich mir noch machen, ja?« Liam legte den Kopf in den Nacken und begann herzhaft zu lachen.

»Siehst du, er versteht mich.« Gemeinsam gingen wir die paar Meter bis zu seinem Wagen. Innerlich wappnete ich mich auf ein Horrorwochenende, denn was Sabrina vorhatte, war deutlich.

Die halbe Fahrt über beschwerte sich Sabrina, dass sie hinten sitzen musste und es echt langweilig hier wäre. Ich atmete allmählich auf, als Liam in die kleine Straße zu seinem Haus einbog.

»Das ist ja schnuckelig und perfekt für eine kleine Familie«, sagte sie süffisant. Mir wurde das langsam zu viel.

»Sabrina«, sagte ich mit einem beißenden Unterton. Wütend stieg ich aus dem Wagen und warf die Tür hinter mir zu. Das würde ich die nächsten drei Tage nicht überstehen. Mal davon abgesehen, dass Liam ein völlig falsches Bild von mir bekam. Die beiden stiegen ebenfalls aus. Liam holte noch Sabrinas Koffer und öffnete die Eingangstür.

»Fühlt euch wie zu Hause.« Na, das brauchte er meiner besten Freundin nur einmal sagen. Völlig unter Strom stürmte sie hinein und ging auf Wanderschaft. Ich nutzte den kurzen Moment und drehte mich zu Liam um.

»Es tut mir leid. Sie ist manchmal echt anstrengend.« Er stellte den Koffer ab und umfasste mein Gesicht. Seine Lippen legten sich auf meine und ich genoss seinen zärtlichen Kuss.

»Das habe ich vermisst. Außerdem hat sie in vielen Punkten recht. Was ich dir vorhin sagen wollte: Ich mag dich auch, Julie, sogar sehr. Mit Sex hat das, was ich für dich fühle, schon lange nichts mehr zu tun.« Sofort beschleunigte sich mein Puls und mein Herz klopfte so stark, dass ich dachte, es würde mir gleich aus der Brust springen. Kleine Schmetterlinge tanzten aufgeregt in meinem Bauch und schienen sich in meinem gesamten Körper auszubreiten.

»Wie süß. Aber für den Rest nehmt ihr euch bitte ein Hotelzimmer.« Genervt ließ ich die Schultern sinken. Der romantische Moment war dahin und am liebsten hätte ich ihr den Hals umgedreht.

»Ich werde deiner Freundin mal das Gästezimmer zeigen. Möchtest du bei mir schlafen? Ansonsten weiche ich auf das Sofa aus!« Mein Herz machte einen kleinen Satz, natürlich würde ich gern bei ihm schlafen.

»Ich erspare dir das Sofa«, sagte ich nur und entlockte Liam ein freudiges Lächeln.

»Super. Mach es dir im Wohnzimmer bequem. Wenn ich wieder unten bin, koche ich uns dreien erst mal einen Kaffee.« Er griff wieder nach Sabrinas Sachen.

»Hast du auch etwas Härteres? Ich meine auf den Schock!« Er schüttelte nur mit dem Kopf und ging an ihr vorbei.

»Sicher wird sich auch das finden. Darf ich dir dein Zimmer zeigen?« Freudestrahlend folgte sie ihm nach oben. Das konnte ein Wochenende werden. Ich streifte meine Sneakers ab und ging ins Wohnzimmer. Seit ich das letzte Mal hier gewesen war, hatte sich nichts verändert.

»So, da bin ich schon wieder«, sagte jemand hinter mir. »Hast du den Schock einigermaßen verdaut?«, wollte Liam wissen.

»Ich denke schon«, antwortete ich ihm und legte das Tagebuch meiner Mutter auf den Esstisch vor mir. »Ich hielt es für besser, es mitzunehmen«, erklärte ich ihm, als ich seinen Blick bemerkte.

»Hast du schon einen Blick hineingeworfen?« Ich schüttelte den Kopf.

»Bis jetzt nicht.« Seine Arme schlangen sich um meine Hüfte und zogen mich an seinen muskulösen Oberkörper. Leidenschaftlich begann Liam an meinem Ohrläppchen zu knabbern und fachte das kleine Feuer zwischen meinen Beinen nach langer Zeit wieder an.

»Schade, dass wir nicht alleine sind. Jedenfalls jetzt noch nicht.« Meine Finger gruben sich unter sein Hemd und streichelten seinen Rücken hinauf.

»Oh man, das kann sich ja niemand mit ansehen. Könnt ihr bitte warten, bis ihr alleine seid?« Ich schnaufte enttäuscht auf. Menno. Immer, wenn es spannend wurde, kam Sabrina dazwischen. Liam schenkte mir ein wissendes Schmunzeln und gab mir einen hauchzarten Kuss auf meinen Mundwinkel.

»So, nun musst du mir endlich erzählen, was ich alles verpasst habe.« Gemeinsam mit Sabrina setzte ich mich aufs Sofa und erzählte ihr bis ins kleinste Detail, was die letzten Tage passiert war.

»Warum hast du noch nicht reingesehen?«, bemerkte Sabrina und stieß mir leicht in die Rippen. Ich zuckte mit den Achseln.

»Keine Ahnung, vielleicht war ich noch nicht so weit«, antwortete ich ihr und ließ mich auf den Stuhl sinken.

»Sie hat es versteckt und das sogar ziemlich gut. Was ist, wenn da etwas drin steht, was du nicht erfahren sollst? Also, wenn das der Grund ist, warum man deinen Keller durchsucht hat und in deine Wohnung wollte?« Ich runzelte die Stirn.

»Und wenn, ich wusste nicht mal davon. Warum sollte es also jemand anderes wissen?«, erwiderte ich sicher.

»Siehst du, du denkst zu viel darüber nach. Bestätigen wird es sich, wenn du reingesehen hast«, bekräftigte sie ihre Aussage noch einmal. Liam trat aus der Küche und hielt zwei Kaffeebecher in der Hand.

»Ich setze nur ungern jemanden unter Druck, aber ich muss Sabrina recht geben. Vielleicht bist du wegen diesem kleinen Buch ins Visier geraten. Eventuell steht auch wirklich nichts drin«, mischte er sich in unser Gespräch ein. Na toll, schon der zweite Irre in der Runde.

»Ihr wisst schon, wie paranoid das klingt?«, sagte ich

genervt und stand auf.

»Das sagt ja die Richtige. Normalerweise bist du doch der absolute Kopfmensch, Julie«, kam es schnippisch von Sabrina zurück. Liams blaue Augen taxierten mich eindringlich.

»Sieh es mal so, jemand schreckt nicht davor zurück, dir Leid zuzufügen. Ich drücke es mal harmlos aus. In deinem Umfeld sterben in letzter Zeit sehr viele Menschen, noch dazu jene, mit denen du nicht gutstehst. Vor ein paar Tagen bist du sogar auf mich losgegangen. Merkst du etwas? Wir sprechen schon lange nicht mehr von Zufällen. Ja, vielleicht hast du recht, und das Tagebuch deiner Mutter hat nichts damit zu tun. Aber was wenn doch? Dann steht vielleicht die Lösung darin.« Liams Worte hallten in meinem Kopf wider. Aus irgendeinem Grund fühlte ich mich überhaupt nicht mehr wohl. So, wie er die Dinge gerade darlegte, konnte man denken, ich hätte etwas damit zu tun. Ein eisiger Schauer jagte über meinen Rücken. Wie so oft in letzter Zeit hatte ich das Gefühl, dem Ganzen auf den Grund zu kommen. Die Lösung saß so dicht vor meiner Nase, und doch kam ich keinen Schritt voran.

»Ist ja gut, ihr beide habt mich überredet. Darf ich mich auf die Terrasse setzen?«, fragte ich unsicher.

»Du brauchst mich nicht fragen, ich teile gern, und mit einem Teil meines Lebens noch viel lieber.« Seine Hand legte sich auf meine Wange.

»Nimm dir die Ruhe, die du brauchst. Wenn etwas ist, bin ich jederzeit für dich da«, sagte er sanft und reichte mir das Tagebuch meiner Mutter.

»Dann lassen wir Julie in Ruhe und werden eine Runde kochen. Ich hab Hunger.« Sabrina hakte sich bei Liam unter und zog ihn in die Küche. Kopfschüttelnd öffnete ich die Tür zur Terrasse und ging zielstrebig auf die Hollywoodschaukel zu. Nach einem tiefen Atemzug öffnete ich das Buch und begann zu lesen.

Dieses Buch gehört Adelena Williams

Datum: 20.01.1989

Als Andenken an mein kleines Mädchen.
Ich liebe dich.

Ich blätterte auf die nächste Seite.

Börnecke, den 21.01.1989

Liebes Tagebuch,

vor ein paar Tagen habe ich erfahren, dass ich schwanger bin. Etwas, dass ich mir nie zu träumen gewagt hätte. In ein paar Monaten werde ich Mutter sein und mit dem größten Schatz dieses Lebens beglückt. Auch wenn die Umstände, die dazu geführt haben, nicht die waren, die ich mir gewünscht habe: Dieses kleine Wesen kann nichts dafür und ich werde es lieben, so sehr ich auch kann.

Mein Baby gibt mir gerade die Kraft, die ich brauche, um all die schrecklichen Bilder aus meinem Kopf zu verbannen. Nie werde ich zulassen, dass sie ihm so sehr weh tun wie mir.

Auf bald

Deine Adelena

Welche Umstände? Ich schluckte und kämpfte gegen meine Tränen. *Mama. Ich liebe dich, sogar sehr und du fehlst mir so unendlich.* Ich blätterte auf die nächste Seite und wischte mir eine kleine Träne von der Wange.

Börnecke, den 23.01.1989

Liebes Tagebuch,

meinem Sonnenschein und mir geht es ganz gut. Auch nachdem ich heute in der Stadt die drei wiedergetroffen habe. Natürlich haben sie so getan, als wäre nichts vorgefallen. Wenigstens lassen sie mich in Ruhe und ich werde es ebenso handhaben. Die Angst ist zu stark, dass sie mir und somit dem Baby schaden könnten. Wenn sie mir auch noch das nehmen würden, dann wüsste ich nicht, wie ich weiterleben sollte.
Auf bald
Deine Adelena

Die Einträge bezogen sich auf drei, ja, was? Männer, Frauen? Schnell blätterte ich weiter.

Börnecke, den 04.02.1989

Liebes Tagebuch,

die Tage ziehen sich endlos hin und ein wenig hat mich die Traurigkeit erfasst. Seit ein paar Monaten ist nichts mehr so wie vorher, auch wenn mein kleiner Stern mir Hoffnung und Licht spendet.
Die ganze Situation im Dorf wird immer angespannter

und ich frage mich, ob es besser wäre, für einige Zeit zu verschwinden. Gestern war ich bei meinem besten Freund und er hat mir seine Hilfe angeboten. Nur er und ich wissen, was vor ein paar Monaten vorgefallen ist. Ihm verdanke ich es, dass ich heute noch am Leben bin und nicht im Wald verblutete.

Vielleicht wäre es wirklich besser, jedenfalls so lange, bis das Baby auf der Welt ist!

Auf bald
Deine Adelena

Meine Traurigkeit wich immer mehr der Wut. Zwar hatte sie es nicht deutlich geschrieben, doch ich vermutete bereits, worum es ging. Der Gedanke schmerzte und riss ein tiefes Loch in mein Herz. Kein Wunder, dass sie nie über meinen Vater reden wollte. Ich blätterte erneut weiter, in der Hoffnung, etwas mehr Informationen zu bekommen.

Börnecke, den 16.02.1989

Liebes Tagebuch,

ich habe meine Sachen gepackt und mein Elternhaus verlassen. Die Situation lief zu sehr aus dem Ruder und ich musste um mein Leben und das meines ungeborenen

Kindes fürchten. Für die erste Zeit wird mich Wolfgang aufnehmen. Die Zeit mit seiner Frau und dem kleinen Liam lenkt mich ab und tut mir sehr gut. Schade, dass ich die drei bis zur Geburt meines Babys verlassen muss. Aber es geht einfach nicht anders. Ich werde die Zeit nutzen, um mir zu überlegen, wie es weitergeht.

Auf bald
Adelena

Mir wich sämtliche Farbe aus dem Gesicht und ein Zittern bemächtigte sich meines Körpers. Ich las den Eintrag erneut. Sie hatte Liam geschrieben und einen Vertrauten namens Wolfgang genannt. Ich klappte das Buch zusammen und begab mich mit eiligen Schritten zurück ins Haus. Meine Gefühle fuhren Achterbahn und ein klarer Gedanke war kaum noch zu fassen. Im Wohnzimmer konnte ich Liam und Sabrina hören, wie sie sich unterhielten.

»Ich muss mit dir reden«, sagte ich aufgeregt und blieb direkt vor Liam stehen.

»Wie hieß dein Vater?« Er sah erst zu Sabrina und dann wieder zu mir.

»Wolfgang, aber warum möchtest du das wissen?« Alles stand still. Sabrina und Liam warfen mir einen besorgten Blick zu, während ich vor ihnen stand und meinen Tränen freien Lauf ließ.

»Klärst du uns bitte auf? Wir verstehen nur Bahnhof«, verkündete Sabrina. Doch mir fehlten die Worte. »Was ist los, Julie?«, redete Liam auf mich ein und versuchte, zu mir durchzudringen. Stück für Stück formte sich in meinem Kopf ein Bild. Auch wenn es meine Mutter nicht direkt geschrieben hatte, so wusste ich genau, was zwischen den Zeilen stand. Ich war das Produkt einer Vergewaltigung und drei, bis jetzt Unbekannte, kamen dafür infrage. Und als wäre das nicht schon schlimm genug, nein, Liams Vater kannte das Geheimnis. Nur leider war er schon tot! Ich drehte mich um und wollte nur noch weg. In meinem gesamten Leben hatte ich mich noch nie so schlecht gefühlt wie gerade eben. Liam kam mir hinterher gerannt und fing mich kurz vor der Haustür ab.

»Sag mir, was los ist. Ich kann nicht für dich da sein, wenn du nicht mit mir redest. Julie, bitte.« Ich schüttelte den Kopf.

»Ich muss kurz raus, bitte.« Er atmete schwer.

»Pass bitte auf dich auf und lass das Buch bitte hier.« Er deutete auf das Tagebuch in meiner Hand. Ohne darüber nachzudenken, legte ich es auf die Kommode und lief eilig davon.

Eine knappe Stunde später hatte sich meine Gefühlswelt ein wenig beruhigt, ich stand wieder vor Liams Haus und klingelte. Er öffnete mir mit einem besorgten

Blick die Tür und ließ mich hinein.

»Geht es dir besser?«, fragte er vorsichtig. Ich nickte.

»Ja, erst mal schon. Denke ich zumindest.« Schnell nahm ich das Buch wieder an mich und ging in Richtung Terrasse. Ich fühlte mich bereit, um weiterzulesen. Es gab noch so viele Fragen, die offen waren. Mit den beiden konnte ich später immer noch reden. Ich wusste nur, dass Liams Vater meiner Mutter geholfen hatte und ich hoffte, noch mehr zu erfahren. Ich setzte mich wieder auf die Schaukel und klappte das Buch auf.

Börnecke, den 17.03.1989

Die Tage kommen mir endlos und einsam vor. Zwar bin ich hier auf dem Land in Sicherheit, aber ich kenne auch niemanden. Jeder gibt sich Mühe und kümmert sich rührend um mich und meinen wachsenden Babybauch. Doch mir fehlt mein Leben.

Gestern erhielt ich seit Wochen das erste Mal Post von Wolfgang. Leider gibt es bis jetzt keine neuen Erkenntnisse. Es wäre auch zu schön gewesen. Ich muss eine Entscheidung treffen. Entweder gebe ich mein altes Leben komplett auf oder ich beiße in den sauren Apfel, und mache das Beste aus dieser Situation. Aufzugeben schien mir aber noch nie der richtige Weg zu sein. Sobald mein kleiner Schatz auf der Welt ist, sollen sie doch ruhig alle zittern. Jeden Tag sollen sie daran erinnert werden, was sie mir angetan haben. Und wenn sie meinem Baby etwas antun? Daran will ich nicht denken. Doch mein Leben war dort und nicht hier. Hier gehöre ich einfach nicht hin. Was wird aus meinem Haus? Meinem Job? Meiner gesicherten Zukunft?

Auf bald

Deine Adelena

Meine Mutter schien versucht zu haben, gegen die Männer vorzugehen, hatte aber keinen Erfolg gehabt. Jedenfalls las ich das heraus. Schnell blätterte ich weiter. Die Abstände zwischen den Einträgen wurden größer.

Börnecke, den 21.04.1989

Liebes Tagebuch,

nun bin ich schon mehr als einen Monat hier und mein Bauch wächst von Tag zu Tag. Die letzte Nachricht von Wolfgang kam vor ein paar Wochen. Das Verfahren wurde endgültig eingestellt. Die Beweise reichten nicht aus. Das wusste ich allerdings vorher schon und für kein Geld der Welt würde ich mein Baby als Beweis hergeben. Je weniger davon wissen, umso besser. Ich habe meine Entscheidung getroffen und werde alles tun, damit mein

Kind in Sicherheit ist.

Auf bald
Deine Adelena

Also gab es Unterlagen und auch ein Verfahren. Aber, ob man dazu heute noch etwas finden würde, war fragwürdig. Das Ganze war fast 27 Jahre her. Allerdings wäre es einen Versuch wert. Mein Blick fiel auf die nächste Seite.

Börnecke, den 19.05.1989

Liebes Tagebuch,

heute kam der Arzt auf den Hof und untersuchte mich. Es wird nicht mehr lange dauern und mein kleiner Engel erblickt das Licht der Welt.
Wolfgang hat sich ebenfalls gemeldet und bestätigt, dass er das Geld aus meinem Fond genommen hat, um alles für mein Baby herzurichten. Alles ist bereit.

Auf bald
Deine Adelena.

Meine Mutter hatte diesen Eintrag nur wenige Wochen vor meiner Geburt geschrieben. Sie wollte zurück und ihr Leben weiterführen. Ich verstand nur nicht, warum. Nichts auf dieser Welt hätte mich dazu bewogen, an einen Ort zurückzukehren, wo mir so etwas passiert war. Schnell überflog ich die nächste Seite.

Börnecke, den 07.06.1989

Liebes Tagebuch,

ich bin erschöpft, aber unendlich glücklich. Gestern Nachmittag kam meine kleine Tochter Julie zur Welt. Sie ist so atemberaubend schön und hält mein Herz gefangen. Noch ein paar Tage genieße ich die Gastfreundschaft dieser Familie und dann werde ich mich auf mein neues Leben mit ihr vorbereiten.

Auf bald
Deine Adelena.

Ich schlug das Buch zusammen und legte es auf meinen Schoß. Liam kam gerade nach draußen und hielt direkt auf mich zu. Kurz vor mir blieb er stehen und hockte sich hin.
»Geht es dir gut?«, wollte er wissen.
»Ja, ich denke schon. Vielleicht hattest du mit deiner Ansicht nicht ganz unrecht, Liam. Obwohl einiges auch dagegen spricht.« Er sah mich fragend an.

»Du musst mich schon aufklären, denn im Moment kann ich dir nicht ganz folgen.« Ich atmete tief durch und begann ihm zu erzählen, was ich in dem Tagebuch gelesen hatte.

»An viele Dinge aus meiner Kindheit kann ich mich kaum erinnern. Allerdings kann ich mir vorstellen, dass mein Vater deiner Mutter geholfen hat. Er war kein schlechter Mensch, nur der Tod seiner Frau hat ihn sehr verändert. Ich glaube, ihr Tod hat ihm das Herz rausgerissen.« Ich nahm seine Hand in meine.

»Wie dem auch sei. Ich glaube nicht, dass nach all den Jahren und vor allem ausgerechnet jetzt ein Hahn danach kräht. Laut dem, was ich bis jetzt gelesen habe, wurden die Männer freigesprochen. Warum sollten sie also nach 27 Jahren versuchen, mir zu schaden? Mal davon abgesehen, dass es nicht zum Allgemeinbild passt. Ach, keine Ahnung. So richtig weiß ich auch nicht, was ich davon halten soll. Natürlich schmerzt der Gedanke, dass ich ein Kind bin, das auf diese Art gezeugt wurde. Aber meine Mutter hat immer alles dafür getan, dass ich mich nie so gefühlt habe und nur das zählt für mich.« Er lächelte aufmunternd.

»Richtig so. Auch wenn es ein tiefer Schlag war, deine Mutter hat alles Erdenkliche für dich getan und ich bin ihr sehr dankbar dafür. Du bist eine tolle Frau, Julie, und nur das zählt. So, lass uns langsam reingehen. Das

Essen wird kalt und Sabrina köpft uns.« Er grinste und stand auf. Nur widerwillig ließ ich mich hinterherziehen. Für mich war dieses Kapitel beendet. Es war erleichternd und schmerzhaft zugleich, wenn man die Wahrheit herausfand. Allerdings hatte auch nie jemand behauptet, dass die Wahrheit leicht zu verdauen wäre.

Vor ein paar Tagen hatte ich meinen Plan in die Tat umgesetzt und niemand schöpfte Verdacht. Die Polizisten waren inzwischen zwar hellhörig geworden, tappten aber komplett im Dunkeln. Alles sah nach normalen Unfällen aus und die Ermittlungen würden im Sande verlaufen. Dessen war ich mir sicher. Mich beschäftigte allerdings etwas anderes. Durch einen Zufall war ich an das letzte Puzzleteil gekommen. Ich wusste also endlich, wonach ich suchte.

Das Wochenende verging wie im Flug und ich genoss die Stunden mit meiner besten Freundin. Zwar hatten wir über das Tagebuch gesprochen, es aber schnell beiseitegeschoben. Es gab eben Dinge, die ich nicht mehr ändern konnte. Das war eines davon. Sabrina stand mit gepackten Koffern im Flur und verabschiedete sich gerade von Liam.

»Pass mir gut auf sie auf«, sagte sie und drückte ihn fest.

»Das werde ich«, bekräftigte er und griff nach ihrem Koffer, um ihn in ihr Auto zu bringen, welches die beiden gestern geholt hatten. Ich war ihm dankbar, dass er uns einen Moment alleine ließ.

»Du hast mit ihm einen echten Glücksgriff gemacht. Genieß die Zeit und denk nicht zu viel an dein Sorgenpaket. Bestimmt wird alles bald wieder gut.« Sie schlang die Arme um meinen Hals und drückte mich fest.

»Ich hab dich lieb, Süße«, flüsterte sie.

»Ich dich auch.« Nach einem Kuss auf die Wange ging sie aus der Tür. Sie fehlte mir bereits jetzt schon, allerdings war ich auch froh, dass sie ging. Ich wollte einfach ein wenig Zeit mit Liam alleine verbringen. Bevor Sabrina ins Auto stieg, winkte sie mir noch einmal zu. Liam hatte sich bereits an meine Seite gestellt und gemeinsam sahen wir ihr nach, wie sie davon brauste.

»Das war das interessanteste Wochenende seit Langem«, sagte Liam an mich gewandt und schob mich leicht zurück ins Haus.

»Ja, und so schnell wirst du es auch nicht vergessen«, scherzte ich. Gerade, als er mich an sich ziehen wollte, klingelte sein Telefon.

»Entschuldige mich einen Moment.« Er nahm das Telefon aus der Hosentasche und verschwand nach oben. Seit Tagen schon bekam er regelmäßig Anrufe und telefonierte heimlich in irgendeinem Zimmer. Ich vertraute ihm und so fragte ich auch nicht nach. Kurze Zeit später kam er wieder hinunter und sah mich an, denn ich hatte mich keinen Zentimeter bewegt und stand immer noch im Flur.

»Alles in Ordnung? Du siehst so nachdenklich aus!« Mit den Händen umfing er von hinten meine Hüfte und zog mich an seinen Oberkörper. Ein leichter Hauch streifte meinen Nacken und jagte kleine Schmetterlinge durch meinen Körper. Ich antwortete ihm mit einem kleinen Seufzer. Mir war nur allzu bewusst, was Liam vorhatte.

»Müssen wir jetzt wirklich zu dir fahren und Klamotten holen? Ich finde dich in meinen Sachen auch sehr sexy.« Ich grinste. Bei meiner Flucht musste ich alles zurücklassen. Von Sabrina bekam ich eine Hose und er stellte mir seine Shirts zur Verfügung. Zugegeben, ich mochte seine Kleidung, aber nur, weil sie mir das Gefühl gab, dass er immer bei mir war.

»Ja, wir müssen da rüberfahren. Allerdings muss das ja nicht jetzt sein. Kleidungsstücke laufen immerhin nicht weg.« Ehe ich mich versah, drehte er mich zu sich um, hob mich auf die Arme und trug mich in die Küche. Auf der Arbeitsplatte ließ er mich runter und stellte sich direkt zwischen meine Beine. Zärtlich fuhren seine

Finger unter das Shirt und zogen es Stück für Stück nach oben. Seine Lippen knabberten sanft an meinem Hals. Was stellte dieser Mann nur mit mir an, dass in kürzester Zeit alles vergessen schien? Ich genoss seine Berührungen und schloss die Augen. Kleine Blitze schossen durch meinen Körper, direkt zwischen meine Beine. Seine Hände waren überall, ebenso wie seine Lippen. Mein Herzschlag ging immer schneller. Meine Atmung ließ sich auch kaum noch kontrollieren. Liam fuhr mit seinen Fingern immer weiter abwärts, über meinen Bauch bis hin zu dem Bund der Jeans. Zärtlich öffnete er sie und ließ zwei Finger hineingleiten. Ein leises Stöhnen stahl sich über meine Lippen. Ich stützte mich mit den Händen ab und ließ den Kopf in den Nacken sinken. Hingebungsvoll streichelte er den erregten Punkt zwischen meinen Schamlippen. Es war berauschend, antörnend, einfach unbeschreiblich. Der Druck wurde immer fester.

»Stopp«, sagte ich mit belegter Stimme.

»Was ist?«, fragte er unsicher und sah mich an. Seine blauen Augen hatten sich stark verdunkelt.

»Ich möchte, dass du in mir bist, wenn ich komme«, sagte ich leise und senkte verlegen den Blick. Mit der Hand hob er meinen Kopf an, sodass ich ihn wieder ansehen musste.

»Das muss dir nicht peinlich sein. Dafür gibt es keinen

Grund.« Er hob mich von der Arbeitsplatte und streifte mir die Jeans hinunter. Dann setzte er mich wieder darauf, drängte sich leicht zwischen meine Beine und öffnete den Knopf seiner Hose. Es brachte mich in Verlegenheit, ihn dabei zu beobachten, wie er seine Männlichkeit befreite, aber ich konnte den Blick nicht abwenden. Behutsam schob er die Hände unter meinen Po. Blut rauschte in meinen Ohren, im selben Takt wie mein Herzschlag. An meinem Eingang konnte ich ihn spüren. Mit einem kräftigen Stoß teilte er meine Lippen und versank komplett in mir. Ohne seine Augen von mir zu wenden, zog er sich wieder zurück, um erneut hart zuzustoßen. Laut stöhnte ich auf und biss mir auf die Unterlippe. Immer wieder glitt er fast ganz hinaus und stieß erneut hart zu. Meine empfindliche Stelle pochte heftig und schrie nach Erlösung. Ich schlang die Beine um seine Hüfte und ließ ihn noch tiefer in mich eindringen. Mit jedem Stoß glitt er fester und schneller rein, reizte mich und ließ meinen Körper in Flammen stehen. Das Pulsieren wurde unerträglich. Jede Faser schrie nach Erfüllung. Laut stöhnend warf ich den Kopf in den Nacken und konzentrierte mich nur auf den winzigen Punkt zwischen meinen Beinen. Ich stand kurz davor zu kommen. Auch Liam schien seinem Höhepunkt sehr nahe zu sein. Ich klammerte mich an ihn und hieß das Gefühl meines Höhepunktes willkommen. Kleine Sterne tanzten vor meinen Augen und dirigierten mich in eine Welt, in der nur wir beide existierten.

Langsam bändigte ich meinen Körper wieder. Herzschlag und Atmung fielen in einen gleichmäßigen Rhythmus. Liams Kopf lag nach wie vor auf meiner Schulter.

»Was machst du nur mit mir?« Ein verführerisches Lächeln umspielte meine Lippen.

»Warum bin ich eigentlich daran Schuld? Du kannst doch genauso wenig die Finger von mir lassen!« Er hob langsam den Kopf und sah mir tief in die Augen.

»Stimmt«, erwiderte er und hob mich hoch. Mit schnellen Schritten trug er mich ins Wohnzimmer, um mich auf das Sofa sinken zu lassen. Liam blieb neben der Couch stehen und sah auf mich herab. Sofort reagierte mein Körper darauf und die Hitze zwischen meinen Beinen breitete sich erneut aus. Unfassbar. Egal, was dieser Mann auch tat, es gelang ihm einfach immer wieder. Langsam kniete er sich neben mich. Mit den Fingern streichelte er leicht über meine steifen Nippel. Seine Berührung hallte deutlich zwischen meinen Schenkeln wider. Ich presste sie zusammen, um das Gefühl ein wenig zu lindern. Doch das war unmöglich. Tiefer und tiefer glitten seine Finger über meinen

Körper und erregten mich erneut. Er nahm sich Zeit, und streichelte jeden Zentimeter meiner erhitzten Haut, bis er endlich zwischen meinen Beinen versank und diesen einen Punkt mit festem Druck massierte. Ich war noch so empfindlich und hielt es kaum aus, von ihm berührt zu werden.

»Bitte«, wimmerte ich, denn das Gefühl war so intensiv.

»Lass dich gehen«, flüsterte er. Heftig krampfte sich mein Körper zusammen, eine Welle erfasste mich und ein unglaublicher Orgasmus brachte mich aus dem Gleichgewicht. Leichte Küsse bedeckten mein Gesicht und ich öffnete die Augen.

»Du bist gemein«, sagte ich mit gespieltem Ernst.

»Warum? Weil es mir Spaß macht, dich zu verwöhnen?« Er grinste schelmisch und knabberte an meinem Ohrläppchen.

»Schluss jetzt«, verkündete ich und sprang eilig vom Sofa auf. Liams Blick taxierte mich. In seinen Augen konnte ich erkennen, dass es für ihn noch lange nicht vorbei war. Langsam und auf Zehenspitzen ging ich von ihm weg. Wie gut, dass uns niemand sehen konnte. Halb nackt boten wir sicher einen lustigen Anblick. Jeden Schritt, den ich nach hinten ging, setzte er einen nach vorn.

»Schluss damit.« Doch meine Worte verfehlten ihre

Wirkung. Er wollte spielen und ich war im Moment sein Objekt der Begierde. Ohne zu stoppen, ging ich immer weiter nach hinten.

»Du kannst freiwillig wieder herkommen oder ich hole dich«, rief er aus. Ich schüttelte nur leicht mit dem Kopf.

»Wenn du mich haben willst, dann musst du mich schon holen.« Doch noch ehe ich fliehen konnte, hatte Liam mich eingeholt und hob mich auf seine Arme.

»Böses Mädchen«, flüsterte er mir ins Ohr. »Lass mich runter. Wir beide hatten noch was vor, und wenn wir so weitermachen, dann wird daraus nichts mehr.« Er grinste frech.

»Du hast selbst gesagt, Klamotten laufen nicht weg. Ich hab noch nicht genug von dir, um dich mit der Welt zu teilen.« Mit schnellen Schritten ging er die Stufen zum Obergeschoss hinauf. Vor der Schlafzimmertür blieb er stehen. Fragend sah ich ihn an.

»Ich würde dich gern noch etwas fragen, bevor ich diesen Raum betrete und dich wieder in Ekstase versetze. Was hältst du davon, ganz bei mir einzuziehen? Hier bist du wenigstens in Sicherheit.« Mein lautes Lachen erfüllte den Raum.

»Ich bin hier alles andere als in Sicherheit.« Und sein Blick bestätigte mir das auch.

»Das war mein Ernst, Julie. Bitte bleib hier. Ich kann mir

nicht dauernd Sorgen um dich machen.« Verstehen konnte ich seine Gedanken, aber gleich bei ihm einziehen? Darin hatte ich keine Erfahrung und bis vor Kurzem war ich auch noch ganz froh über mein eigenständiges Leben gewesen. Zusammenziehen hatte nichts mehr mit Sex, sondern mit Partnerschaft zu tun.

»Hältst du das für eine gute Idee? Bis auf den Sex und ein paar Gespräche kennen wir uns nicht.« Die Stimmung veränderte sich. Ich konnte es förmlich spüren.

»Aber du kannst mich kennenlernen.« Bei dieser Aussage musste ich ihm recht geben. Trotzdem, man musste erst ein paar Dinge über den anderen wissen, ehe so etwas funktionieren konnte. »Das geht mir zu schnell. Ich bin gerne ein paar Tage länger bei dir, aber dann möchte ich wieder nach Hause. Meine Entscheidung hat nichts mit dir zu tun. Es geht mir nur einfach zu schnell. In letzter Zeit passiert so einiges, was ich nicht verarbeitet habe. Dinge, die mein Leben gerade ziemlich auf den Kopf stellen. Verstehst du? Ich möchte meine Entscheidung, bei dir einzuziehen, nicht aus dem Grund heraus treffen, dass ich verletzt bin und mich alleine fühle.« Er ließ mich runter und fuhr sich mit der Hand durch die Haare. »Für mich geht es schon lange nicht mehr nur um Sex.«

»Das weiß ich, Liam, mir auch nicht. Versteh mich doch, du hast es verdient, dass meine Entscheidungen nicht aus einer Akutsituation heraus getroffen werden.« Dass ich ihn jemals zerbrechlich sehen würde, damit hatte ich nie im Leben gerechnet.

»Ich verstehe dich schon. Es ist nur, ich habe Angst, vielleicht nicht rechtzeitig in deiner Nähe zu sein. In letzter Zeit ist das so häufig passiert.« Er setzte sich auf das kleine Sofa am Fenster.

»Das ist doch nicht deine Schuld. Seit ein paar Jahren habe ich mein eigenes Leben und darauf bin ich sehr stolz. Dann bist du gekommen und hast alles ganz schön durcheinander gebracht. Ich bin dir dankbar für alles. Das ist mehr, als ich erwarten kann. Die Zeit mit dir ist mir verdammt wichtig, aber auch mein eigenes Leben. Wenn ich hier einziehe, dann machst du nichts anderes, als mich in einen Käfig zu sperren. Ich möchte die Entscheidung, bei dir zu wohnen, gern von Gefühlen abhängig machen, davon, ob wir beide auch weiterhin miteinander klarkommen. Liam, du bist nicht dafür da, jede freie Minute auf mich aufzupassen oder dir Sorgen um mich zu machen. Und im schlimmsten Fall bist du auch nicht da, wenn mir etwas passiert. Du kannst und du wirst mich vor dieser Welt da draußen nicht immer beschützen können.« Ich sah ihn aufrichtig an und hoffte sehr, dass er meinen Appell verstand.

»Genau das möchte ich aber, Julie. Dich vor dieser Welt da draußen beschützen. Den Gedanken, dass dir noch mal jemand weh tun könnte, den ertrage ich einfach nicht.« Ich schluckte meine innere Unruhe hinunter. Er stand auf und kam wieder zurück an den Punkt, an dem er mich eben stehen gelassen hatte. Die Stimmung hatte sich verändert, das war deutlich zu spüren. Ich hatte nur keine Ahnung in welche Richtung. Das erste Mal seit unserer ersten Begegnung hatte ich Angst vor Liam. Nur hatte ich keinen Schimmer warum!

— 10 —

Minuten verstrichen, in denen wir uns einfach nur ansahen. Sämtliche Gedanken schossen durch meinen Kopf. Hatte ich mich in ihm getäuscht? War er nicht derjenige, für den ich ihn hielt? Oder lag es einfach nur daran, dass ich alles bis ins Letzte analysierte? Die Stille wurde langsam unerträglich. Halbnackt standen wir beide uns gegenüber und schwiegen. Wie lange würde ich seinem starren Blick noch standhalten können? Liam setzte an, etwas zu sagen, stoppte aber. Dann begann er von Neuem.

»Du hast recht, ich kann es nicht.« Geknickt senkte er den Kopf.

»Ich bleibe erst mal ein paar Tage hier. Meine beste Freundin hat mir sowieso ans Herz gelegt, dem ganzen Trubel den Rücken zu kehren.« Doch Liam schüttelte den Kopf.

»Du hast recht, mit dem was du gesagt hast, mit allem. Es war gefühllos von mir, dich danach zu fragen. Du hast zurzeit genug Stress und ich komme damit an. Ich war einfach zu lange alleine.« Laut meinem Kopf hatte ich alles richtig gemacht. Warum fühlte ich mich dann dennoch so schlecht?

»Lass uns einfach rausgehen. Vielleicht hilft uns ein

wenig frische Luft, einen klaren Kopf zu bekommen. Und vergiss bitte nicht, dass es keine Entscheidung gegen dich war«, den letzten Satz betonte ich deutlich. Er nickte leicht und ging die Treppe hinunter. Einen Moment später folgte ich ihm ebenfalls. Als ich in die Küche kam, telefonierte Liam. Ich bedeutete ihm, dass ich gehen würde, doch er schüttelte nur den Kopf.

»Das heißt im Klartext?« Ich griff nach meiner Hose, lauschte aber dennoch seinem Gespräch. Mit wem er wohl gerade sprach? Es sah nicht nach einem freundlichen Telefonat aus.

»Das kann ich zurzeit nicht, da ich einen anderen Auftrag angenommen habe.« Er klang verärgert. Ich zog mich weiter an und versuchte, so teilnahmslos wie nur möglich zu wirken.

»Es geht um etwas Privates. Du wirst dir jemand anderen suchen müssen.« Liam brüllte fast ins Telefon und ich zuckte unwillkürlich zusammen.

»Weil damit Schluss ist. Ein für alle Mal.« Womit war Schluss, konnte er das nicht einfach sagen? Nachdem ich auch das Shirt angezogen hatte, wollte ich aus der Küche verschwinden, doch Liam hinderte mich daran, indem er mich mit dem Rücken an seine Brust zog. Ich konnte zwar eine männliche Stimme am anderen Ende erkennen, aber nichts von dem, was sie sagte, hören.

»Einmal noch. Allerdings muss der Job innerhalb von

ein paar Tagen erledigt sein. Ich kann hier nicht lange weg.« Warum musste er so in Rätseln sprechen? Welcher Job und was musste erledigt sein? Er konnte nicht weg, wegen mir? Immer noch hielt mich Liam in seinem Arm gefangen und streichelte meinen Unterarm.

»Schick mir die Daten, und ich sehe zu, was ich machen kann. Bis dann.« Er beendete das Telefonat.

»Ich muss ein paar Tage weg. Meinst du, du kommst ohne mich klar?« Sollte ich ihn fragen, wohin er ging oder einfach nur seine Frage beantworten?

»Wohin musst du denn so dringend?« Natürlich siegte meine Neugier.

»Ich habe einen Auftrag von meiner Agentur bekommen. Mehr kann ich dir nicht sagen. Morgen früh geht es los, in ein paar Tagen bin ich aber wieder da.« Ich nickte.

»Okay, wenn es in Ordnung geht, dann würde ich die Tage gerne zu Hause verbringen und mich um ein paar Dinge kümmern.« Er schnaufte. Der Gedanke schien ihm nicht zu gefallen.

»Pass bitte auf dich auf. Mehr möchte ich nicht. Lass uns zu dir fahren und schauen, ob du schon wieder in deine Wohnung kannst.« Ich löste mich aus seinem Griff und ging ins Wohnzimmer, um mein Handy und das Tagebuch meiner Mutter zu holen.

»Ich zieh mir nur etwas an, dann können wir los.« In

meinem Kopf arbeitete es gewaltig. Schade, dass ich beim Gespräch recht wenig mitbekommen hatte. Für was für eine Agentur arbeitete er? So viele Fragen schwirrten in meinem Kopf und Antworten würde ich darauf nicht bekommen. So viel war klar.

Eine halbe Stunde später bog Liam auf den kleinen Parkplatz vor meinem Wohnhaus ein. Alles schien ruhig zu sein und vermutlich war die Gefahr längst gebannt. Ich stieg aus dem Wagen und ging direkt auf meinen Briefkasten zu. Irgendwie hatte ich es in der letzten Woche versäumt, ihn zu leeren. Rechnung, Rechnung, Werbung, ein Brief von der Polizei und ein Zettel von der Feuerwehr. Offenbar hatte ich nichts verpasst.

»Liebesbriefe?«, fragte Liam und trat an mich heran. »Wie immer, weißt du doch.« Ich ging voran und öffnete die Haustür. Oben tat ich das Gleiche noch einmal und ging in meine Wohnung. Na wenigstens hatte niemand versucht, noch einmal einzubrechen. Ich legte die Post und das Tagebuch auf den Schrank und ging weiter ins Wohnzimmer.

»Ich zieh mir nur schnell was anderes an, dann bin ich wieder bei dir.« Für einen Moment ließ ich Liam allein und holte mir ein frisches Shirt und eine passende Jeans aus dem Schrank. In meinen eigenen Klamotten fühlte ich mich immer noch am wohlsten. Die alten Sachen verstaute ich im Wäschekorb und ging zurück zu Liam.

»Tadaaa. Ich bin wieder salonfähig«, rief ich laut aus und entlockte ihm ein kleines Lachen.

»Sehr chic. Meine Shirts gefielen mir aber noch besser an dir«, scherzte er und ich boxte ihm in die Rippen. Spielerisch hielt er sich die Stelle und ging in die Knie.

»Erst schneidest du mir fast den Bauch auf und nun boxt du mich in die Knie. Das ist nicht fair, Liebste.« Ich lachte und half ihm wieder auf die Beine.

»Ich glaube, du kannst durchaus mehr wegstecken, als die halbherzigen Mordversuche einer kleinen Frau«, erwiderte ich.

»Hm, stimmt. Aber das müssen wir ihr ja nicht sagen, oder?« Zärtlich umfasste er meine Hüfte.

»Nein, das müssen wir nicht. Bleibst du noch hier oder willst du nach Hause?« Meine Frage schien ihn durcheinanderzubringen und er ließ mich los.

»Ein paar Minuten bleibe ich noch und dann fahr ich nach Hause. Ich muss meine Koffer noch packen.« Hm, schade, dass er nicht über Nacht bleiben konnte. Allerdings würde ich ihn auch nicht weiter danach fragen und ihn auch nicht darum bitten.

»Was machen wir beide bis dahin?« Er grinste.

»Oh nein. Du hattest genug. Was sollen denn die Leute

denken, wenn ich morgen nicht mehr laufen kann?«
Doch das schien Liam ganz egal zu sein. Ohne Vorwar-
nung hob er mich hoch und legte mich über seine
Schulter.

»Lass mich runter, bitte.« All das Betteln half nichts. Er
trug mich direkt ins Schlafzimmer. Unsanft landete ich
auf meinem Bett und versuchte, meine Haare aus dem
Gesicht zu streichen, um wieder etwas sehen zu
können. So leicht wollte ich ihm diesen Erfolg nicht
gönnen. Ich versuchte aufzustehen, doch Liam schubste
mich immer wieder zurück.

»Das ist unfair. Du bist viel stärker als ich«, jammerte
ich und versuchte es erneut. Dieses Mal gelang es mir
mich hinzustellen.

»Nichts da«, ertönte seine Stimme. Gemeinsam mit mir
ließ er sich aufs Bett fallen. »Hier haut niemand ab.«
Ehe ich mich versah, hatte er mein Shirt nach oben
geschoben und begann mich zu kitzeln. Das war noch
mieser im Gegensatz zu seiner Stärke. Hilflos wehrte
ich mich dagegen. Neben Spinnen und anderen Krabbeltierchen war Kitzeln etwas, was ich noch weniger
mochte.

»Gnade«, schrie ich laut, doch er hatte kein Erbarmen.
Wild wehrte ich mich unter ihm und versuchte, ihn von
mir runterzustoßen, aber Liam war einfach zu stark.

»Gut, ich gewähre dir Gnade. Allerdings wird nicht

mehr weggelaufen.« Ich biss mir auf die Unterlippe und nickte artig. Nur dachte ich im Traum nicht daran, kampflos aufzugeben. Er rutschte von mir runter und machte es sich neben mir bequem.

»Oh Gott, sieh mal«, sagte ich und deutete auf die Wand neben ihm. Wie geplant drehte sich Liam um.

»Reingelegt«, rief ich und sprang aus dem Bett. Mir war klar, dass er mich binnen kürzester Zeit einholen würde. Aber den Spaß war es wert. Wie ich es geahnt hatte, holte mich Liam bereits im Wohnzimmer ein und schlang die Arme fest um mich.

»Ich hoffe, du weißt, dass das nach einer heftigen Bestrafung schreit«, verkündete er. Ruckartig nahm er mich hoch und warf mich gekonnt ein weiteres Mal über die Schultern. Wie erniedrigend. Erneut im Schlafzimmer angekommen, landete ich wieder auf dem Bett. Ich wusste nicht wirklich, warum, aber ich fing herzhaft an zu lachen.

»Du denkst also, ich habe einen Scherz gemacht, als ich sagte, dass ich dich bestrafen muss?« Wie ein kleines Raubtier auf der Pirsch setzte er sich auf mich und fixierte seine Beute.

»Was willst du schon machen?«, entgegnete ich frech. Das hätte ich nicht machen sollen. Blitzartig griff er nach meinen Handgelenken und hielt sie über meinem Kopf zusammen.

»Eine Menge, Julie.« Er rangierte mit seinen Händen, sodass meine nur noch von einer Hand gehalten wurden. Dann fischte er ein Stück Stoff aus seiner Hosentasche.

»Ich wusste, dass es eines Tages von Nutzen sein würde.« Behutsam fesselte er meine Hände aneinander, um sie mit dem Rest des Stoffes am Rahmen des Bettes zu befestigen. Na, wenn ich mich da mal nicht mit meiner Meinung getäuscht hatte. Zufrieden kontrollierte er sein Werk und sah mich wieder an.

»Jetzt werden wir dich erst mal von den lästigen Klamotten befreien.« Kaum hatte er die Worte ausgesprochen, begann er auch schon, mich auszuziehen. Angefangen mit der Jeans, meinen Socken und meinem Slip. Das Shirt schob er nur leicht nach oben. Meinen BH positionierte er unter meinen Brüsten, sodass sie ein wenig nach oben gedrückt wurden. »Du kannst aufhören, ich habe es begriffen«, sagte ich und versuchte, meine Hände zu befreien.

»Oh nein, diese Strafe wirst du jetzt aussitzen, na ja, *ausliegen*.« Mist. Was in aller Welt hatte er jetzt mit mir vor? Auf die härteren Sachen stand ich eigentlich überhaupt nicht. Liam rutschte ein Stück tiefer, sodass er auf meinen Oberschenkeln saß. Er beugte sich leicht vor und ließ seine Zunge über meinen rechten Nippel gleiten. Automatisch versuchte ich, die Hände nach unten zu nehmen. Zärtlich biss er hinein und entlockte mir das erste Stöhnen. Dann widmete er sich kurz dem anderen und tat das Gleiche noch einmal. Herrgott, das war absolut verführerisch. Er wechselte hin und her, leckte leidenschaftlich darüber und biss leicht hinein. Zwischen meinen Beinen konnte ich bereits spüren, wie ich feuchter wurde. Mit aller Kraft presste ich meine Schenkel zusammen, um das heftige Pulsieren zu lindern. Dass ich meine Hände nicht bewegen konnte, erregte mich irgendwie auch. Liam beendete das Spiel an meinen Brüsten und glitt weiter an meinem Bauch hinab. Ich konnte spüren, wie er sein Gewicht weiter verlagerte, um erst das eine und dann das andere Bein unter sich hervorzuholen. An meinem Bauchnabel hielt er inne und zeichnete kleine Kreise mit seiner Zunge. Himmel, wenn das jedes Mal meine Bestrafung wäre, dann würde ich öfter böse sein. Seine Finger griffen unter meine Schenkel und Liam legte sich direkt zwischen meine Beine, die er weit auseinander drückte. Oh nein, das war nicht sein Ernst!

»Nicht«, entgegnete ich ihm und versuchte, ihm irgendwie meinen Unterleib zu entziehen. Doch wie so oft hatte ich die Rechnung ohne ihn gemacht. Er packte meine Oberschenkel und verhinderte so, dass ich mich weiter bewegen konnte.

»Ich verspreche dir, es wird dir gefallen«, flüsterte er

und blies leicht gegen meine Schamlippen. Ich schluckte schwer und versuchte mich nicht weiter zu wehren. Bis jetzt hatte mich noch kein Mann da unten verwöhnt. Der Druck von meinen Schenkeln verschwand. Zärtlich ließ er seinen Finger über die Außenseite meiner Lippen entlanggleiten. Dem ersten folgte ein zweiter und dann spürte ich seine Zunge auf meinem Kitzler. Ein unglaubliches Gefühl erfasste mich und brachte meinen Körper zum Beben. »Liam«, wimmerte ich. Nichts, was ich bis jetzt je gespürt hatte, war ein Vergleich zu dem atemberaubenden Gefühl, welches Liam gerade in mir auslöste. Zusätzlich zu seiner Zunge ließ er einen Finger in mich gleiten. Meine Nerven waren zum Zerreißen gespannt. Das war einfach zu viel. Er fand einen Rhythmus, leckte und fingerte mich gleichzeitig. Ich konnte meine Schreie kaum noch unterdrücken, und auch wenn ich die halbe Nachbarschaft unterhielt, es war mir egal. Er sollte nur ja nicht damit aufhören. Ich zerrte an meinen Fesseln, bäumte mich auf, warf den Kopf hin und her.

»Liam, bitte«, rief ich völlig verzweifelt. Doch anstatt meine Sehnsucht zu lindern, verstärkte er den Druck. Ich war den Tränen nahe. Keine Minute länger könnte ich diese süße Folter ertragen. Noch einmal verstärkte er den Druck. Hoffnungslos und ohne jede Rettung ergriff ein atemberaubender Höhepunkt von meinem

Körper Besitz. Sterne tanzten vor meinen Augen und schirmten mich von der Realität ab. Ich konnte spüren, wie Liam sich auf der Matratze bewegte und an meinen Fesseln zerrte. Ein leichter Kuss wurde mir auf die Lippen gehaucht und kurze Zeit später waren meine Hände frei. Mit immer noch geschlossenen Augen rieb ich mir die Handgelenke. Meine Schulter schmerzte, aber es war ein angenehmer Schmerz. Der Rest meines Körpers erlag noch immer den Nebenwirkungen des Liebesspiels.

»Daran könnte ich mich glatt gewöhnen«, flüsterte Liam mir ins Ohr. Doch ich fühlte mich auf sehr angenehme Art erschöpft und schenkte mir die Antwort. Hätte mir das nicht jemand früher sagen können? Eigentlich fand ich es mehr als ekelhaft, allerdings hatte die Erfahrung von eben meine Meinung diesbezüglich geändert.

»Ruh dich aus, wir werden das, wenn ich wieder da bin, noch ein wenig vertiefen«, hörte ich ihn noch sagen, bevor mich ein ruhiger Schlaf umfing.

Ich hatte hier nichts verloren. Immer mehr wurde mir dieser Umstand bewusst. Es gab einige Dinge, die mich verändert hatten, und dieses Leben im Schatten passte nicht mehr zu mir. Der Gedanke, dass ich damit jeman-

dem half, beruhigte mein Gewissen leider nicht. Die Tür vor mir wurde aufgerissen und ein Mann trat hinaus ins Freie. Ich atmete tief durch. Die Gedanken an die Frau mit dem lieblichen Kirschenduft schob ich in die letzte freie Ecke meines Kopfes. Dann endlich kippte mein Schalter um. Langsam kam ich aus meinem Versteck und ging zielgerichtet auf den Mann zu. Mein Auftrag war klar: Töten. Ich warf einen Blick auf das obere Schlafzimmerfenster. Die Gardinen bewegten sich leicht. Mein Zeichen, dass es der richtige Mann war. Ich ging weiter auf ihn zu, erst kurz bevor ich ihn erreichte, sah er auf.

»Was wollen Sie?« Seine Aggression war deutlich zu spüren. Doch ich antwortete ihm nicht.

»Wer sind Sie?«. Mhm, immer die gleichen Fragen. »Ich soll Ihnen nette Grüße von Ihrer Frau und Ihren Kindern ausrichten.« Er schnaubte verächtlich.

»Pah, was geht Sie das an?« Ich ging einen weiteren Schritt auf ihn zu und sprach so leise, dass nur er mich verstehen konnte.

»Weil ich derjenige bin, der Ihnen das Leben nimmt.« Erschrockene Augen starrten in meine Richtung. Panisch sah er sich nach allen Seiten um. Flieh ruhig, dachte ich mir. Ob nun hier oder in 200 Metern. Mir ist beides recht.

»Egal, was Ihnen gezahlt wird, ich bezahle das Doppelte.« Ha, netter Versuch. Nur leider würde ihn das auch nicht retten.

»Hier geht es nicht um Geld, sondern um Gerechtigkeit für die Opfer.« Er fing an zu lachen.

»Opfer, das sind sie doch alle.« Zu viel, das Maß meiner Geduld war erschöpft. Ich wollte nach Hause. Ohne Vorwarnung nahm ich auch noch die letzten Schritte bis zu ihm. Der Mann wehrte sich aus Leibeskräften. Nur nicht gut genug. Jetzt würde er erfahren, was es hieß, der Schwächere zu sein. Mit einem harten Tritt in die Kniekehlen sackte der Mann zusammen und schrie auf. Wie gut, dass sich hier weit und breit keine unmittelbare Nachbarschaft befand. Meine Hände legten sich wie eine Schraubzwinge um seinen Kopf. Mit einem harten Ruck brach ich ihm das Genick. Das Geräusch hallte in meinem Körper wieder und mein Magen krampfte sich zusammen. Leblos ließ ich ihn zu Boden sinken und drehte mich um.

»Du wirst sentimental, **Vengeur**. Sieh zu, dass du verschwindest, um den Rest kümmere ich mich jetzt.« Ich nickte und verschwand in Richtung meines Wagens.

»Warten Sie, bitte«, konnte ich eine weibliche Stimme vernehmen. Ich blieb stehen und drehte mich in die Richtung, aus welcher der Ruf gekommen war. Eine junge Frau, Anfang 20, zierlich, klein und mit Narben und Verletzungen übersät, kam auf mich zugerannt.

»Ich möchte mich bei Ihnen bedanken. Sie haben mir wahrscheinlich das Leben gerettet. Wie kann ich das je wieder gut machen?«, flüsterte sie ergriffen.

»Indem Sie mich nicht verraten«, erwiderte ich und ging davon. Meine anfänglichen Zweifel schwanden, und eine innere Ruhe setzte ein. Was, wenn meine Entscheidung falsch war? Es gab nur einen Weg das rauszufinden.

Ich streckte meine müden Glieder und blinzelte, damit sich meine Augen an das grelle Licht gewöhnen konnten. Ein neuer Tag hatte begonnen. Ein Tag ohne Liam. Ich brauchte nicht auf die andere Seite meines Bettes zu fassen, denn es war klar, dass er nicht mehr da war. Langsam setzte ich mich auf und ließ meinen Blick durch das Schlafzimmer wandern. Aus irgendeinem Grund fühlte ich mich so entsetzlich allein. Wo war Liam jetzt? Und vor allem: Ging es ihm gut? Ich nahm mein Handy vom Nachttisch. Sicher hatte er es dort hingelegt. Doch leider gab es keine neue Nachricht, lediglich Sabrina hatte mir geschrieben, dass sie gut zu Hause angekommen war. Ein wenig enttäuscht rappelte ich mich aus dem Bett und nahm meine Sachen vom Stuhl. Unter die Dusche wollte ich nicht und so beschloss ich, mich nur ein wenig frisch zu machen. Die

Liste, die ich mir für meinen heutigen Tag gemacht hatte, musste abgearbeitet werden. Durch meine Liaison war Etliches in den Hintergrund geraten. Zuerst einmal musste ich nachsehen, wann ich einen Termin bei der Polizei hatte. Auf dem Schrank im Flur lagen die Briefe und auch das Tagebuch meiner Mutter. Dafür würde ich mir nachher noch ein wenig Zeit einräumen. Schnell riss ich das Papier auf und holte den Brief heraus. Ich überflog die Seite. Gut, bis zu meinem Termin hatte ich noch eine ganze Woche Luft. Ich durfte ihn nur nicht vergessen. Der Brief landete wieder auf dem Stapel bei den anderen. Das Klingeln riss mich aus meinen Gedanken. Es gab nicht viele Möglichkeiten, wer das sein konnte. Ich nahm den Hörer ab.

»Ja?«, sagte ich knapp. »Polizeihauptkommissar Schröder. Kann ich kurz mit Ihnen sprechen?« Ich runzelte die Stirn, drückte aber dennoch den Türsummer. Was könnte er von mir wollen? Vielleicht ging es ja um meinen Wagen oder der DNA-Test war erfolgreich gewesen. Ich öffnete die Wohnungstür und ließ die beiden Beamten hinein.

»Hallo, Frau Williams. Es tut uns leid, wenn wir Sie stören. Allerdings gibt es neue Erkenntnisse, die wir Ihnen nicht vorenthalten wollen.« Mit einem Wink bat ich die beiden weiter ins Wohnzimmer.

»Was genau meinen Sie damit?« Ich bot dem Älteren

an, sich zu setzen, was er auch tat.

»Wir haben an dem Abend, an dem Sie überfallen worden sind, einige Blutproben sichergestellt. Dazu gehörte Ihres, das Ihres Freundes und auch das vor der Wohnungstür. Natürlich konnten wir keinen Treffer erzielen. Unserem DNA-Labor ist aber etwas anderes Gravierendes aufgefallen.« Er machte eine kurze Pause und sah seinen Kollegen an.

»Die DNA des Täters stimmt zu 50 Prozent mit Ihrer überein. Das heißt im Klartext: Der Täter ist Ihr biologischer Vater.« Wumm. Es war, als hätte mir jemand eine schallende Ohrfeige verpasst.

»Sie scherzen«, erwiderte ich ungläubig.

»Tut mir leid, nein. Wir haben natürlich auch Erkundigungen eingezogen. In Ihrer Geburtsurkunde ist kein Vater eingetragen.« Ich schluckte schwer. Liam hatte recht gehabt.

»Das ist richtig, meine Mutter hat mir den Namen meines Vaters nie gesagt.« Sollte ich Ihnen von dem Tagebuch meiner Mutter erzählen? Lieber nicht. Immerhin stand auch dort nichts Konkretes dazu. Jedenfalls bis jetzt nicht.

»Das ist ärgerlich. Können Sie sich trotzdem erklären, warum Ihr Vater Sie angreifen wollte?« Oh ja, das konnte ich. Allerdings würde ich das nicht sagen. Nicht bevor ich das Tagebuch bis zum Ende gelesen hatte.

Zudem wollte ich erst mit Liam darüber reden.

»Nein, ich habe keinen Schimmer. Ich kenne ihn, wie ich schon sagte, nicht und die Umstände, was damals zwischen meinem Erzeuger und meiner Mutter war, sind mir nicht bekannt.« Oh weh, ich log den beiden direkt ins Gesicht. Richtig wohl war mir bei dem Gedanken nicht.

»Okay. Wir werden trotzdem versuchen, etwas herauszufinden. Passen Sie auf sich auf.« Der ältere der beiden erhob sich und ging in den Flur. Der andere folgte ihm.

»Ich wünsche Ihnen trotzdem einen schönen Tag«, sagte er und ließ die Tür ins Schloss fallen. Meine Gedanken arbeiteten, doch nichts ergab einen Sinn. Zwar konnte ich mir vorstellen, warum mein leiblicher Vater so erpicht darauf war, mich aus dem Weg zu räumen, aber es erklärte nicht alles, was in letzter Zeit passierte. Ich nahm das Tagebuch vom Schrank und ging zurück in mein Wohnzimmer. Nachdem ich mich auf das Sofa fallengelassen hatte, schlug ich die nächste Seite auf.

11

Börnecke, den 25.06.1989

Liebes Tagebuch,

heute ist es endlich so weit, es geht wieder nach Hause.
Julie und mir geht es hervorragend und Wolfgang hat mir
zugesichert, dass er uns abholt. Die Vorfreude mischt sich
natürlich mit Angst, aber ich bin niemand, der kampflos
aufgibt und jetzt erst recht nicht.

Auf bald
Deine Adelena

Börnecke, den 01.07.1989

Liebes Tagebuch,

nun bin ich seit einigen Tagen wieder zu Hause. Wolfgang
hat sein Versprechen gehalten und alles für mich und die
Kleine vorbereitet.
Alles andere gestaltet sich schwierig, jeder weiß, was vor
ein paar Monaten geschehen ist. Doch niemand sagt ein

Wort. Sie meiden mich und erzählen schreckliche Dinge. Das Opfer wird zum Täter. Selbst meine »Freunde« wechseln die Straßenseite und grüßen nicht mehr. Das ist so enttäuschend und tut sehr weh. Ich hoffe wirklich, dass ich stärker bin als der ganze Hass in diesem Dorf.

Auf bald
Deine Adelena

Börnecke, den 01.09.1989

Liebes Tagebuch,

so lange habe ich keinen Eintrag mehr verfasst, es ist aber auch so vieles passiert. Mein Baby ist fast drei Monate alt und das Geld wird knapp. In ein paar Tagen werde ich in meinen alten Job zurückgehen, um für Julie und mich sorgen zu können. Aus Angst werde ich sie nicht in einen Kindergarten geben. Susanne, Wolfgangs Frau, wird sich um sie kümmern. Eine enorme Erleichterung. Bei ihr wird sie sicher sein.

Auf bald
Deine Adelena

Ich sah kurz auf, denn das Gelesene musste sacken.

Wenn ich das nur alles vorher gewusst hätte. Das Tagebuch gab einen ganz anderen Blick auf mein Leben preis. Eigentlich hatte ich es als glücklich und liebevoll bezeichnet. Im Moment empfand ich es als die Hölle, vor allem für meine Mutter. Sie hatte so leiden müssen und dennoch war sie immer für mich da gewesen. Ich blätterte weiter zum nächsten Eintrag.

Börnecke, den 9.10.1989

Liebes Tagebuch,

die Arbeit tut gut und lenkt mich ab. Die Abende mit Julie sind zwar stressig und meist schlafe ich auch kaum, aber sie ist jede einzelne Minute meines Lebens wert. Im Dorf ist es etwas ruhiger geworden. Auch wenn nach wie vor niemand mit mir spricht.
Die Wochenenden genieße ich gemeinsam mit Wolfgang und seiner Familie. Liam ist ganz begeistert von seiner kleinen Freundin und erfüllt ihr jeden Wunsch. Ich hoffe für meine Tochter, dass sie eines Tages einen so liebevollen Mann bekommt wie ihn.

Auf bald
Deine Adelena

Hatte sie das wirklich geschrieben? Meine Mutter

wollte, dass ich einen liebevollen Mann wie Liam bekommen würde? Oh weh, da hatte sich das Schicksal einen üblen Scherz ausgedacht! Dass Erwachsene immer gleich an so was dachten, wenn Kinder liebevoll miteinander spielten. Bei einer ehemaligen Arbeitskollegin war es auch so. Sie und ihre beste Freundin hatten fast zeitgleich ihre Kinder bekommen. Einen Jungen und ein Mädchen. Schon vor der Geburt stand fest, die beiden sollten heiraten! Das waren Kinder, Babys. Menschen veränderten sich, nein, die Zeit veränderte die Menschen. Sicher war es süß und ich wünschte mir, dass meine Mutter es noch erfahren hätte. Sie schätzte Liams Vater und auch seine Mutter. Sonst hätte sie mich niemals bei ihnen gelassen und aus irgendeinem Grund änderte es mein Denken bezüglich Liam. Hatte er nicht einmal gesagt, er wäre mein Beschützer? Ich nahm das Buch wieder auf und las den nächsten Eintrag.

Börnecke, den 11.11.1989

Liebes Tagebuch,

die Tage im Harz werden kürzer und auch die Kälte hat schnell Einzug gehalten. Der tägliche Weg zur Arbeit ist sehr beschwerlich und kostet mich all die Kraft, die ich

*noch aufbringen kann. Aber ich habe keine Wahl, ohne
meine Arbeit könnte ich mich und die Kleine nicht über
den Winter bringen.*

Auf bald
Deine Adelena

Meine Gefühle fuhren Achterbahn. Es tat verdammt
weh, diese Worte von meiner Mutter zu lesen. Sie
hatte gelitten, und das nur, damit wir ein Dach über
dem Kopf hatten. In meinem ganzen Leben hatte ich
mir nie Gedanken darüber gemacht. Jetzt sah ich mein
Leben aus einem ganz anderen Blickwinkel. Ein wenig
betrübt blätterte ich auf die letzte Seite. Das Buch war
nicht sehr dick, und obwohl es wehtat, hätte ich gern
mehr von ihr gelesen.

Börnecke, den 21.12.1989

Liebes Tagebuch,

*das Jahr neigt sich dem Ende und damit auch dein Ein-
satz. Das Schreiben hat mir geholfen, meine Gedanken zu
ordnen und einen anderen Blick auf mein Leben zu
bekommen. Zwar war ich nicht besonders bedacht, dir
jeden Tag einen Eintrag zu widmen, aber es war dennoch*

hilfreich. Egal, was auch kommen mag, ich werde das Schreiben nicht an den Nagel hängen. Du bist nun voll und das nächste Buch liegt bereits neben mir.

Julie ist inzwischen schon 6 Monate alt und entwickelt sich prächtig. Gestern hat Liam sie mit einer Banane gefüttert. Schade, dass ich nicht die Möglichkeiten habe, eine Kamera zu kaufen. Manche Momente möchte ich so gern festhalten.

Meine kleine Maus schreit.

Auf Wiedersehen

Deine Adelena

Tränen standen in meinen Augen und ich klappte das Buch zusammen. Es gab also noch weitere Tagebücher meiner Mutter. Doch wo waren sie abgeblieben? Ich wusste nicht, wie viele sie geschrieben hatte, oder, ob sie eines Tages aufgehört hatte. Wenn sie es nicht getan hatte, dann fehlten so einige. Ich musste definitiv noch mal ins Haus, jeden Stein umdrehen und hoffen, etwas zu finden. Entschlossen griff ich nach meinem Handy und schrieb Liam eine Nachricht. Wenn ich schon nicht artig war und zu Hause blieb, dann sollte er wenigstens wissen, wo ich sein würde, damit er sich keine Sorgen machte.

Ich hoffe, es geht Dir gut. In den paar Stunden, in denen Du jetzt weg warst, ist allerhand passiert und ich muss einfach in das Haus meiner Mutter zurück. Also mach Dir bitte keine Sorgen um mich.

LG

Julie

Ich stand auf und nahm meine Jacke vom Stuhl. Bis zum Haus waren es nur ein paar Minuten Fußmarsch. Es war helllichter Tag, somit würde ich auch sicher sein. Zur Sicherheit konnte ich ja die Türen hinter mir verschließen. Schnell verstaute ich mein Handy und den Schlüsselbund in meiner Tasche und ließ die Tür ins Schloss fallen.

»Hast du etwas gefunden?«, rief ich, obwohl der Mann noch einige Meter von mir entfernt war.

»Immer langsam.« Er kam die letzten Meter zu mir gerannt.

»Nein, bis jetzt war dein Tipp für die Katz.« Ich fuhr mir nervös über den Drei-Tage-Bart. Verdammt!

»Und du hast auch wirklich jeden Stein umgedreht?« Er nickte.

»Das habe ich. Warum sind ein paar bescheuerte Bücher so wichtig für dich?« Ich schuldete ihm norma-

lerweise keine Antwort, aber er hatte sich die letzten Tage für mich ins Zeug gelegt, so wie immer.

»Ich brauche diese Bücher. Das Warum ist kompliziert.« Maxime lehnte sich ebenfalls gegen meinen Wagen und sah zu mir hinauf. Er war nicht besonders groß, dafür aber sehr schlau und unauffällig.

»Der Monsieur hatte recht, du wirst weich«, bemerkte er ernst.

»So? Werde ich das? Besorg mir einfach diese Bücher oder ich überlege es mir, ob du nicht der nächste bist, dem ich den Hals umdrehe.« Maxime lachte nur.

»Na klar, damit drohst du mir seit Jahren und siehe da, ich lebe immer noch.« Er stieß sich von meinem Wagen ab und ließ mich in der Dunkelheit alleine. Meine Gedanken schossen seit vorhin wild durch-einander. Sollte ich mein Leben ändern und Menschen wie diese junge Frau im Stich lassen? Unsicher wog ich die Möglichkeiten ab. Wenn sich mein Lebensstil nicht änderte, dann würde ich auch andere Dinge in Gefahr bringen. Vorhin, als ich dem Mann das Genick gebrochen hatte, dachte ich das erste Mal darüber nach, dass auch er der Sohn von jemandem war. Unabhängig davon, was er getan hatte. Verdammt, Monsieur hatte recht, ich wurde langsam weich.

Nach stundenlanger Suche gab ich auf. Ich hatte nahezu alles auf den Kopf gestellt und kein weiteres Tagebuch gefunden. Das wäre auch zu schön gewesen. Ich nahm mein Telefon aus der Hosentasche und sah nach, ob Liam mir eine Nachricht geschrieben hatte.

Liam: Ich mache mir aber Sorgen! Du hättest warten können, bis ich wieder zu Hause bin.

Julie: Ja, das hätte ich, aber das wollte ich nicht. Außerdem dauert es ja noch ein paar Tage.

Liam: Nicht ganz. In ein paar Stunden bin ich wieder bei Dir. Mein Job hat sich schneller als geplant erledigt. Gut, ich bin ehrlich. Ich wollte nur schnell wieder zu Dir zurück.

Julie: Das wirft kein gutes Licht auf Dich! Du kannst Deinen Job nicht wegen meiner Schenkel halbherzig ausüben!

Liam: Oh doch, das kann ich. Nachdem Du eingeschlafen warst, bin ich gleich los. Freu Dich doch, dass ich alles über Nacht erledigen konnte. Oder hast Du etwas Besseres vor?

Julie: JA! Die Ruhe zwischen meinen Beinen genießen. ;-) Ich freue mich doch, dass Du bald wieder da bist. Wir müssen über einiges reden. Aber dazu nachher mehr. Ich werde jetzt wieder nach Hause gehen.
LG
Julie

Liam: Pass auf Dich auf. In zwei Stunden bin ich wieder bei Dir.

Ich schob das Handy zurück in die Tasche und verließ das Haus.

»Frau Williams«, hörte ich eine weibliche Stimme nach mir rufen. Unsicher drehte ich mich um.

»Ja. Mit wem habe ich das Vergnügen?« Sie war recht jung, vielleicht gerade einmal 30 und trug einen ultraschicken Anzug. Ein bisschen schämte ich mich dafür, dass ich nur meine alte labbrige Jeans anhatte. Auch wenn es für das, was ich eben gemacht hatte, die beste Entscheidung war.

»Hallo, ich bin Jasmin Hellbrecht. Vor ein paar Tagen rief mich ein ehemaliger Klassenkamerad von mir an, Liam. Er sagte mir, dass Sie Probleme hätten, Ihr Haus an den Mann beziehungsweise an die Frau zu bringen. Ich hatte gehofft, Sie hier anzutreffen. Haben Sie einen Moment für mich?« Wann hatte er das denn in die

Wege geleitet? Ich musste wirklich ein ernstes Wort mit Liam reden.

»Ja, natürlich habe ich Zeit.« Ein freundliches Lächeln breitete sich auf Ihrem Gesicht aus.

»Ich kenne die Daten und Fotos dieses Hauses bereits durch die Anzeige bei der Sparkasse. Und ich möchte Ihnen auch nicht mit unnötigem Gerede die Zeit stehlen. Kurzum, ich würde dieses Haus gern selbst kaufen. Schon lange suche ich eine Immobilie, die perfekt geeignet wäre, um gleichzeitig darin zu wohnen und mein Büro einzurichten. Es liegt etwas abseits und ist trotzdem gut zu erreichen. Also, was sagen Sie?« Puh, das war eine Überraschung. Damit hatte ich heute nicht gerechnet.

»Von meiner Seite würde dem nichts im Wege stehen.« Sie klatschte freudig in die Hände.

»Wollen wir uns die nächsten Tage verabreden und alles besprechen? Hier ist im Übrigen meine Karte.« Sie reichte mir ein kleines Papierkärtchen.

»Ich melde mich später, wann es mir am besten passt.« Die Frau wirkte glücklich.

»Klasse, ich wünsche Ihnen einen ganz tollen Tag und freue mich auf Ihren Anruf.« So schnell wie sie gekommen war, verschwand sie auch wieder. Einen Moment lang blieb ich noch regungslos stehen. Liam überraschte mich immer wieder. Nur seine Art, mir immer einen Schritt voraus zu sein, machte mir Angst. *Ironie des Schicksals.* Ich verstaute die Karte in meiner Tasche und ging nach Hause. Das Thema »Verkauf« konnte ich ja zu 90 Prozent von meiner imaginären Liste streichen.

Mit meinem Laptop bewaffnet, ließ ich mich auf meinem Sofa nieder. Das Internet war ja schlau. Hoffte ich zumindest! Ich wartete, bis er sich hochgefahren hatte, und öffnete dann den Browser. So Google, mit welchem Suchbegriff konnte ich dir denn ein paar Geheimnisse entlocken? Zuerst versuchte ich es mit Liams Namen. Wer wusste es, vielleicht hatte ich ja Glück. Doch zu meinem Pech fand ich nichts Weltbewegendes. Nichts davon traf auf ihn zu. Hm, ich versuchte es mit dem Namen seiner Familie und mit Blankenburg. Die ersten Seiten waren genauso ergebnislos wie eben bei Liam. Auf der fünften Seite erregte jedoch etwas meine Aufmerksamkeit. In dem Artikel ging es um einen Brand in einem alten Verlag in Blankenburg. Dabei wurden einige Archive zerstört; warum es zu dem Brand kam, war bis heute unklar. Was das allerdings mit Liam und seiner Familie zu tun hatte, war mir unklar. Am Ende des Artikels befand sich ein Dokument.

Alle geretteten Zeitungsartikel wurden zur Archivierung in die städtische Bibliothek verbracht. Eine Liste mit allen noch vorhandenen und geretteten Einträgen ist in diesem Dokument zusammengefasst. Anhand der Chargennummer können die gesuchten Zeitungen bei der Bibliothek eingesehen werden.

Nervös öffnete ich den Anhang. 2365 Seiten, oha. Das waren nicht gerade wenige. Ich startete die Suchfunktion im Dokument und gab noch mal Liams Familiennamen ein. Vier Treffer! Jeweils ein Artikel aus den Jahren 1992, 1993 und zwei aus dem Jahre 1994. Schnell notierte ich mir die Nummern. Dann gab ich meinen Familiennamen ein. Nichts. Das wäre auch zu schön gewesen. Ich probierte es mit Vergewaltigung und allerhand anderer möglicher Varianten. Leider ließ sich auch zu diesem Thema nichts finden. Ich ließ den Deckel nach unten klappen. Zwar war ich mit meinem eigenen Thema nicht sonderlich weit gekommen, allerdings hatte ich vielleicht etwas zu Liam gefunden, und das könnte zwangsläufig auch etwas mit mir zu tun haben. Es gab einige Dinge, die ich nun wusste, leider waren diese Informationen aber nur die Spitze des Eisberges. Ich hatte nur eine Möglichkeit, ich musste den Namen meines Vaters herausbekommen. Kostete es, was es wollte.

Ich riss ein zweites Blatt von meinem Block ab und notierte mir ein paar wichtige Stichpunkte:

- Liam nach den Zeitungseinträgen fragen
- Bibliothek
- Tagebücher
- Hausverkauf

Atmen nicht vergessen!!!

12

»Du hast mir so gefehlt.« Zärtlich legten sich seine Hände um meinen Körper.

»Du mir auch«, antwortete ich leise. Vorsichtig zog ich Liam ein Stück weiter in die Wohnung, um die Tür zu schließen.

»Bevor du wieder über mich herfällst wie ein ausgehungerter Wolf, wir müssen dringend reden.«

»Das habe ich mir gedacht.« Liam gab mich frei. Gemeinsam mit ihm ging ich ins Wohnzimmer und nahm in der Ecke des großen Sofas Platz.

»Also, schieß los.« Ich warf einen Blick auf meine kleine Liste, welche auf dem Tisch lag.

»Warum hast du mir nicht gesagt, dass du eine alte Schulkameradin darum gebeten hast, sich das Haus anzusehen? Ich stehe immer da, und weiß von nichts«, beschwerte ich mich.

»Tut mir leid, das ist ein wenig untergegangen.« Liam knöpfte die Ärmel seines weißen Hemdes auf und schob sie ein wenig nach oben. Dabei kamen ein paar kleine Blutergüsse und eine ältere Wunde, die genäht worden war, zum Vorschein.

»Was hast du denn gemacht?«, fragte ich unverwandt.

»Nicht so wild. Erzähl du lieber weiter.« Ich versuchte, nicht weiter darauf zu achten, und fuhr fort.

»Die beiden Polizisten waren vorhin wieder da. Sie haben das Blut analysiert, welches vor der Eingangstür gefunden wurde. Ohne Ergebnis. Na ja, nicht ganz. Dem DNA-Labor fiel auf, dass zwischen meinem Blut und dem des Täters Parallelen vorkamen. Der Täter ist mein leiblicher Vater.« Wenn ich ihm das so erzählte, klang das absolut an den Haaren herbeigezogen und unglaubwürdig.

»Das ist ja interessant. Schade nur, dass wir zu diesem Thema keinen Namen haben. Du wirkst aber trotzdem ziemlich gefasst.« Abwertend zuckte ich mit den Schultern.

»Nachdem, was hier so alles passiert, haut mich nichts mehr so schnell von den Socken. Vielleicht liegt es an dem ganzen Stress. Falls sich das irgendwann klärt, brauche ich sicherlich eine Therapie.« Er rutschte ein wenig zu mir und nahm meine Hand in seine.

»Hm, da kenne ich Besseres.« Oh nein, diesen Ausdruck in seinen Augen kannte ich.

»Wir müssen reden! Also hör endlich auf, mich mit Sex abzulenken.« Spielerisch versetzte ich ihm einen Stoß.

»Autsch. Ist ja gut. Ich werde ab jetzt brav sein und gebannt deinen Lippen lauschen.« Dieser Mann!

»Weiter im Text. Ich habe auch das Tagebuch meiner

Mutter beendet. Sie erwähnt darin, dass es definitiv mindestens ein weiteres gibt. Ich habe jeden Stein im Haus umgedreht. Nichts! Da deine Familie offenbar eng mit meiner stand, habe ich zudem im Netz ein wenig recherchiert und bin auf Zeitungsanzeigen gestoßen. Leider müsste ich die aber in der Bibliothek einsehen.« Er räusperte sich.

»Auch ich habe mir Gedanken dazu gemacht, weil du erwähntest, dass deine Mutter meinen Vater kannte. Daher habe ich vorhin, bevor ich zu dir gefahren bin, noch die alten Zeitungsartikel aus dem Keller geholt.« Er deutete auf den kleinen Beutel, den er mitgebracht hatte.

»Ich nehme an, du weißt, was darin steht?«, fragte ich ihn, obwohl mir die Antwort bereits bekannt war.

»Ja, nicht mehr alles. Im Grunde geht es bei diesen Zeitungsartikeln um den Tod meiner Mutter. Sie ist keines natürlichen Todes gestorben.« Er machte eine Pause und stand auf. Mit dem Beutel in der Hand kam er zurück und reichte ihn mir.

»Mach dir selbst ein Bild. Wenn es okay für dich ist, dann würde ich gerne duschen.« Ich nickte beiläufig und begann, den Inhalt auf dem Tisch auszubreiten. Alles war fein säuberlich nach Datum sortiert.

12.03.1993

Frage nach Motiv bleibt weiterhin ungeklärt

Blankenburg. Nach dem Tod einer jungen Mutter im Raum Blankenburg bleibt das Motiv weiterhin ungeklärt, wie uns ein Polizeisprecher am gestrigen Abend mitteilte. Vor zwei Tagen hatte der Ehemann den Leichnam seiner toten Frau in der gemeinsamen Wohnung aufgefunden. Die Frau, die sich neben ihrem eigenen Kind auch um das Kind einer Freundin kümmerte, lag mit einer Schussverletzung am Boden des Wohnzimmers. Erst nach stundenlanger Suche hatte man den sechsjährigen Sohn des Paares und die vierjährige Tochter der Freundin im Keller des Hauses gefunden. Der Junge hatte, laut seinen Aussagen, einen Streit mitbekommen und sich und das kleine Mädchen im Keller, hinter einer versteckten Wand, in Sicherheit gebracht.
Die Ermittlungen zu diesem Fall dauern bis heute noch an.

Mein Körper zitterte und Tränen rannen über meine Wangen. Ich sammelte die Zeitungen zusammen und legte sie zurück in den Beutel. Für den Rest war ich einfach nicht mehr bereit. So langsam forderte der Stress seinen Tribut. Ich rollte mich zusammen und ließ den

Tränen freien Lauf. Meine Mutter hatte wegen mir die Hölle auf Erden gehabt, Liams Mutter war wegen mir gestorben. Dadurch hatte er eine verpatzte Kindheit. Wer wusste, wie viele Menschen noch wegen mir ihr Leben gelassen hatten. Und wofür? Nur wegen einem Kind, das durch eine Vergewaltigung entstanden war? Soweit ich wusste, hatten die Täter doch keine Strafe zu erwarten gehabt? Hätten sie das nicht einfach auf sich beruhen lassen können? Damals war die Forschung noch lange nicht so weit, mittels DNA eine Vaterschaft nachzuweisen! Oder wollte man genau das verhindern? Hatten die Täter Angst, dass es eines Tages doch ans Licht kam? Eine Gänsehaut lief über meinen Rücken und Übelkeit erfasste mich. Was war mit Liam? Wusste er von Anfang an, wer ich war? Dass ich das kleine Mädchen war, was er gerettet hatte? Sagte er deshalb, er sei mein Beschützer? Als Kinder waren wir wie Geschwister aufgewachsen und er war auch einige Jahre älter als ich. Ich konnte Schritte vernehmen, die auf mich zukamen.

»Hey, weine bitte nicht«, sagte er sanft und setzte sich zu mir.

»Wusstest du, wer ich bin?« Liam seufzte.

»Nein. Das heißt, bis vor ein paar Tagen wusste ich es nicht. An diesen Tag kann ich mich so gut wie nicht erinnern. Die Ärzte meinten damals, dass es an dem

Schock liege. Wahrscheinlich habe ich sogar gesehen, wie man sie erschossen hat. Ehrlich, ich weiß es nicht. Ich kann mir aber vorstellen, wie du dich jetzt fühlst.« Nein, das konnte er nicht. Niemand hatte eine Ahnung. Mein Leben war schon lange nicht mehr so wie vorher. Immer mehr fühlte ich mich, wie das, was ich eigentlich war: Ein Mensch, der durch das Leid eines anderen entstanden war. Ein Geheimnis, das jemand so schnell wie möglich loswerden wollte. Auch noch nach 27 Jahren! Ich drehte mich ein Stück zu Liam um.

»Warum hat man nie etwas unternommen? Ich meine, dein Vater wusste doch, wer die Täter waren. Warum hat er die Männer nicht zur Verantwortung gezogen?« Er zuckte gedankenverloren mit den Schultern.

»Ich kann dir diesbezüglich keine logische Erklärung geben.« Mehr antwortete er mir nicht. Ich konnte das Vibrieren seines Handys durch das Sofa spüren.

»Ja?«, brüllte er ins Telefon.

»Wann?« Wieder eine Pause.

»Ich komme und ich hoffe, dein Tipp ist hilfreich. Du weißt, was dir sonst blüht.« Er beendete das Gespräch und sah auf mich hinunter.

»Wirst du mir eines Tages sagen, was du da treibst?« Er atmete schwer und seine Mimik veränderte sich schlagartig.

»Eines Tages vielleicht. Ich muss noch mal weg. Meinst

du, du kommst noch mal ein paar Stunden ohne mich aus?« Na klar, es gab ja genug, über das ich nachdenken musste. Sarkasmus stand mir nicht wirklich.

»Alles gut.« Zärtlich küsste er mich.

»Ich bin bald zurück.« Dieser Mann blieb mir ein Rätsel.

»Und du bist dir da sicher?«, fragte ich noch einmal nach.

»Zu 100 Prozent. Das sind die Namen, die in den Akten standen. Zwei davon sind inzwischen tot. Also bleibt nur noch er übrig.« Ich klopfte ihm auf die Schulter.

»Super Arbeit, Maxime.« Dann stieg ich zurück in den Wagen und fuhr eilig los. Wenn ich heute noch etwas erreichen wollte, dann musste es schnell gehen. An dem verlassenen Bahnhof stellte ich mein Auto ab und wuselte mich durch das Gebüsch. Von Weitem konnte ich das Feuer erkennen, welches in der Gartensparte brannte. Es waren deutlich mehr Menschen bei der kleinen Feierlichkeit, als ich angenommen hatte. Vorsichtig holte ich meinen Seitenschneider aus der Tasche und schnitt ein kleines Loch in den Drahtzaun. Fünf Minuten später betrat ich das Gelände des Vereins. Jetzt musste ich nur noch die richtige Parzelle finden. Ein leichtes Scharren war zu vernehmen. Ich rutschte durch den

kleinen Durchlass und arbeitete mich Stück für Stück voran, um etwas erkennen zu können. Weit abseits von dem Fest grub jemand ein Loch. Neben dem Mann lag ein in Stoff gehüllter großer Gegenstand. Ich brauchte einen Moment, bis ich begriff, was dort lag. Mir war in meinem Leben schon viel untergekommen, allerdings hatte ich noch nie dabei zugesehen, wie jemand eine Leiche verscharrte. Na gut, abgesehen von meinen eigenen. Monsieur achtete immer darauf, dass wir das nicht selbst taten.

»Du tötest, ich vergrabe«, hörte ich ihn in Gedanken sagen. Ich schob die Sturmmaske über das Gesicht und sprang mit einem Satz über den Zaun. Vorsichtig schlich ich mich an den Mann heran. Kurz hinter ihm kam ich zum Stehen. Ein großer Apfelbaum verdeckte mich. Langsam ließ ich mich auf die Knie sinken und zog das Tuch, in dem der Gegenstand eingewickelt war, ein Stück beiseite. Angewidert schluckte ich meine Magensäure wieder hinunter. Unter dem Stoff lag eine Frau. Man hatte ihr den Schädel eingeschlagen und dabei das halbe Gesicht verstümmelt. Ich hatte schon vielen Menschen das Leben genommen. Allerdings nicht auf eine so grausame Art und Weise. Meistens mussten sie nicht leiden oder nicht lange. Leise erhob ich mich wieder und ging noch einen weiteren Schritt auf den Mann zu. Mit einem kräftigen Schlag in den Nacken streckte ich ihn zu

Boden. Dann nahm ich den Zettel aus meiner Tasche und platzierte ihn so, dass er ihn gleich nach dem Aufwachen fand. Mit großen Buchstaben stand geschrieben: **Ich weiß, wer und was Du bist.** Jetzt musste ich nur abwarten. Denn das Lamm kam meistens ganz von alleine zur Schlachtbank.

Es war inzwischen spät geworden und Liam war nach wie vor noch nicht zurück. Gelangweilt zappte ich durch das Fernsehprogramm. Ein paar Mal stand ich kurz davor, ihm eine Nachricht zu schreiben. Doch wenn ich mein Handy in der Hand hatte, überlegte ich es mir anders. Ich konnte mich auch nicht dazu durchringen, meiner besten Freundin einen Text zu schicken. Je weniger sie wusste, desto besser war es. Mein Leben glich einem Scherbenhaufen und ich wollte es auf keinen Fall so handhaben wie meine Mutter und unschuldige Menschen mit in die Sache hineinziehen. Wenn ihr oder Liam etwas passierte, dann würde ich mir das nie verzeihen. Mein Handy vibrierte auf dem Tisch neben mir.

Ich stehe vor der Tür, bist Du noch wach? Wenn nicht, fahre ich nach Hause.

Mühsam rappelte ich mich hoch und ging in den Flur, um den Türöffner zu betätigen. Es dauerte keine Minute, bis es bei mir an der Tür klopfte und ich öffnete.

»Sorry, es hat ein wenig länger gedauert.« Mir fiel sofort auf, dass Liam sich umgezogen haben musste. Statt des Anzuges trug er jetzt eine schwarze Hose, die passende schwarze Jacke und dunkle Turnschuhe. An seiner Wange klebte Dreck.

»Hast du die Blumen aus den Vorgärten der Nachbarschaft geklaut?« Unsicher sah er mich an. »Du hast da was im Gesicht.« Eilig rieb er sich über die verschmutzte Wange.

»Besser?« Ich nickte. Als er mich umarmen wollte, wich ich aus und ging zurück ins Wohnzimmer. Kraftlos sank ich wieder auf meinen Platz.

»Willst du ins Bett? Du siehst verdammt fertig aus«, bemerkte er. Ach ja? Komisch. Woher das wohl kam.

»Sagst du mir, wo du warst?«, entgegnete ich. Sofort schüttelte er mit dem Kopf.

»Du kommst und gehst. Okay, dein Ding. Jetzt stehst du vor mir wie der perfekte Serienkiller. Schwarze Klamotten, Dreck im Gesicht und Handschuhe an. Du machst ein Geheimnis daraus, wohin du gehst oder mit wem du sprichst. Fange ich ein Gespräch an, dann weichst du meistens aus. Mein ganzes Leben steht Kopf und immer mehr bekomme ich das Gefühl, dass du bereits alles weißt. Oder bist du in Wahrheit so kaltherzig, dass es dich einfach nicht interessiert?« Ich verstummte.

»Inzwischen solltest du das besser wissen, Julie.« Genau das war das Problem.

»Soweit ich weiß, kann ich dir nur vor den Kopf schauen, nicht dahinter! Ich beurteile das, was ich sehe.« Er ließ sich direkt neben mir ebenfalls auf das Sofa sinken. »Nein, ich bin nicht kaltherzig. Vielleicht emotional gefasst, aber mehr auch nicht. Über meinen Job kann ich dir nichts sagen. Du musst mir da wirklich vertrauen.« Unsicher berührte er mich und rutschte ein Stück näher zu mir.

»Auch auf die Gefahr hin, dass du mir nicht glaubst oder denkst, dass ich es nur sage, um dich vom Wesentlichen abzulenken. Ich habe mich in dich verliebt, Julie. Alles auf dieser gottverdammten Welt würde ich tun, um dich zu schützen. Bitte vertrau mir.« Ich schüttelte den Kopf.

»Das kann ich nicht, Liam. Egal, wie sehr ich es auch probiere, es geht nicht. Wenn du wirklich Gefühle für mich hast, dann solltest du ehrlich zu mir sein. Liebe braucht einen sicheren Rahmen und ich bin nicht bereit mehr zu investieren, wenn du nicht ehrlich zu mir bist.« Ihm wich sämtliche Farbe aus dem Gesicht.

»Es liegt nicht an dir, Julie. Mein Job ist riskant und es hängen so viele Leben daran. Vielleicht kann ich es dir irgendwann erklären, aber im Moment noch nicht.« Ein Kloß hatte sich in meinem Hals gebildet und nahm mir langsam die Luft zum Atmen.

»Du bist durcheinander. Das kann ich vollkommen verstehen, aber zweifle bitte nicht an mir. Du bist mir zu wichtig und es tut verdammt weh, zu wissen, dass du mir nicht vertraust.« Kleine Tränen bahnten sich ihren Weg. *Schalt endlich deinen Dickschädel aus. Mit deiner Grübelei machst du dir alles kaputt. Was soll schon passieren?* Sabrinas Worte hallten durch meinen Kopf. Seit ich sie kannte, konnte ich mir regelmäßig diesen Spruch anhören. Das letzte Mal war gar nicht so lange her. Ich hatte auf sie gehört und es war eine Menge passiert. Allerdings war nichts davon Liams Schuld gewesen und trotzdem hatte ich ihn als Sündenbock auserkoren. Das Schicksal hatte uns aneinander gekettet. So langsam aber sicher sollte ich das akzeptieren. Ich konnte meine Augen verschließen, wenn ich bestimmte Dinge nicht sehen wollte. Aber mein Herz konnte ich nicht vor meinen Gefühlen verschließen. Liam berührte mich auf einer Ebene, die ich kaum verstand. Blind und ohne Worte. Bewegte der eine sich, glich der andere die Bewegung aus. Wie zwei Magnete zogen wir uns immer wieder an. Ich konnte das weiterhin ignorieren und so tun, als hätten wir keine tiefere Beziehung zueinander. Puzzlestück für Puzzlestück hatte sich zusammengefügt. Seit heute wusste ich, warum ich ihm trotz meiner Bedenken dennoch vertraut hatte.

»Es tut mir leid. Du hast wahrscheinlich recht. Die letzten Wochen waren einfach zu viel für mich.« Behutsam zog er mich auf seinen Schoß.

»Das weiß ich. Du solltest aber auch wissen, dass ich mich nicht vertreiben lasse.« Zärtlich legte er die Hände an meine Wangen.

»Was ich gesagt habe, habe ich ehrlich gemeint. Ich liebe dich und alles was ich will, ist, dich glücklich zu machen und dich vor allem Unheil dieser Welt zu schützen.« Von seinen Worten ergriffen, ließ ich die Stirn gegen seine Schulter sinken. Liebevoll streichelte Liam an meinem Rücken auf und ab.

»Komm. Ich werde dich jetzt in dein Bett tragen und dann schlafen wir beide erst mal aus.« Ohne meine Antwort abzuwarten, stand er mit mir auf und trug mich ins Schlafzimmer.

»Gute Idee, ich bin hundemüde.«

Eine innere Unruhe weckte mich mitten in der Nacht. Schweißgebadet stand ich auf, um in eines der Nebenzimmer zu gehen. Dann wählte ich die Nummer auf dem Display.

»Gibt es etwas Neues?«, wollte ich wissen.

»Nicht wirklich, außer, dass dein Herzchen aufgewacht ist, seine Sache beendet hat und wie ein Geistesgestörter etwas plant. Sei vorsichtig. Den Typen kann ich nicht einschätzen.« Ich schnaufte verächtlich. »Leg die Fährte und behalte ihn im Auge.« Dann beendete ich das Telefonat. Beruhigt stieg ich zurück ins Bett.

Zärtlich streichelte jemand meinen Bauch und an meinem Po konnte ich deutlich eine Erektion spüren. Im Halbschlaf rieb ich mich daran. Liams leises Knurren war zu vernehmen. Küssend und knabbernd beschäftigte er sich mit meinem Nacken. Eine Hand fuhr hinauf zu meinen Brüsten und streichelte über meine Brustwarze. Die andere wanderte nach unten und versank in meinem Slip. Immer stärker rieb ich meinen Hintern an seiner Erektion. Mit den Fingern teilte er meine Schamlippen und drang in mich ein. Ein raues Stöhnen entrang sich meiner Kehle. Es war himmlisch, so geweckt zu werden. Noch immer hatte ich meine Augen geschlossen und genoss ganz die Berührungen. Hitze breitete sich in meinem Körper aus. Mit kreisenden Bewegungen versenkte er seine Finger in mir. Daumen und Zeigefinger spielten mit meinem steifen Nippel. Ich wünschte mir, er würde sich sofort in mir versenken. Er sollte da unten sein, zwischen meinen Beinen.

»Ich mag nicht spielen«, teilte ich ihm zwischen meinem Stöhnen mit.

»Was möchtest du dann, Liebste?« Mit meiner freien Hand fasste ich nach hinten, um es ihm gleichzutun. Hart umfasste ich ihn und begann, meine Hand zu bewegen. Sein knurrender Laut verriet mir, dass ich alles richtig machte.

»Ich habe verstanden«, erwiderte er zwischen zusammengebissenen Zähnen.« Ich hörte den Stoff meines Slips reißen, bevor ich es überhaupt merkte. Stürmisch schob er meine Hand beiseite und versenkte sich in mir. Eng presste mich Liam an seine Brust und verfiel in einen kleinen Wahn. Unfähig, mich zu bewegen, genoss ich seine harten Stöße. Es war heftig und unbeschreiblich zugleich. Wir verschmolzen ineinander. In diesem Moment gab es nur ihn, mich und ungebändigte Lust. »Ich liebe dich auch«, wisperte ich und ließ mich von der Welle meines Höhepunktes mitreißen. Ich konnte spüren, wie auch Liams Körper sich anspannte und ebenfalls von einem gewaltigen Höhepunkt mitgerissen wurde.

13

So lebendig hatte ich mich seit Tagen nicht mehr gefühlt. Ausgeschlafen, geliebt und noch vor dem Frühstück befriedigt.

»Jetzt fehlt nur noch das Frühstück«, bemerkte ich.

»Das hättest du auch eher sagen können. Ich bin multitaskingfähig. Währenddessen hätte ich dein Frühstück machen können«, scherzte er und entlockte mir so ein herzhaftes Lachen. Die Vorstellung allein war genial.

»Ich werde es im Hinterkopf behalten.« Langsam entwand ich mich aus seiner Umarmung.

»Komm wieder ins Bett.« Sein Ausdruck war gequält. Kurz war ich davor, ihm nachzugeben, schüttelte aber den Kopf.

»Mein Magen knurrt. Außerdem habe ich heute noch etwas vor.« Stirnrunzelnd blickte er zu mir.

»Das wäre?« Am liebsten hätte ich ihn noch ein wenig schmoren lassen.

»Was hältst du von einem Tag im Schwimmbad? Mir ist nach körperlicher Aktivität«, tat ich ihm kund. Mit einem Satz sprang Liam auf, verfehlte mich allerdings.

»Körperliche Aktivitäten kannst du auch hier von mir bekommen.« Ungläubig schüttelte ich den Kopf.

»Vergiss es«, erwiderte ich frech und rannte aus dem

Zimmer. Wie immer sahen meine Chancen schlecht aus, aber der Spaß war es allemal wert, auch wenn ich ständig verlor. Dieses Mal schaffte ich es jedoch bis in die Küche. Am Fenster hielt ich an und drehte mich zu Liam um. Während ich noch mein Shirt trug, war er komplett nackt und bot einen höllisch heißen Anblick.

»Du weißt, was mit bösen Mädchen passiert«, sagte er mit samtweicher Stimme. Oh ja, das wusste ich.

»Nichts da! Kommt nicht infrage. Auch wenn ich mich gerne von dir bestrafen lassen würde. Das muss bis heute Abend warten.« Er schüttelte leicht seinen Kopf und kam einen Schritt weiter auf mich zu.

»Liam«, drohte ich ihm. Das war genauso zwecklos, wie vor ihm davonzulaufen, aber ich konnte es ja probieren. Lässig sank er gegen die Arbeitsplatte, den Blick auf mich gerichtet.

»Komm doch einfach freiwillig zu mir. Dann komme ich dir mit der Strafe ein wenig entgegen.« Ich konnte es kaum fassen. Dieser leibhaftige Adonis stand in meiner Küche und dachte, mit ein paar lieben Worten würde ich mich beeindrucken lassen. Pah.

»Nein, nein und nochmals nein! Ich würde gerne schwimmen gehen«, bekräftigte ich noch einmal. In einem Moment der Unachtsamkeit schnellte er nach vorn und packte meine Handgelenke.

»Hab ich dich.« War klar, wer hier gewann.

»Und, was wirst du jetzt mit einem unartigen Mädchen wie mir machen?« Ohne Vorwarnung hob er mich über die Schulter.

»Du weißt schon, dass das mega erniedrigend ist. Ich bin doch kein Sack.« Die Luft wurde mit jeder Bewegung aus meinen Lungen gepresst.

»Pssst.« Er stellte mich wieder auf die Beine.

»Und nun?«, piesackte ich weiter. Sicher würde es ihm nicht gefallen, wenn ich mich teilnahmslos verhielt.

»Hast du so wenig Fantasie?« Eine Antwort blieb ich ihm schuldig, denn es klingelte an der Tür.

»Ironie des Schicksals, mein Lieber. Ich hab dir ja gesagt, wir gehen schwimmen.« Schnell eilte ich zur Gegensprechanlage.

»Ja?«, fragte ich.

»Hauptkommissar Schröder. Es tut mir leid, wenn wir Sie schon wieder stören müssen. Hätten Sie noch einmal kurz Zeit, Frau Williams?« Pfff, wollten die mir jetzt echt meinen schönen Tag mit Liam versauen?

»Ja, na klar. Kommen Sie hoch.« Ich betätigte den Summer und lief zurück ins Schlafzimmer. Liam hatte sich nur eine Boxershorts angezogen und wartete.

»Mehr willst du nicht anziehen?«, fragte ich ungläubig. Es klopfte an der Wohnungstür.

»Zieh dich an. Ich gehe.« Schwups, war er auch schon aus dem Zimmer. Schnell nahm ich eine Hose und ein

Shirt aus dem Schrank. Wenn Liam ihnen so die Tür öffnete, dann fiel ich mit meiner alten Hose auch nicht weiter auf. Im Eiltempo zog ich mich an und rannte wieder nach vorn.

»Entschuldigung, wir lagen noch im Bett. Normalerweise öffne ich so keine Türen«, beteuerte ich.

»Kein Problem. Wir sind auch eher, na ja, nicht dienstlich hier.« Unsicher warf ich erst einen Blick zu Liam, dann wieder zu dem Beamten vor mir.

»Das heißt?«, fragte Liam forsch.

»Wir haben einen anonymen Hinweis bekommen und versucht, diesbezüglich etwas herauszufinden.« Er sah sich hilfesuchend nach seinem Kollegen um.

»Wissen Sie, Sie kommen mehr oder minder privat hierher, so, wie Sie sich ausdrücken. Ich glaube, dann dürften meine Freundin und ich wenigstens die Wahrheit erfahren und vor allem sprechen Sie nicht in Rätseln.« Liams Umgangston war rau und bestimmt.

»Entschuldigung. Wir haben heute Morgen einen Anruf vom Arbeitgeber eines Ihrer Nachbarn bekommen. Er beschrieb Ihre Nachbarin als zuverlässig und pünktlich. Normalerweise werden wir nicht so schnell tätig. Nach den Vorkommnissen in den letzten Wochen hielten wir es aber für notwendig. Niemand hat die Frau seit dem Wochenende gesehen. Nur, so ganz glauben wir das nicht.« Er holte Luft und sah uns beide wieder an. »Ich wüsste nicht, wie wir Ihnen da helfen könnten. Zum Teil haben wir die Tage auch nicht hier verbracht«, sagte ich.

»Seien Sie mir nicht böse, aber ich verstehe den Sinn Ihres Besuches nicht ganz. Natürlich dürfen Sie uns zu ermittlungstechnischen Sachen gerne fragen, allerdings gab es auch genügend Dinge, die wir verdauen mussten.« Ich schluckte und wartete auf die Reaktion der Polizisten.

»Wir wollen Ihnen nichts Böses, verstehen Sie uns auch. Egal, was hier auch geschieht, Sie beide sind ein Teil davon. Es gibt Aussagen, die uns mitteilten, dass Sie erst seit Kurzem zusammen sind, um genauer zu sein, seitdem die Probleme hier angefangen haben. Was ist, wenn Ihr Freund eifersüchtig ist und hier alles kurz und klein schlägt. Sie könnten ihn ja bei einem Streit verletzt haben!« Ich konnte die Galle schmecken, welche mir bei seinen Worten direkt hochkam.

»Es reicht«, donnerte Liam los. »Sie kommen hierher und stellen solche Beschuldigungen an, weil Sie zu dumm sind, Ihren Job richtig zu machen.« Oh Gott, ich schlug meine Hände auf den Mund. Hoffentlich würden Sie ihn nicht gleich einkassieren.

»Ich halte es für das Beste, wenn Sie diese Wohnung auf der Stelle verlassen und vorerst nicht wiederkommen. Falls Sie noch Fragen haben sollten, können

Sie sich an meinen Vorgesetzten wenden.« Eilig ging er ins Schlafzimmer und legte den beiden eine Visitenkarte vor die Nase.

»Sie arbeiten für Monsieur Le Garde?«, fragte er überrascht. Liam nickte. Wer zum Teufel war das überhaupt?

»Der Mann ist eine Legende. Es gibt keinen Fall, den er nicht gewonnen hat.« *Hallo*, wollte ich in die Runde schmeißen, wer war der Typ bitte? Und warum kannte ihn jeder außer mir?

»Es tut uns leid. Sie müssen verstehen, dass wir allen Richtungen nachgehen müssen.« Hauptkommissar Schröder nahm die Karte vom Tisch und beide verabschiedeten sich ohne ein weiteres Wort.

»So, mein Lieber«, sagte ich.

»Als Erstes möchte ich wissen, wer dieser Le Garde ist und als Nächstes erklärst du mir, was das hier eben war.« Die letzten Wochen waren beschissen genug gewesen und nun stand ich offensichtlich auch noch unter Verdacht.

»Monsieur Le Garde ist mein Arbeitgeber und einer der besten Anwälte, die man kennen kann. Dies zu deiner ersten Frage. Zu der zweiten: Es ist ganz normal, dass sie auch in deine Richtung ermitteln. Immerhin, wie schon erwähnt, passiert alles in deiner Umgebung oder du bist ein Teil davon.« Wieder eine völlig unbefriedigende Auskunft.

»Und du arbeitest als was für ihn? Ich meine, die Polizisten sind gerade eingeknickt, nachdem du ihnen die Karte gegeben hast«, bemerkte ich.

»Julie, ich kann dir dazu nicht viel sagen. Das meiste unterliegt der Schweigepflicht, an die ich ebenso gebunden bin wie er auch. Du musst mir einfach vertrauen.« Enttäuscht ließ ich meine Schultern sinken. Das Thema hatten wir zur Genüge und es ging weniger um Vertrauen dabei.

»Du weißt, dass es nicht darum geht, dass ich dir nicht vertraue. Ich möchte doch nur mehr über dich erfahren.« Liam nahm mich in seine Arme und legte den Kopf gegen meine Stirn.

»Ich rede mit meinem Chef. Aber ich werde dir definitiv nicht alles erzählen können. Meine Worte waren ernst gemeint, es hängen sehr viele Leben an meinem Job, und wenn ich dieses Geheimnis mit dir teile, dann müsste ich meine Arbeit entweder an den Nagel hängen oder dich töten.« Beim letzten Wort schluckte ich schwer und stieß ihn von mir weg.

»Du würdest mich töten, wenn ich etwas über dieses Thema erfahren würde?« Ungläubig starrte ich ihn an.

»Hey, das war ein Scherz. Leg nicht jedes Wort auf die Goldwaage. Wenn ich das tun würde, dann würde ich mir anschließend selbst das Leben nehmen.« Ich rollte mit den Augen.

»Darüber macht man keine Scherze, Liam. Und nur zur Info, Romeo und Julia gab es bereits.« Sein Lachen erfüllte den Raum. Wie auch immer er es anstellte, ich konnte ihm nicht lange böse sein. Ich schob meine Neugier in die hinterste Ecke. Der Tag hatte so schön angefangen und ich wollte ihn nicht mit Zweifeln oder unnötigen Gedanken kaputtmachen. Auf meiner imaginären Liste vermerkte ich mir allerdings, dass ich dringend einen Termin bei einem Psychologen machen sollte.

»Ich glaube, du wolltest schwimmen gehen.« Unsanft packte er mich erneut und trug mich ins Bad.

»Nein, so hatte ich das nicht ganz gemeint.« Doch meine Gegenwehr war für die Katz. Mit Klamotten stellte er mich unter die Dusche. Kaltes Wasser sauste auf mich herab. Unwillkürlich zuckte ich zusammen und schrie auf. Na warte, dieses Spiel konnten zwei spielen. Ich griff nach seinem Arm und zog ihn zu mir.

»Ich teile gerne.« Nun standen wir da, klitschnass, unter kaltem Wasser. Liams Haare klebten verführerisch an seiner Stirn.

»Das weiß ich doch.« Leidenschaftlich küsste er mich und stellte warmes Wasser ein. Ich vergrub meine Hände in seinen nassen Haaren, zog ihn ein wenig näher zu mir und erwiderte seinen Kuss. Meine Klamotten klebten wie eine zweite Haut an mir, reizten meinen ohnehin schon erregten Körper zusätzlich. Hart wurde ich gegen die Wand gedrückt. Stück für Stück entledigte er mich meiner Sachen. Seine Finger streichelten meine erhitzte Haut. Immer mehr schürte er mein Verlangen. Ich wollte diesen Mann, nein, ich brauchte diesen Mann. Beides. Fest krallten sich meine Fingernägel in seine Schultern, als er mich hochhob. Meine Beine umschlangen seine Hüfte. Warmes Wasser rann zwischen unseren Körper entlang und steigerte die Lust. Zärtlich drang er in mich ein und entlockte mir ein lautes Stöhnen. In einem stetigen Rhythmus bewegte er sich in mir und trieb mich an den Rand meiner Lust. Es war so erregend und unbeschreiblich. Immer drängender wurden seine Stöße. Verzweifelt klammerte ich mich an ihn und konzentrierte mich nur auf den Punkt zwischen meinen Beinen. Das warme Wasser trug dazu bei, dass ich nicht lange an mich halten konnte und in einen unglaublichen Strudel gezogen wurde. Mein Höhepunkt rollte wie eine riesige Welle über mich hinweg und trug mich weit fort. Mit einem letzten Stoß drang er in mich und ergab sich ebenfalls einem heftigen Höhepunkt.

Entspannt ließ ich den Kopf in den Nacken sinken. Der Vormittag hatte mir wieder gezeigt, warum es besser war, meinen Job an den Nagel zu hängen. Süßer Duft nach Kirschen lag in der Luft. Ich warf einen Blick zur Seite. In meinen Armen lag das Objekt meiner Begierde und schlief tief und fest. Sie allein war es wert, dass »Vengeur« ein für alle Mal starb. Allerdings gab es vorher noch drei Kleinigkeiten, die ich erledigen musste. Behutsam, ohne sie zu wecken, kuschelte ich mich an ihren nackten Körper. Monsieur hatte recht gehabt. Mit allem. Ich gab ihr noch einen kleinen Kuss und versank ebenfalls in einen ruhigen Schlaf.

»Hallo, schön dass ihr beide Zeit habt.« Ich ließ die junge Frau hinein und begleitete sie in mein Wohnzimmer.

»Hallo Jasmin, schön, dich zu sehen.« Freundlich nahm Liam seine alte Schulkameradin in die Arme. Nachdem wir endlich aufgestanden waren, bestand Liam darauf, dass wir den Deal mit ihr perfekt machten. Er war der Meinung, dass mir dann eine weitere Last von den Schultern genommen werde. Insgeheim gab ich ihm recht. Das Haus meiner Mutter verband ich mit Dingen, die ich am liebsten so schnell wie möglich abschließen wollte.

»Setz dich doch«, sagte er zu ihr und nahm am Tisch Platz. Ich stand weiterhin im Rahmen der Wohnzimmertür und beobachtete die beiden.

»Ich habe die Verträge bereits fertiggemacht.« Sie sah auf und blickte in meine Richtung.

»Entschuldigung, ich war ein wenig in Gedanken.« Liam hing bereits über den Verträgen.

»Le Garde?«, fragte er nur.

»Ja, niemand sonst«, bestätigte sie ihm. Wieder sah ich zwischen den beiden hin und her.

»Das heißt?«, warf ich kurzerhand dazwischen.

»Der Vertrag wurde von meinem Chef gemacht. Er ist also sozusagen vollkommen in Ordnung.« Jasmin, so hatte Liam sie genannt, lächelte und sah mich wieder an.

»Ich habe mir erlaubt, das Geld in der Kanzlei zu hinterlegen.« Wow, das ging alles ziemlich schnell. Zu schnell vielleicht. Liam sah mich besorgt an, als würde er meine Bedenken nachvollziehen können.

»Alles gut. Der Vertrag ist sauber. Wenn du möchtest, dann brauchst du nur noch zu unterschreiben, dein Geld holen und das Ganze ist vom Tisch.« War es wirklich so leicht, das alte Haus zu verkaufen? Endlich gab ich mir einen Ruck und nahm die Papiere an mich. Mit einem Blick auf Liam schlug ich die letzte Seite auf.

»Hier stimmt etwas nicht«, sagte ich. Jasmin sah mich

an und nickte mit dem Kopf. »Doch, der Preis stimmt so.« Ich war irritiert. Auf dem Blatt waren als Verkaufswert 50.000€ vermerkt. »Aber das sind 20.000€ mehr als angegeben. Warum?« Sie lächelte freundlich.

»Weil ich den Wert überprüfen lassen habe. Vor ein paar Wochen hat sich jemand das Haus in meinem Namen angesehen. Es ist definitiv mehr wert und ich bin ein ehrlicher Mensch.« Okay, es gibt sie also wirklich noch, ehrliche Menschen. Ich nahm den Kugelschreiber vom Tisch und setzte meinen Namen auf die Verträge. Erleichtert atmete ich auf, als ich ihr die Papiere reichte.

»Eine Last weniger, Julie. Ich mache mich nachher auf den Weg und hole das Geld ab. Natürlich nur, wenn du nichts dagegen hast. Ich wollte eh noch mal in die Agentur.« Was sollte ich schon dazu sagen?

»Gut, in Ordnung.« Jasmin erhob sich von ihrem Platz. »Danke, dass es so schnell geklappt hat.« Sie reichte mir meinen Vertrag.

»Ich hole gleich die Schlüssel. Im Haus stehen noch einige Möbel. Herr Sander von der Sozialstation wollte sie in ein paar Tagen abholen.« Sie winkte mit der Hand.

»Ich kümmere mich heute noch darum, dass sie ihm gebracht werden. Er ist ein sehr netter Mann und opfert viel Zeit. Ich denke, er wird sich über die kleine

Aufmerksamkeit freuen. Es war schön, dich wiederzusehen, Liam. Und natürlich, dich kennenzulernen, Julie. Ich wünsche euch beiden alles Gute und hoffentlich sehen wir uns bald mal wieder.« Herzlich drückte sie erst ihn und dann mich. Nachdem Liam sie hinausbegleitet hatte, kam er zu mir zurück.

»Ich hole dein Geld ab, und dann freue ich mich auf einen gemütlichen Abend mit dir.« Behutsam strich er mir eine lose Haarsträhne hinter das Ohr.

»Mach das. Ich werde mich meiner Lieblingsbeschäftigung widmen: Putzen!« Er lachte und gab mir einen kleinen Kuss zum Abschied.

»Bis nachher, Liebste.« Dann war auch er verschwunden. Tja, jetzt hatte ich genügend Zeit für mich und meinen Putzlappen. Und natürlich auch für meine Gedanken. Immer mehr wurde mir klar, dass der Psychologe echt keine schlechte Idee war.

*»Schön, dich zu sehen, **Vengeur**«, konnte ich die Stimme meines Chefs vernehmen.*

»Was verschafft mir die Ehre deines Besuches?« Ich trat einen Schritt an seinen Schreibtisch heran.

»Julie Williams. Jasmin hat hier das Geld für den Hauskauf hinterlegt.« Er schmunzelte leicht.

»Soso. Julie ist also die Dame deines Herzens. Der ein-

same Rächer ist zurückgekehrt, um seine Prinzessin erneut vor Unheil zu bewahren. Ich war nie der Typ für Romantik. Bei euch beiden, da werde ich glatt schwach. Weiß sie denn, wer du bist? Vor allem, weiß sie, wer ihr Vater ist? Machen wir es einfacher: Was hast du ihr überhaupt gesagt?« Er beendete seine kleine Rede.

»Sie weiß das, was ich sie wissen lasse. Keine Angst, über unsere Agentur weiß sie nichts. Wo wir gerade bei dem Thema sind: Sobald ich meinen Job erledigt habe, ist für mich Schluss. Ich werde meine Beziehung zu ihr nicht mit meiner Arbeit gefährden.« Er ließ sich noch tiefer in den Sessel sinken und bedachte mich mit einem wissenden Blick.

»Du hast genug für all diese Menschen getan. Es wird Zeit, dass du an dich denkst. Zwar bricht es mir das Herz, mein bestes Pferd im Stall zu verlieren, aber ich gönne dir dein Glück. Dein Vater wäre sehr stolz auf dich.« Ich nickte.

»Falls du irgendwann einmal Hilfe brauchst, dann weißt du, wie du mich findest. Unsere Türen stehen dir immer offen.« Er stand auf und holte einen großen Koffer aus dem Tresor.

»Danke«, sagte ich knapp. Mein Handy klingelte und ich nahm den Anruf von Maxime entgegen.

»Du musst sofort zurückkommen. Es tut sich etwas.« Ohne ein weiteres Wort stürmte ich aus der Kanzlei.

Bitte, lieber Herrgott, lass mich rechtzeitig da sein.

Nachdem ich gewischt hatte, gönnte ich mir eine kleine Pause auf dem Sofa. Dass ich mir keine Sorgen mehr machen musste, wie ich die nächsten Monate finanziell überleben sollte, erleichterte mich ebenso. Es klingelte an der Tür. Das ging aber schnell. Rasch lief ich über den gewischten Boden und betätigte den Türsummer. Gleichzeitig öffnete ich die Tür einen Spalt breit. Eilig rannte ich zurück ins Wohnzimmer und räumte die Papiere vom Tisch, die ich eigentlich endlich mal sortieren wollte.

»Mach vorsichtig. Ich habe gerade frisch gewischt«, rief ich aus, als ich hörte, wie die Tür ins Schloss fiel.

»Das ging aber schnell«, sagte ich und drehte mich um. Vor mir stand nicht Liam. Angst und Panik bemächtigten sich meines Körpers und ein leichtes Zittern setzte ein. Ich wünschte mir nichts sehnlicher, als dass Liam bald von seinem Termin zurückkam. Ansonsten hätte vermutlich meine letzte Stunde geschlagen.

14

Mit quietschenden Reifen kam ich vor Julies Wohnhaus zum Stehen. Maxime stand an sein Auto gelehnt, und sah zu mir herüber.

»Verdammt, du solltest auf sie aufpassen«, schrie ich wütend.

»Aber du hast doch gesagt, du willst ihn auf frischer Tat ertappen.« Angst verdrängte meine sonst vorhandene Ruhe.

»Sieh zu, dass du den Rest gebacken bekommst.« Dann rannte ich ins Haus. Wie gut, dass ich mir damals einen Schlüssel nachgemacht hatte.

»Was soll das?«, fragte ich den Mann vor mir. Er trug die gleiche Maske, wie an dem Abend, als er bei mir einbrechen wollte. In seiner Hand hielt er ein großes Küchenmesser. Seine Arme waren mit zahlreichen Verletzungen übersät. Mein Herz raste und ich konnte kaum klar denken. Reden half ja meistens, jedenfalls war es in den Serien immer so.

»Ich weiß, dass Sie mein leiblicher Vater sind. Was ich nur nicht verstehe, warum machen Sie das? Warum mussten all diese Menschen sterben? Niemand hatte

Interesse daran, Sie für das, was Sie getan haben, zur Rechenschaft zu ziehen. Sollten wir es nicht dabei belassen?« Er kam einen Schritt auf mich zu. Ich versuchte auszuweichen. Allerdings stand direkt hinter mir der Tisch. Der Mann deutete mit dem Messer direkt auf mich.

»Keiner, niemand, absolut niemand wird je von dir erfahren«, sagte er teilnahmslos. Mir wurde schlecht und der Raum drehte sich. Angst war kein guter Begleiter. Panisch sah ich mich um, in der Hoffnung, etwas zu finden, mit dem ich mich verteidigen konnte. Doch ich fand nichts und wusste, dass ich es auch nicht bis zur Küche schaffen würde.

»Wir vergessen, was vorgefallen ist, und ich verschwinde«, sagte ich mit leiser Stimme. Sein lauter Schrei ließ mich erzittern.

»Du bist Schuld. Du bist ein Kind aus der Hölle. Du willst mein Leben ruinieren.« Er machte einen weiteren Schritt.

»Ich bin erst glücklich, wenn du neben ihr im Grab liegst.« Ohne ein Anzeichen der Warnung überbrückte er die letzten Meter. In Panik griff ich nach den Dokumenten und schleuderte sie ihm entgegen. Den Moment der Verwirrung nutzend, lief ich an ihm vorbei. Doch er bekam mich zu fassen, zog mich ruckartig in seine Arme und legte mir das Messer an die

Kehle. Tränen bahnten sich ihren Weg. Ich wollte nicht sterben und vor allem nicht so.

Ich nahm zwei Stufen auf einmal. Was, wenn ich zu spät kam? Augenblicklich schoss das Bild meines Albtraumes durch meinen Kopf. Julie, wie sie sich die Kehle hielt, und verzweifelt versuchte zu atmen. Mit zittrigen Fingern steckte ich den Schlüssel ins Schloss. Von außen konnte ich einen kleinen Tumult hören. Ich stieß die Tür auf und blickte in ein heilloses Durch-einander von Papieren. Schnell ging ich weiter und hielt erneut. Ein dicker Kloß bildete sich in meiner Kehle. Julie.

Mit dem Messer am Hals blickte ich auf den Mann, den ich liebte. Er war hier, ein kleiner Hoffnungsschimmer.

»Hau ab«, schrie der Mann hinter mir. Immer fester grub sich das Messer in meinen Hals und ich konnte bereits fühlen, wie kleine Blutstropfen an meinem Hals entlangliefen.

»Das wollen Sie doch nicht wirklich«, versuchte ihn Liam zu beruhigen.

»Verschwinde.« Die Situation lief immer mehr aus dem Ruder.

»Geben Sie mir Julie. Ich versichere Ihnen, Sie werden

sie nie wiedersehen. Das Mädchen hat Ihnen nichts getan«, probierte er es weiter. Krampfhaft krallte ich mich in den Arm, mit dem ich umschlungen war. Ich konnte kaum noch atmen. Alles begann sich zu drehen. »Halts Maul. Sie muss sterben. Ich lasse mir mein Leben nicht nehmen und ich gehe nicht in den Knast.« Liam sah panisch von ihm zu mir. Er war verzweifelt. »Sie können das Mädchen nicht für Ihren Fehler bestrafen.« Liams Beruhigungstaktik ging nicht auf. Im Gegenteil. Er heizte seine Aggressionen nur noch weiter an. Mit mir schob er sich immer weiter zur Tür.

»Ich werde jetzt gehen und das vollenden, was ich damals schon hätte machen sollen.« Langsam ging er weiter voran.

»Aus dem Weg.« Liam wich zur Seite und ließ ihn gewähren. Mit großen Augen blickte ich ihn an. Ich war verloren.

Mir waren die Hände gebunden. Ich war endgültig in meinem eigenen Albtraum angekommen. Julie in der Gewalt dieses Irren zu sehen, machte mich wahnsinnig. Wie sollte ich ihr helfen, ohne sie in Gefahr zu bringen? Dass er bereit war zu töten, stand außer Frage. Er hatte seine eigene Frau umgebracht. Ehe er die Wohnung verlassen konnte, versuchte ich mein Glück erneut.

»Sagen Sie mir, was damals passiert ist.« Er hielt inne. Ich konnte seine Unsicherheit und den Zorn spüren. Die Menschen verhielten sich in der Situation mit meiner Person oft so. Nur dieses Mal war der Spieß umgedreht.

»Ich wollte das alles nicht. Sie haben mich dazu gezwungen.« Krampfhaft versuchte ich auszumachen, wie er sich verhalten würde. Jedes meiner Worte musste explizit gewählt sein. Erst wissen, dann handeln. Das hatte ich als kleiner Junge schon verstanden.

»Das glaube ich Ihnen. Wer hat Sie dazu gezwungen?« Er knickte leicht ein, hielt Julie aber immer noch fest gefangen. Ihr ging die Luft aus, das sagte mir ihre verkrampfte Haltung. Ich musste mich einfach mehr ins Zeug legen.

»Wenn Sie Julie schon töten wollen, meinen Sie nicht, Sie hätte die Wahrheit verdient? Machen Sie Ihrem Gewissen reine Luft«, versuchte ich es weiter. Er ließ ihren Oberkörper kurz los und zog sich die Maske vom Kopf. Achtlos fiel sie zu Boden.

»Es war doch nur eine Wette. Ich wusste nicht, dass Adelena es nicht wollte.« Er zitterte, Nervosität hatte schon einige Täter aus dem Gleichgewicht gebracht. Aber sie konnten auch Schuld an unüberlegten Handlungen sein.

»Dass Sie was nicht wollte? Eine Wette? Worum ging es

dabei?« Wieder ließ er Julie einen Moment lang los und wischte sich den Schweiß von der Stirn.

»Ich habe sie geliebt. Dass die beiden anderen sie vergewaltigt hatten, wusste ich nicht.« Julies Blick fixierte mich. Dass sie die Ruhe bewahrte, erleichterte mich ungemein.

»Wie ist das damals gelaufen? Hat man Sie reingelegt?« Er nickte.

»Wir haben eine kleine Party im Waldhaus veranstaltet. Sie und einige andere feierten mit Wolfgang und Dieter Geburtstag. Adelena war angetrunken. Irgendwann sagten die beiden mir, dass sie auf mich warten würde. Der Raum war so dunkel und ich war so betrunken. Ich wusste doch nicht, was ich da tat.« Seine Aussage passte zu dem, was in den Unterlagen von Monsieur stand.

»Ich glaube Ihnen. Aber bitte machen Sie doch nicht noch einen Fehler. Julie kann doch am allerwenigsten dafür. Mein Gott, das Mädchen ist Ihr Kind.« Die Stimmung schlug schlagartig um.

»Mein Kind, pah, sie ist der Dreck, der übriggeblieben ist und sie muss weg.« Eilig schob er sich mit ihr aus der Wohnung. Ich folgte ihm.

»Bleib, wo du bist, oder ich schneide ihr die Kehle durch!« Angespannt tat ich es und sah ihm nach, wie er mit ihr Stück für Stück weiter nach unten ging. Ich zog

mein Handy aus der Tasche und wählte die letzte
Nummer noch einmal.

»Ich brauche dich, jetzt.« Dann rannte ich hinterher.

Verzweifelt ließ ich mich nach unten zerren. Liam hatte sein Möglichstes versucht und auf ihn eingeredet. Leider ohne Erfolg. Er lockerte die Umklammerung, um die Tür des Hauseingangs zu öffnen. Doch es bestand für mich keine Möglichkeit zur Flucht. Er zog mich weiter ins Freie. »Lassen Sie das Messer fallen.« Panisch blickte er in die Runde. Ich eingeschlossen. Das Haus war mit Polizei umstellt. »Lassen Sie die Frau gehen, Herr Schulz.« Auch Liam trat ins Freie. »Verschwindet, oder ich schneide ihr die Kehle durch. Es gibt nichts mehr, was ich verlieren könnte.« Angespannt wartete ich die Reaktionen ab. Meine Angst wich einer kleinen Erleichterung. Hoffnung keimte auf, dass man ihn erschießen würde, bevor er mir die Kehle aufschneiden konnte. »Bitte lassen Sie mich gehen. Ich verzeihe Ihnen, was damals geschehen ist«, probierte ich es noch einmal. »Herr Schulz, lassen Sie die Frau gehen. Es ist vorbei.« Am liebsten hätte ich geschrien, dass sie alle ihre Klappe halten sollten. Jedes Wort erregte ihn noch mehr. Ich konnte das Zittern spüren, welches sich seines Körpers bemächtigte.

Kurz wich die Angst einer Erleichterung, als ich die zahlreichen Polizisten vorm Haus sah. Allerdings waren ihre Möglichkeiten gering. Sie konnten nicht schießen, ohne Julie dabei zu verletzen.

»Sie haben mir oben gesagt, dass Sie das nicht wollten. Julie zu töten, bringt Ihnen nichts mehr. Lassen Sie ihr das Leben.« Der Wagen meines Chefs bog in die kleine Auffahrt. Eilig stieg er aus und ging zu dem Polizisten, der offenbar den Einsatz leitete.

»Thorsten, was soll der ganze Unsinn? Deine Tochter kann am allerwenigsten dafür. Lass Sie frei und ich werde dir helfen.« Doch er schüttelte nur mit dem Kopf.

»Du wolltest mich in den Knast bringen. Du elender Hurensohn. Dein beschissenes Pflichtgefühl rettet dich auch nicht.« Die Situation wurde unkontrollierbar. In meinem Kopf arbeitete ich mir bereits einen Plan aus, wie ich ihn überwältigen konnte.

»Adelena und Wolfgang waren wie Geschwister für mich. Auch wenn du nicht wusstest, was du getan hast. Du hättest dazu stehen müssen. Stattdessen hast du all die Jahre unzählige Menschen umgebracht, damit dieses kleine Geheimnis nicht ans Licht kommt. Adelena hatte die Verschwiegenheitsvereinbarung für ihre Tochter unterschrieben. Du brauchtest dich nicht sorgen.« Er

schnaubte verächtlich.

»Sie waren mir im Weg. Susanne auch. Alle mussten weg. Es hätte damals ein Ende haben können.« Ich ging einen weiteren Schritt auf ihn zu und signalisierte Monsieur, weiterzusprechen.

»Susanne konnte überhaupt nichts dafür. Du hast einem Sohn die Mutter und einem Mann die Frau genommen.« Ich wechselte einen weiteren Blick mit Maxime.

»Susanne hätte nur gehen müssen. Stattdessen hat sie diesem Bastard das Kind in die Hand gedrückt. Stundenlang habe ich nach den Bälgern gesucht.« Dass er über Julie und mich sprach, stand außer Frage.

»Komm schon, leg das Messer weg. Wir finden eine Lösung. Nur Mord ist keine.« Bei den Worten meines Chefs hätte ich am liebsten aufgelacht. Mord war seit Jahren unsere Lösung.

»Doch, die Einzige.« Ich befand mich nur noch einige Meter hinter ihm.

»Du bist schwach geworden, Thorsten, und ich schäme mich, dass du einmal mein Freund gewesen bist.« Meine Chance kam und ich ergriff sie. Aus der Situation heraus nahm er das Messer von Julies Hals und hielt es Monsieur entgegen. Schlagartig packte ich die Hand, in der er es hielt, und riss sie nach hinten. Um sich gegen mich zu wehren, gab er Julie frei. Maxime eilte zu ihr *und entfernte sie aus der Schussbahn. Wie im Rausch folgte ein Tritt in die Kniekehlen und er ging wimmernd zu Boden. Meine Hände legten sich fast automatisch um seinen Kopf.*

»Hör auf«, schrie eine Stimme laut und ich blickte hoch. »Liam, du hast das im Griff. Du bist stärker als die Wut in dir.« Mein Atem ging stoßweise. Mein Blick ging zur Seite, wo Maxime mit Julie im Arm stand und versuchte, sie zu trösten. Dann sah ich wieder auf Monsieur. Meine Hände lösten sich und ich trat beiseite. Kraftlos sank ich auf die Knie. Das, was ich war, hatte mich genau dazu gebracht, meine schlimmste Angst wahr werden zu lassen.

Angespannt blickte ich auf die Situation vor mir. Alles ging so verdammt schnell. Liam stand wild entschlossen hinter meinem leiblichen Vater. Die Hände an seinen Kopf gelegt. Der Mann, der die ganze Zeit beruhigend gesprochen hatte, war an ihn herangetreten und hielt ihn davon ab. Von was? Liams Augen fixierten mich kurz, dann ließ er los. Verzweifelt sank er zu Boden und barg sein Gesicht in den Händen. Polizisten schwärmten aus und nahmen meinen Vater fest. Langsam ging ich auf Liam zu und legte behutsam die Hand auf seine Schultern.

»Ich dachte, ich würde dich verlieren«, flüsterte er erschöpft. Ich sank ebenfalls auf die Knie.

»Du hast mir das Leben gerettet, schon wieder«, erwiderte ich sanft. Doch er schüttelte nur mit dem Kopf.

»Nein, ich bin Schuld daran, dass es überhaupt so weit gekommen ist.« Ungläubig starrte ich ihn an. Ich verstand nicht, was er mir damit sagen wollte.

»Frau Williams, lassen Sie sich untersuchen. Ich kümmere mich um Liam«, sagte der Mann von eben. Zwei Rettungssanitäter kamen auf mich zu gerannt und ich konnte nur zusehen, wie der Mann Liam von hier weg brachte.

»Die Wunde ist nicht sehr tief«, sagte der Sanitäter.

»Allerdings sollten wir den Schnitt reinigen und verbinden. Kommen Sie mit zum Krankenwagen.« Ich folgte ihm. Zehn Minuten später hatte er die Wunde gereinigt und verbunden. Hauptkommissar Schröder wartete draußen auf mich.

»Wie geht es Ihnen?«, wollte er wissen. Ich zuckte mit den Schultern.

»Fragen Sie mich das, wenn sich der Schock gelegt hat.« Er lachte kurz und unsicher.

»Er ist geständig. Wir vermuten, dass er seine Mitwisser zum Schweigen bringen musste, da sie bereit waren zu reden. Wir werden ihn jetzt erst mal in eine psychiatrische Klinik einweisen. Alles andere liegt nicht mehr in unserer Hand. Versuchen Sie, zur Ruhe zu kommen und melden Sie sich, wenn Sie bereit sind, Ihre Aussage abzugeben.« Ich nickte. Erschöpft ging ich zurück ins Haus. Meine Gefühlswelt war eine Sache für sich und ich brauchte mir diesbezüglich nichts vormachen. Ohne einen guten Psychologen würde ich genauso enden wie mein biologischer Vater. Ich ließ die Tür ins Schloss fallen und lehnte mich dagegen. Gedanken machte ich mir momentan mehr um Liam. Als er ihn überwältigt hatte, hatte ich das Gefühl, jemanden vor mir zu sehen, den ich nicht kannte. Auch danach war er wie versteinert. Ich hoffte sehr, dass er die Hilfe bekam, die er brauchte. Fürs Erste würde ich meine Scherben aufsammeln und abwarten, wie immer.

»Ich werde ihr die Wahrheit sagen«, bekräftigte ich meine eben getätigte Aussage noch einmal. »Das musst du für dich entscheiden.« Seit zwei Tagen hielt mich Monsieur inzwischen von Julie fern. Er hatte Angst, so sagte er, dass ich mich nicht im Griff haben könnte. Ich nahm den Koffer vom Tisch und verschwand ohne jeglichen Gruß. Für mich gab es kein Zurück mehr. Julie war die Frau, die ich liebte und für kein Geld der Welt würde ich sie noch einmal unnötig in Gefahr bringen.

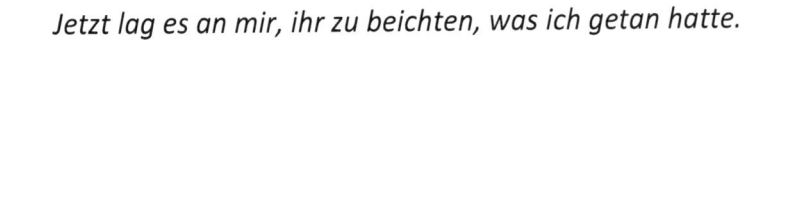

Jetzt lag es an mir, ihr zu beichten, was ich getan hatte.

15

Zwei lange Tage hörte ich nichts von Liam, bis er sich mit einer SMS ankündigte. Ich war gespannt, denn er wollte dringend mit mir reden. Aufregung und Ungewissheit mischten sich in meine ohnehin schon angespannten Nerven. Seit dem Vorfall bekam ich regelmäßig Anrufe von Zeitungen, ob ich nicht zu einem Interview bereit wäre. Genervt lehnte ich jedes Gespräch diesbezüglich ab. Es gab nichts, worüber ich sprechen wollte. Die Ereignisse hingen schwer an mir und Albträume plagten mich. Auch Liams Abwesenheit trug nicht gerade zu meinem Wohlbefinden bei. Denn ich hatte gehofft, dass er mir zur Seite stand. Es klingelte an der Tür und ich erhob mich von der Couch. Nachdem ich den Türsummer betätigt hatte, öffnete ich die Tür und wartete, dass er die Treppe hinauf kam. Sein Anblick verschlug mir fast die Sprache. Zwar trug er, wie sonst auch, eine Jeans und ein weißes Hemd, allerdings zierten dunkle Ringe seine Augen. Und ein Drei-Tage-Bart war für ihn ungewöhnlich. Ich ging ein Stück zur Seite und ließ ihn eintreten. »Wie geht es dir?«, fragte er unsicher. Offenbar fühlte er sich furchtbar. Sein äußeres Erscheinungsbild verstärkte diese These.

»Gut wäre gelogen«, erwiderte ich knapp und nahm auf dem Sofa Platz.

»Kann ich mir vorstellen.« Die Atmosphäre war angespannt und verkrampft.

»Du wolltest mit mir reden. Ich bin ganz Ohr. Falls du vorhast, mich zu verlassen, dann mach es kurz und schmerzlos. Ich bin gerade nicht in der Verfassung, noch mehr zu ertragen als nötig.« Er schüttelte unglaubwürdig den Kopf.

»Nichts dergleichen habe ich vor, Julie. Allerdings könnte es sein, dass du es vielleicht möchtest.« Er stellte den Koffer auf den Tisch und sah zu mir herüber.

»Ich habe lange überlegt, wie und ob ich es dir sagen soll. Und weiß Gott, es fällt mir nicht leicht.« Konnte er es nicht einfach frei heraus sagen?

»Die Agentur, für die ich arbeite, na ja, es ist keine normale Agentur. Wir sind sehr speziell, ich bin sehr speziell.« Ihm stockte der Atem. Liam war kaum in der Lage, mich anzusehen.

»Das heißt was?«, wollte ich wissen.

»Im Grunde stimmt es schon, was ich dir damals gesagt habe. Ich helfe den Guten und bestrafe die Bösen.« Ich erinnerte mich an das Gespräch vor ein paar Wochen.

»Gerade im Moment kann ich dir aber nicht folgen, Liam. Wenn das so ist, dann machst du doch etwas Vernünftiges. Ich habe dir da immer vertraut und das weißt du.« Er schüttelte den Kopf.

»Du hast dem vertraut, was du gesehen hast. Nicht dem, was war.« Sprach er Japanisch oder verstand ich kein Deutsch mehr? Seine Worte ergaben einfach keinen Sinn.

»Dann klär mich auf«, bat ich ihn.

»Die Agentur kümmert sich um Menschen wie deine Mutter. Menschen, die in Angst leben und keine Hoffnung darauf haben, einen gerechten Prozess zu bekommen.« Er atmete stoßweise. Angespannt war kein Ausdruck dafür, was sich im Moment in seinem Gesicht abspielte.

»Was heißt das direkt?« Ich sollte darüber nachdenken, mir ein Wörterbuch zuzulegen. Liam-Deutsch, Deutsch-Liam.

»Wenn es Probleme dieser Art gibt, wird die Agentur gebucht. Wir kontrollieren, ob keine andere Möglichkeit infrage kommt. Ist die Situation geklärt, schickt Monsieur mich raus, um den Job zu erledigen.« Langsam und unaufhaltsam arbeitete es in meinem Kopf.

»Liam, sprich bitte Deutsch mit mir«, bat ich eindringlich.

»Mein Job ist es«, er pausierte kurz.

»Mein Job ist es, diese Menschen kurz und schmerzlos zu beseitigen.« Wie ein Schlag ins Gesicht wurde mir bewusst, was er da sagte.

»Kurz und schmerzlos zu beseitigen?«, fragte ich ungläubig. Liam kam einen Schritt auf mich zu. In Panik hob ich meine Hand, um ihn zu stoppen.

»Keinen Schritt weiter.« Wut, Angst, Hilflosigkeit, einfach alles. Sämtliche Gefühle, die im Angebot waren, rasten durch meinen Körper, und brachten mein Blut zum Kochen.

»Ich hoffe echt, das ist ein Scherz, Liam. Wenn ja, er war nicht besonders gut.« Doch er schüttelte wieder nur den Kopf.

»Nein. Es war kein Scherz.« Keine Ahnung, warum, aber ich fing an zu lachen. Wie oft in den letzten Wochen hatten wir unsere Scherze zu diesem Thema gemacht? Dieses ganze Serienkiller-Ding. Erschrocken schlug ich die Hände vors Gesicht.

»Was soll der Mist, Liam?« Ein großes Durcheinander hatte sich in meinem Kopf gebildet und ich hatte keinen Schimmer, wie ich alles wieder in Ordnung bringen konnte.

»Ich habe getötet. Und ich möchte, dass du die Wahrheit erfährst«, sagte er vorsichtig. Ich hatte das Gefühl, unter mir hatte sich ein riesiges Loch gebildet und drohte, mich zu verschlucken.

»Der Autounfall von deinen Nachbarn vor ein paar Wochen. Das war ich«, konnte ich ihn sagen hören. Das war ein schlechter Film, das war nicht wirklich.

»Das mit der Schlange, auch das war ich.« Ich schluckte die Magensäure hinunter, die langsam aber stetig in meiner Speiseröhre aufstieg.

»Warum?«, mehr konnte ich nicht sagen. Es war, als würde man in einem Glashaus sitzen und jederzeit musste man mit dem Stein rechnen, der alles zum Einsturz brachte.

»Das ist so krank. Du bist krank. Was weiß ich noch alles nicht? Was verdammt kommt noch?«, schrie ich ihn an.

»Weil ich dich liebe, und weil ich dich beschützen wollte, Julie«, sagte er.

»Ach, und weil du mich liebst, bringst du einfach mal so unzählige Menschen um die Ecke? Danach kommst du seelenruhig hierher und schläfst mit mir. Du widerst mich an.« Er machte einen Schritt auf mich zu. Panisch sprang ich erneut auf.

»Nicht! Fass mich nicht an! Was habe ich noch alles nicht gewusst?« Sein Brustkorb hob und senkte sich unruhig. Mein Herz dröhnte wie ein Güterzug und das Rauschen des Blutes in meinen Ohren war kaum zu ertragen.

»Ich habe es damals durch Zufall mitbekommen. Als ich dich in Blankenburg das erste Mal sah, hatte ich das Gefühl, dich zu kennen. Ich bin dir gefolgt. Nach dem Tod deiner Mutter habe ich immer öfter ein Auge auf dich geworfen. Die Begegnung auf der Landstraße, im Einkaufscenter und auch der Rest, das war nie zufällig. Ich hatte mitbekommen, dass deine Nachbarn etwas gegen dich planten, wusste aber nie, warum. Nur, dass ich eingreifen musste, bevor es zum Äußersten kam. Es ist mein Job, Menschen wie dich zu schützen, und das habe ich getan. Es hat mich angewidert, wie sie dich behandelt haben und wie sie versuchten, dich zu töten. Sie sollten genauso leiden wie deine Mutter damals und wie du jetzt.« Ich hielt mir die Hände auf die Ohren. Dass die Wahrheit schmerzlich war, wusste ich seit Kurzem. Aber was Liam mir hier erzählte, das riss mir den Boden völlig unter den Füßen weg. Er hatte mich belogen, mich benutzt. Und das Schlimmste, er hatte für mich getötet.

»Ich möchte, dass du gehst.« Liam ging einen Schritt auf mich zu.

»Nein! Du hast mir geschworen zu gehen, wenn ich das wünsche. Mit einem Menschen, der mich belügt, mich benutzt und obendrein noch Menschen tötet, will ich nichts zu tun haben. Mag sein, dass dich einige als Engel sehen. Ich für meinen Teil gehöre nicht dazu. Wie krank muss man sein, um das Leben eines anderen aus- zulöschen? Hattest du das mit mir auch vor? Muss ich jetzt Angst haben, jemals wieder nach draußen zu gehen? Immerhin kenne ich jetzt dein bitteres Geheimnis. Ich war so blind und so dumm. Wie konnte ich nur glauben, dass du mich liebst!« Das war zu viel für mich.

»Ich liebe dich, Julie. Es tut mir leid, was ich getan habe. Ich habe meinen Job an den Nagel gehängt, du hast mich verändert. Immer dachte ich nur, dass es darum geht. Dann kamst du und hast alles auf den Kopf gestellt. Und ich würde dir nie im Leben weh tun, niemals.« Bitter lachte ich auf.

»Gerade hast du es getan. Verschwinde und lass mich in Ruhe.« Ich drehte mich von ihm weg. Was sollte ich jetzt machen? Wie ging es für mich weiter? Der Mann, den ich über alles liebte, war ein Mörder. Die unschönen Hintergründe seines Jobs änderten dieses Bild einfach nicht. Was an ihm war echt? Was gespielt? Wollte ich das wirklich noch wissen?

»Ich gehe. Aber ich bin immer für dich da. Du weißt, wie du mich erreichen kannst.« Ich warf einen kurzen Blick über die Schulter. Einen Moment lang verharrte Liam regungslos. Dann ging er, für immer. Ich sackte zusammen und ließ meinen Tränen freien Lauf. Es war nahezu unmöglich, diesen Riss in meinem Herzen jemals wieder zu kitten. Und zu meiner Schande musste ich mir eingestehen, dass es nie wieder einen anderen Mann außer ihm geben würde. In dem Moment, wo er ging, hatte er mein Herz mitgenommen. Ich warf einen kurzen Blick auf den Zettel, den er neben den Koffer auf den Tisch gelegt hatte.

– Du weißt, wie Du mich erreichen kannst. –

»Was hast du erwartet? Dass sie dir freudestrahlend in die Arme fällt?«, bemerkte Monsieur. Nein, mit Sicherheit nicht.

»Gib ihr etwas Zeit. Deine Mutter hat auch ganz schön lange daran zu knabbern gehabt.« Überrascht sah ich ihn an.

»Ja, Susanne wusste, was dein Vater trieb, wenn er in der Nacht verschwand. Ich kann mich noch daran erinnern, wie sie es herausgefunden hat. Oh man. Für kein Geld der Welt hätte ich mit ihm tauschen wollen.« Er lächelte über seine Erinnerung.

»Weißt du, manchmal denke ich wirklich darüber nach, ob der Weg richtig ist, den wir gehen«, sagte ich angespannt und sah zum Himmel.

»Ich auch, Junge. Julies Mutter hat diese Agentur ins Leben gerufen und ich bin mir nicht sicher, ob sie heute noch den gleichen Effekt erzielt wie damals. Menschen ändern sich. Die Zeit ändert sich. Früher gab es für all diese Frauen nur noch einen Weg. Heute hat man mittels moderner Technik schon ganz andere Möglichkeiten. Trotzdem sollten wir sie nicht alleine lassen.« Ich *nickte, denn ich verstand ihn.*

»Ruh dich ein paar Tage aus. Wenn Julie das Herz ihrer Mutter hat, dann kommt sie darüber hinweg. Glaub mir.« Monsieur ließ mich alleine zurück. Ich hoffte inständig, dass er recht behielt. Julie war die Frau, die ich über alles liebte, und ein Leben ohne sie wäre einfach kein Leben mehr.

Klitschnass kam ich vier Stunden später in Hannover an. Ein Zug nach dem anderen war ausgefallen und die letzten drei Kilometer hatte ich im strömenden Regen zurückgelegt. Endlich stand ich vor Sabrinas Wohnhaus. Sie hatte keine Ahnung, dass ich kam und keine Ahnung davon, was sich in der Zwischenzeit abgespielt hatte. Nachdem Liam gegangen war, hatte ich es nicht mehr zu Hause ausgehalten. Jetzt stand ich hier und hatte nicht mal einen blassen Schimmer, wie ich die Klingel betätigen sollte. Was würde Sabrina von mir denken? Ich wischte mir die Tränen aus dem Gesicht und drückte zaghaft auf die Klingel. Es dauerte einen Moment, dann wurde die Tür geöffnet. »Julie? Was machst du denn hier?« Weinend fiel ich ihr um den Hals. Meine Dämme brachen.

»Hey, was ist denn passiert?« Schützend legte sie ihre Arme um mich und zog mich ins Haus.

»Du bist ja klitschnass. Warum hast du denn nicht angerufen?« Sabrinas Mann kam aus der Küche und blieb ihm Türrahmen stehen.

»Liam. Mein Vater.« Mehr brachte ich nicht zustande, meine Stimme brach.

»Nun beruhig dich erst mal.« Behutsam brachte sie mich ins Wohnzimmer.

»Holst du mir bitte frische Klamotten und Handtücher«, sagte sie an ihren Mann gerichtet.

»So, nun ganz in Ruhe, Maus.« Liebevoll wischte sie meine Tränen fort.

»Es ist so viel passiert. Ich weiß nicht, wo ich anfangen soll«, wisperte ich.

»Am besten mit dem Anfang.« Ich atmete tief durch und erzählte ihr ausführlich, was sich seit ihrem Besuch zugetragen hatte. Zwischenzeitlich trocknete ich mich ab und zog mich um. Sabrinas Mann ließ uns alleine und kochte Tee. Nachdem ich meine Ausführungen beendet hatte, konnte sie nur noch mühsam den Kopf schütteln.

»Das Bild passt überhaupt nicht zu dem, was ich von Liam hatte. Er wirkte so nett und fürsorglich.« Auch ich hatte ihn anders eingeschätzt. Noch viel schlimmer allerdings war der Gedanke, dass ich nach wie vor Gefühle für ihn hatte. Ihn loszulassen fiel mir schwer und stand in keinem Zusammenhang mit dem, was er getan hatte. Ich sollte ihn hassen, für das, was er getan hatte. Doch ich konnte es nicht. Mir machten meine Gefühle Angst. Einfach alles.

»Du musst zur Ruhe kommen, Liebes. Es ist gut, dass du hergekommen bist. In ein paar Tagen ist auch noch Zeit dafür. Dann reden wir noch mal in Ruhe. Leg dich ein paar Stunden aufs Ohr, und wenn du etwas brauchst, bin ich da.« Ich erhob mich vom Sofa und ging ohne ein Wort nach oben ins Gästezimmer.

Die Tage vergingen und noch immer hatte ich nichts von Julie gehört. So langsam beschlich mich der Gedanke, dass ich auch nichts mehr von ihr hören würde. Ich hatte sie verletzt und maßlos enttäuscht. Auch wenn sie mich wegen der Morde, die ich begannen hatte, zur Verantwortung ziehen würden, ohne Julie an meiner Seite wäre das keine Strafe für mich. Mutlos sank ich zurück auf meine Couch.

»Ah, hier bist du.« Monsieur kam durch die geöffnete Terrassentür.

»Ich habe Neuigkeiten von der Polizei. Julies Vater wird wegen Mordes angeklagt. Momentan überlegen sie auch, Julies Mutter zu exhumieren. Nur, um sicherzugehen, dass sie wirklich eines natürlichen Todes gestorben ist. Allerdings hat man die letzten Tage vergebens

versucht, Julie zu erreichen. Sie ist verschwunden.«
Erschrocken fuhr ich auf.

*»Beruhig dich, **Vengeur**. Maxime hat ein Auge auf sie. Sie ist bei ihrer Freundin in Hannover.«* *Erleichtert sank ich zurück.*

»Gib ihr ein wenig Zeit. Ich verschwinde wieder.«

»Hast du einen Auftrag für mich?«, fragte ich unsicher.

»Hältst du das für eine gute Idee?« *Keine Ahnung.*

»Ich weiß es nicht. Aber etwas anderes kann ich nicht.« *Er nickte beiläufig.*

»In einer Stunde in meinem Büro.« *Zufrieden setzte ich mich auf.*

Die Tage zogen sich endlos in die Länge. Zwar hatte ich den Schock einigermaßen verdaut, aber es war nichts zu dem Gefühl, welches der Verlust von Liam hinter-ließ. Wie es ihm wohl ging? Vermisste er mich so sehr wie ich ihn? Leise klopfte es an meiner Tür.

»Hey, du hast ja wieder nichts gegessen. So geht das nicht, Julie«, meine beste Freundin war außer sich.

»Egal, was er getan hat, du solltest ihm verzeihen. So, jetzt ist es raus.« Schockiert starrte ich sie an.

»Ist das dein Ernst!?« Sie nickte.

»Andere Männer klauen Autos, wieder andere prügeln sich. Liam tötet. Aber nicht zu seinem Vergnügen. Er hat dir damit das Leben gerettet und sehr vielen weiteren Frauen. Ich bezweifele, dass er Spaß daran hat oder es zu seinem Vergnügen tut. Ich denke eher, dass es für ihn eine Pflicht ist und er es tut, weil er das Gefühl hat, somit Unrecht wieder gutzumachen.« Ich konnte kaum glauben, was ich da hörte. Meine beste Freundin ergriff Partei für Liam. War ich eigentlich die Einzige, die ein Problem damit hatte, dass Menschen getötet worden sind, und dass »Auftragsmörder« kein zugelassener Beruf war?

»Du bist alt genug, Julie. Wenn du der Meinung bist, er wäre ein schlechter Mensch und was weiß ich nicht alles, dann häng ein Häkchen dahinter. Aber verhalte dich nicht wie eine dumme Nuss und leide still und heimlich vor dich hin. Entweder! Oder!« Wütend stampfte sie aus dem Zimmer. Boah. Hatte ich in der Evolution etwas verpasst? Es wurde Zeit, dass ich wieder nach Hause fuhr. Vielleicht würde sie mir dann glauben, dass das Thema Liam für mich endgültig vorbei war.

– 16 –

Sechs Monate später

»Und Sie sind sich sicher, dass Sie das genau so drucken lassen möchten?«, fragte mich der Mann vor mir ungläubig. Ich nickte.

»Genau so.« Er zuckte mit den Schultern.

»Na gut. Es ist ja nicht mein Geld.« Widerwillig hämmerte er den Text in seinen Computer.

»Das macht dann 22,90€.« Ich legte ihm 25€ auf den Tresen.

»Für Ihre Mühen.« Dann verschwand ich aus dem Verlagsgebäude. Im Harz hatte die Kälte bereits Einzug gehalten. Bis zum ersten Schnee würde es nicht mehr lange dauern. Die letzten Monate waren hart, und ohne meine Therapie hätte ich wahrscheinlich aufgegeben. Inzwischen ging es mir nicht nur seelisch besser, nein, seit zwei Wochen freute ich mich auch über einen neuen Arbeitsplatz. Auch aus dem Dorf war ich fortgezogen. Hier in Blankenburg hatte ich eine süße kleine Wohnung mit Garten gefunden. Alles in allem lief es ausgezeichnet. Von Liam hatte ich seit dem Tag, an dem er gegangen war, nichts mehr gehört, jedenfalls nicht direkt. Es schmerzte noch und er fehlte mir nach wie vor. An erster Stelle stand jedoch mein Leben und das musste geregelte Bahnen haben. Diesen Satz hörte ich auch öfter von meinem Therapeuten. In wenigen Wochen würde die Gerichtsverhandlung gegen meinen Vater beginnen. Eifrig bereitete ich mich darauf vor. Nahm zwei Stunden Therapie jede Woche in Kauf. Irgendwie würde ich auch das hinbekommen. Den Rest hatte ich ebenso geschafft. Ich kam an der Agentur von Monsieur Le Garde vorbei und augenblicklich krampfte sich mein Magen zusammen. Ob er gerade dort oben saß? Ich würde es nie erfahren.

»Madame Julie«, hörte ich eine Stimme rufen. »Monsieur Le Garde.« Wenn man vom Teufel sprach oder in meinem Fall: an ihn dachte.

»Danke, dass Sie auf mich gewartet haben. Wie geht es Ihnen?«, fragte er. Allerdings hatte ich das Gefühl, dass er mich wegen etwas anderem aufgehalten hatte. »Besser. Aber deshalb sind Sie mir sicherlich nicht hinterher gelaufen, oder?« Er schüttelte den Kopf. Ha, hatte ich es doch gewusst.

»Ich mache mir Sorgen um Liam. Er ist ganz verändert, seitdem Sie ihn verlassen haben. Anfänglich habe ich ihm zugeredet, dass Sie schon wiederkommen würden, aber das sind Sie ja leider nicht. Ich wollte Sie nur wissen lassen, dass er kein schlechter Mensch ist und zutiefst bereut, was er getan hat. Liebe lässt einen Dinge tun, die für den Verstand manchmal nicht ganz nachvollziehbar sind.« Hielt eigentlich jeder Lobeshymnen auf Liam? Mord ist nichts, was man beschönigen konnte. »Es war Ihre Mutter, die diese Agentur gegründet hat und auch schon Liams Vater hatte sich aktiv dafür eingesetzt. Ich wollte nur, dass Sie das wissen.« Ich nickte.

»Alles Gute«, sagte ich knapp und ging davon. Das Leben meiner Mutter und alles, was dazugehörte, hatte ich abgeschlossen. Heute ging es nur noch um meine Zukunft, und die sollte nicht von Angst und Schmerz zerfressen werden. Es gehörte nach wie vor dazu, ja, aber es durfte mich nicht kaputtmachen. Ich legte das Gespräch von eben ad acta und konzentrierte mich wieder auf meine Aufgabe. Wenn ich in ein paar Tagen erfolgreich sein wollte, dann müsste ich mich ein klein wenig ins Zeug legen. Die Vorfreude ließ mich jedenfalls strahlen.

»Sie sieht besser aus.« Das freute mich für Julie. Sie hatte es verdient, endlich glücklich zu sein.

»Wo schickst du mich als Nächstes hin?«, wollte ich wissen.

»Maxime überprüft die Hintergründe. Sobald ich etwas weiß, lasse ich es dich wissen.« Auch gut, dann würde ich das Wochenende eben alleine in meinem Haus verbringen. Ich musste es so langsam winterfest machen.

Und was gab es Schöneres, als in der kalten Herbstluft einen Baumstamm nach dem nächsten zu zerlegen.

»Gut, dann wünsche ich dir ein schönes Wochenende.« Ohne mich noch einmal umzublicken, verließ ich das Büro. Körperliche Aktivität war genau das Richtige, um meinen gestörten Geist wieder auf Vordermann zu bringen. So viel stand fest.

Aufgeregt hibbelte ich den Tagen entgegen. Das gesamte Wochenende war eine einzige Qual. Andere zählten Schäfchen und ich zählte die Minuten bis zu meinem großen Tag.

»Hey, du bist ja ganz aus dem Häuschen. Gibt es etwas zu feiern?«, fragte mich meine Chefin.

»Vielleicht«, antwortete ich knapp. Nachdem ich wieder aus Hannover zurückgekommen war, hatte ich Jasmins Anzeige in der Zeitung entdeckt und mich sofort bei ihr gemeldet. Nach den Vorfällen im Dorf hatte sie das Haus meiner Mutter für einen guten Zweck verschenkt. Inzwischen arbeiteten wir in einer kleinen Agentur am Rande der Stadt zusammen. Weit weg von Le Garde und weit weg von Liam.

»Egal, was es ist, es scheint dich glücklich zu machen.« Insgeheim gab ich ihr recht.

»Ein neuer Mann?«, fragte Jasmin neugierig. »Vielleicht«, antwortete ich ihr und grinste freudig vor mich hin.

»Wenn es so ist, dann freut es mich sehr für dich, Julie.« Wir gingen wieder an unsere Arbeit. Doch jede freie Minute dachte ich an meine kleine Überraschung.

Der Herbst zeigte sich von seiner besten Seite. Regen und Kälte. Die perfekte Mischung für einen versauten Arbeitstag. Seit Stunden lauerte ich hinter einer Baumgruppe und hoffte, dass meine Zielperson endlich das Haus verließ. Falls nicht, dann würde ich dieses Mal selbst hineingehen. Es widerte mich an, wie ein erwachsener Mann sein eigenes Kind missbrauchte und niemand sich dazu imstande sah, der Mutter zu helfen. Nach einer Unendlichkeit öffnete sich endlich die Tür. Ich atmete tief durch, genoss den Duft nach Kirschen und machte mich an meinen Job.

Zweimal werden wir noch wach ... Summ, summ. Aufregung packte mich. Morgen war es endlich so weit. Ich konnte es kaum noch abwarten. Aufregung ließ mein Herz das erste Mal seit Monaten wieder schneller schlagen. Ich wollte gar nicht daran denken, dass etwas schiefgehen konnte. Allerdings war das möglich. Nein, das war es nicht. Ich glaubte ganz fest an mich und auch an meinen Plan.

»Du bist ja noch hier«, vernahm ich Jasmins Stimme.

»Ja, aber ich mache gleich Feierabend. Ich musste nur schnell die Rechnung für den Großauftrag fertigstellen.« Sie lächelte.

»Was täte ich nur ohne dich. Ich wünsche dir ein wunderschönes Wochenende und ganz viel Spaß mit deinem Unbekannten.« Sie zwinkerte mir zu. Oh ja. Das würde ein Spaß werden. Eilig fuhr ich meinen PC runter und sammelte meine Sachen zusammen. Vor Aufregung würde ich die ganze Nacht kein Auge zumachen.

»Wie lief es?«, wollte Monsieur von mir wissen, als ich die Agentur betrat.

»Hey, lass mich erst mal reinkommen. Ich habe die halbe Nacht im Nassen gesessen. Der Typ stank wie eine Haubitze und war so speckig, dass ich ihm kaum das Genick brechen konnte.« Er lachte laut auf.

»Na, dann wird dich das hier sicherlich freuen.« Er schob mir die Sonntagszeitung entgegen.

»Muss das jetzt sein? Ich will nur nach Hause und duschen.« Er schnaufte verächtlich.

»Sieh endlich hin, du Idiot.« Genervt nahm ich die Zei-

tung entgegen.

»Ist es das, was ich denke?«, fragte ich ungläubig.

»Ja, das ist es. Nun hau endlich ab.« Ich faltete das Blatt Papier und rannte aus dem Gebäude. Vor der Tür öffnete ich es noch einmal, um sicherzugehen, dass mir meine Augen keinen Streich gespielt hatten.

Ich weiß, wie ich dich erreichen kann.

Trotz liebevoller Pflege meines Autos, einer neuen Batterie, neuer Bremsschläuche und Reifen wird es zum Jahrestag wieder auf der alten Landstraße liegen bleiben. Dort warte ich auf dich, den Mann, der den Guten hilft und die Bösen bestraft.

Dort warte ich auf dich, meinen »Racheengel«.

Gez. little empress

Stunde um Stunde verging und ich stand immer noch hier. Vielleicht hatte ich mich doch geirrt und er würde nicht erscheinen. Der Regen prasselte ohne Unterlass vom Himmel. Meine Sachen klebten bereits wie eine zweite Haut an mir. Ich fror und wollte langsam nur noch nach Hause. Die unzähligen Menschen, die anhielten und mich fragten, ob sie mir helfen konnten, beachtete ich schon nicht mehr. Meine Hoffnung sank. Wütend über mich und meine dumme Idee trat ich fest gegen meinen kleinen Golf und schrie.

»Dadurch springt er auch nicht wieder an.« Erschrocken fuhr ich herum. Liam. Völlig durchnässt, die Haare klebten in seinem Gesicht. Er war gekommen. Kleine Tränen mischten sich zu den Regentropfen.

»Stimmt. Aber ich bin so wütend, weil ich mich so hilflos fühle«, antwortete ich ihm. Doch dann brachen alle Dämme und ich rannte auf ihn zu. Zärtlich umfingen mich seine Arme und ich schluchzte auf.

»Mein Gott, wie habe ich dich vermisst«, flüsterte er. Fest klammerte ich mich an seinen Körper. Die Angst war so groß, dass er wieder ging.

»Ich musste mich erst einmal um mich selbst kümmern, Liam. Und ich musste mir klar darüber werden, dass sich, egal, was du getan hast oder was du je tun wirst, meine Gefühle zu dir niemals ändern.« Er nahm mein Gesicht in seine Hände und sah mich ungläubig an.

»Neben deinem *Ich liebe dich* ist das das Zweitschönste, was du mir je sagen könntest.« Insgeheim gab ich ihm da zwar unrecht, aber ich wollte diesen Moment auf keinen Fall mit meiner großen Klappe zerstören. Es hatte verdammt lange gedauert und es bedurfte ein wenig Nachhilfe, aber ich war froh, dass ich diesen Schritt gegangen war. Es gab zwar noch so einiges, das wir klären und Situationen, an die wir uns gewöhnen mussten, allerdings sah ich da kein Problem. Mein Schicksal hatte mir diesen Mann gegeben, ich war nicht sonderlich stolz auf das, was er tat. Aber das war eine Tatsache, die ich für mich so akzeptiert hatte, auch wenn das jeder normale Mensch wahrscheinlich anders sah.

Epilog

Ich behielt recht mit meiner Aussage, die ich Liam bei unserem Wiedersehen gegeben hatte. Es gab noch weitaus schönere Worte, die ich ihm schenken konnte. Ich erinnerte mich an den Abend vor ein paar Tagen und musste unwillkürlich schmunzeln.

»Hast du wieder böse Gedanken«, fragte er mich und stellte sich direkt vor mich.

»Hey, du klaust mir die Sonne«, schimpfte ich. Die Hände in die Luft gehoben, trat er einen Schritt beiseite.

»Besser, Liebste?« Hm.

»Ja.« Er hockte sich neben meine Liege und streichelte meinen Bauch.

»Teilst du deine Gedanken mit mir?«, versuchte er es noch einmal.

»Ich habe an den Abend vor ein paar Tagen gedacht.« Er lächelte wissend. Liam arbeitete nach wie vor in der Agentur und hielt gemeinsam mit Monsieur Le Garde das Erbe meiner Mutter am Leben. Inzwischen hatten wir kleine Änderungen vorgenommen, die von den dreien vorbehaltlos akzeptiert wurden. Es würde in Zukunft keine Morde mehr geben. Stattdessen war die Kanzlei nun tätig und sammelte Beweise, um die Täter hinter Gitter zu bringen. Ein Umstand, mit dem ich inzwischen gut leben konnte. »Ich bin froh, dass du mich vor versammelter Mannschaft nicht abgelehnt hast.« Mhm, die Option gab es auch?

»Das hätte ich nie im Leben getan. Du weißt doch, dass ich dich liebe.« Zärtlich küsste er meine Stirn.

»Ja, mehr als alles andere«, sagte er zustimmend.

»Stimmt, und aus genau diesem Grund musste ich doch einen ehrlichen Menschen aus dir machen«, gab ich scherzhaft zurück.

»Schade, dass sich die Zeiten geändert haben. Früher durfte man seine Frau für ihre scharfe Zunge bestrafen.« Bei seinen Worten wurde mir ganz heiß.

»Heute braucht man aber nicht verheiratet zu sein, um jemanden zu bestrafen. Du weißt doch, ich bin gerne dein böses Mädchen.« Spielerisch zupfte ich an seinem Hemd. »Außerdem wäre es ja jetzt für den guten Zweck«, warf ich hinterher. »Julie Williams, du haust mich immer wieder um, mit deinem losen Mundwerk«, schimpfte er. Oh ja, das konnte ich gut. Aber genau deshalb liebte er mich.

»Was meinst du? Wir könnten mal wieder schwimmen gehen.« Ohne Vorwarnung hob er mich hoch und trug mich geradewegs zum Pool.

»Wie gut, dass ich kaltes Wasser von dir gewohnt bin«, flüsterte er und sprang mit einem Satz hinein. Prustend kam ich wieder an die Oberfläche und sah ihn an. Manchmal ging das Leben ungewöhnliche Wege. Jeder von uns würde diese Erfahrung früher

oder später machen. Verzeihen konnte man immer, aber am allermeisten konnte man aus Fehlern lernen. Wie dem auch sei. Es gab immer die Möglichkeit, die Richtung zu ändern und trotzdem sein Vorhaben weiterzuführen. Ich klammerte mich an Liam und genoss seine Nähe, bald würde unser Leben gewaltig auf dem Kopf stehen. Ich war gespannt, wie er auf die Nachricht reagieren würde. In alter Manier würde ich ihn daran erinnern, dass es noch mehr schöne Worte gab, die ich ihm im Laufe des Lebens sagen würde.

Ende – oder auch nicht!

ZUM SCHLUSS

Autoren investieren sehr viel Zeit in ein Buch. E-Books illegal herunterzuladen, ist nicht nur eine echt dumme Handlung, sondern auch strafbar.
0,99 Cent für wochen- und jahrelange Arbeit sind nicht zu viel verlangt!!!
DENKT DAS NÄCHSTE MAL DARÜBER NACH!!!!

DANKSAGUNG

In erster Linie möchte ich meinen Testlesern Anja, Ronja, Stefanie, Antje, Agata und Manuel danken.
Die Zusammenarbeit mit Euch ist echt toll. Ohne Euch würde ich manchmal verzweifeln.

Genauso wie an meine Kollegin Sabrina Heilmann, die immer an mich glaubt.
DANKE, DANKE, DANKE.

Ein dickes Dankeschön geht auch an Dich, Nicole, die trotz meiner schlimmen Idee immer hinter mir stand.
Und natürlich dafür, dass du meinen Protas immer wieder Namen gibst. Danke! *tausend Küsse*

Vengeur

— Geboren, um zu töten —

Adelena ist jung und bezaubernd schön. Das wissen auch die Jungs aus ihrer Clique. Doch Adelena hat nur Augen für Wolfgang. Zu allem Übel ist er schon verheiratet und zudem ihr bester Freund.

Als eine Party der Gruppe aus dem Ruder läuft, erlebt Adelena den Albtraum ihres Lebens. Nur gemeinsam mit Wolfgang und ihrem Freund Monsieur gelingt es ihr, wieder auf die Beine zu kommen.

Gemeinsam schließen die drei einen Pakt. Mit weitreichenden Folgen.

Bereits von der Autorin erschienen:

Ani Briska:

Férocement – für dich töte ich

Franziska Göbke:

Schlaflos in Wernigerode

Sterne am Brocken

Am blauen See

Made in the USA
Charleston, SC
05 June 2016